Léa ou l'opéra sauvage

Raoul Mille

Léa ou l'opéra sauvage

ROMAN

Albin Michel

22, rue Huyghens, 75014 Paris
ISBN 2-226-02100-0

CHAPITRE PREMIER

Le matin c'était toujours la même symphonie qui réveillait Léa, la cadence des brosses, le baiser mouillé du drap sur la pierre. Tourne, retourne la camisole, une chanson, une autre, puis le chœur s'harmonisait au rythme du va-et-vient des bras touillant, tordant, essorant le linge : pleines mains, pleine force. Avec ce « han » de torrent en crue qui s'extirpe par la gorge mais dont les racines se nouent quelque part du côté des reins. Elles sont à quatre pattes, plongées dans l'eau galopante, genoux au travers de la caillasse, tablier gris remonté sur les reins, robe relevée sur des bas de coton. Plus le soleil avance, plus il en arrive de la vieille ville, de Riquier, de Saint-Roch, d'ailleurs. Elles lavent le linon, la dentelle, le petit dessous, la toile rêche. Elles frottent tout, tout le cracra d'une ville, la lingerie hôtelière, changée, rechangée, à la moindre tache, au plus petit éclat de sauce. Elles en ont du dîner intime, de la poularde demi-deuil à effacer, du banquet à décaper jusqu'à ce que disparaisse la plus minuscule trace, le plus léger indice. C'est leur travail à elles, les bugatières, d'anéantir les stigmates, de rendre invisible le passé et son cortège de tomates renversées, de vinasse répandue, de sperme abandonné, de menstrues incontinentes. Le Paillon est là pour tout absorber, tout emporter là-bas vers la mer où il se jette au pied de la Promenade des Anglais. Droit venue des montagnes, de la fonte des neiges, l'eau glacée, même en été, rougit la chair des poignets à vif. Fiente, saleté, le flot arrache, il faut le voir mousser à l'approche de l'obstacle, s'acharner sur le morceau de napperon. La bugatière frappe, le flot se rebelle, vient mordre cette saloperie de tissu, le savon lui pique les yeux, la langue. Alors il se soulève englouti, cette simagrée veut la tuer, l'écraser, l'étouffer. La bugatière résiste, le napperon demande pardon, le flot recrache le rogaton épuisé mais net. Serpent nerveux il poursuit sa route. Le bout de nappe se retrouve sur la cuisse ample et dure de la lavandière, mauvais moment à passer pour lui. La tournée qu'elle lui file ! Te le tords, l'aplatis, te le retords par le quiqui, le milieu, les oreilles, le défroisses, l'étires avec une poigne de fer. Dernier voyage, une belle grosse pierre chauffée à blanc par le soleil. Blanc, religieusement blanc, le napperon aspire la chaleur, comme il est beau tout luisant au milieu de la foule de ses semblables, avec ses grands frères les draps qui, suspendus de tout leur long contre le mur du quai, flottent au vent indifférents et fiers, jouant avec les feuilles des arbres, gobant leurs ombres pour les recracher brusquement dans un bouquet de reflets sombres et lisses. A midi, au milieu d'une neige de batiste et de lin, le Paillon continue imperturbable d'avancer entre deux haies de fantômes fumants.

Une buée parfumée envahit la chambre de Léa sous les toits de l'hôtel Cosmopolitain. De si haut le Paillon ressemble à un ruisseau furieux et les bugatières à des fourmis noires. Ça n'empêche pas leurs voix de grimper avec les voyelles graissées à l'huile d'olive et la moitié des mots qui s'étouffent entre langue et palais, les rares qui s'extraient ressemblent à une collision d'instruments préhistoriques, une grandiose envolée brute, dévalant de la glotte sans prendre la peine de reprendre souffle. Depuis plus de deux mois cette musique barbare enveloppe les gestes de Léa, les gestes du matin quand le soleil désagrège contre le miroir les pellicules de poussière. Vaporeux, l'air pèse si peu ! On croirait que tout va s'envoler avec lui. C'est comme une fête à ses débuts lorsque les préparatifs se précipitent, que midi approche, les premiers invités pointant leurs habits du dimanche. Léa se sent gagnée par une fièvre sans but, de la vigueur circule dans ses veines, une soif d'entreprendre, d'agir, de se précipiter. Et pourtant il n'y a rien, absolument rien à faire. Sauf se déguiser, se harnacher de plumes, de voilettes, de chapeaux, de chignons savants, se dessiner des yeux mauves, tranchant le rose opalescent des joues, choisir un rouge pour les lèvres assez clair pour aller avec le teint et rejoindre les promeneurs de l'apéritif, ombrelles ouvertes pour protéger la fragilité des peaux contre les ardeurs d'un printemps féroce. L'armada des hivernants met le nez dehors vers midi, longe le nouveau casino de la place Masséna puis s'éloigne en direction des jardins de la Promenade. Un rite. On déjeune au London House ou au restaurant Français. On se reconnaît, on se salue, on fait des mines, des moues, on croise haut les jambes, l'orchestre attaque des valses, des filles du peuple avec la jupette courte, rigolotes comme tout, viennent vous vendre de la violette, de la rose, de l'œillet, elles sont charmantes et noires comme des pruneaux.

Il existe une table d'hôte à l'hôtel Cosmopolitain, comme dans tous les établissements qui se respectent, mais Léa et le reste des comédiens n'y sont pas admis, ils ont leur coin à eux. La table d'hôte, c'est pour les étrangers et quelques Français triés par Mme Baudoin elle-même. Mme Baudoin qui n'a pas pour habitude de mélanger les torchons avec les serviettes ; ce serait un comble ! Son rôle de propriétaire, d'hôtesse comme elle dit, est un sacerdoce, il y faut de la poigne et du velours, de l'onction et aussi une volonté de fer. Ne jamais faillir, ne jamais faiblir, surtout sur les questions de la hiérarchie. Tout en haut, assise sur le sommet du mât, la noblesse, particule entre les jambes, du prince au hobereau ; ensuite, sur le palier le plus élevé, l'argent, toute provenance, toute odeur, toute nationalité, le billet vert, bleu, orange, qu'importe. Immédiatement en dessous, l'honorabilité qui se sent mais ne se définit pas. Faut avoir l'œil et Mme Baudoin l'a ! Et le bon croyez-le, pas elle qui ferait asseoir un soyeux de Lyon à 100 000 F de revenus à côté d'un jeune freluquet qui mange son avoir trop tôt, beaucoup trop tôt. Après, c'est le marais, les méritants obligés de travailler pour subvenir à leurs besoins. Les pauvres en somme. Ceux-là ont droit à une indifférence de bon aloi, juste ce qu'il faut. Mais les autres, les traîne-misère, les comédiens, les artistes, il convient non seulement de les mépriser mais encore de le leur montrer. Heureusement Mme Baudoin connaît tous les usages sur le bout du doigt, mieux que si elle les avait inventés elle-même.

Léa dédaigne le déjeuner et son orchestration autour d'une table ronde perdue au fond de la salle à manger. Les autres membres de la troupe s'y précipitent avec autant d'ostentation, de suffisance, de morgue que les élus de la table d'hôte. Plastronnant, flambant, persuadés que la terre entière les applaudit, singeant la crème bourgeoise avec une allègre vélocité. Il y a Mme Jeanne, la mère digne qui n'a jamais dépassé l'Alsace mais laisse traîner des R slaves dans chaque mot, juste comme si Gogol venait d'écrire trois actes pour elle. Moreau et sa voix grave, spécialiste des rôles de père outragé, d'agonisant bavard, qui se jette toutes les deux minutes dans l'évocation grandiose de sa carrière, de ses voyages, de ses rencontres, de son passé de professeur, de militaire, de fils de famille, de financier, cela dépend de l'humeur. Lui aussi affecte l'accent indéfiniment slave. La jouvencelle, Mlle Isabelle, fait passer sa mère pour une gouvernante anglaise : « Give me salt please... — Yes my dear... » A force, la vieille n'arrive plus à prononcer deux phrases en français. Isabelle a mis au point un système qui permet de conserver continuellement un regard évasif et bleu. Elle suspend ses pupilles dans un vide étrangement interrogatif. Moreau dit que c'est tout simplement de la bêtise naturelle. L'autre demoiselle, Nicole, penche plutôt pour une myopie à 100 %. Nicole qui subtilise ses quatre-vingt-cinq kilos sous un amas de fanfreluches où la plume de perroquet se taille la place princière. Edmond, le jeune premier, tousse et crache à ravir. Ses joues creuses de poitrinaire, son front luisant, ses yeux allumés de fièvre ravissent les dames. M. Cortellazzo, le directeur, se joint parfois à la fine équipe, il commande du cognac, offre des cigares aux messieurs et des douceurs britanniques aux dames. Désespéré il cherche Léa, malheureux il n'ose demander de ses nouvelles, anéanti il se ratatine sur sa chaise. Heureusement Moreau intervient, aimable en diable : « Notre chère Léa n'a pas cru devoir nous honorer de sa présence... Monsieur le directeur, permettez-moi de m'inquiéter pour cette petite, je la sens, comment dire, déplacée, oui c'est cela, un tantinet narcissique. Oh ! bien sûr ! nous, comédiens, le sommes tous, n'est-ce pas, Jeanne, mais enfin il y a des limites. Or indubitablement, Léa les franchit, monsieur le directeur. Croyez-moi, elle les franchit ! »

Le London House se taisait, les bouchées de vol-au-vent attendaient quelques secondes de plus avant d'être avalées, les maîtres d'hôtel levaient leur front, signes de grand trouble. Bref le restaurant entier s'immobilisait quand Léa s'asseyait à une table bien placée, moitié intérieur, moitié terrasse, seule avec ses gants de satin noir, sa robe de crêpe rouge, sa coiffure d'amazone. Une comédienne, disaient les messieurs, Léa d'Ascot, répondaient les avertis. Une dévergondée, chuchotaient les épouses. Une folle, bougonnait le directeur. Une sacrée bonne femme, souriaient les chefs de rang. Une sacrée occasion, pensaient les garçons en se pourléchant. Léa ne regarde personne, elle se tient bien droite, ne sourit pas, ne détourne pas les yeux, ne bouge pas les lèvres, monument impassible d'assurance. Un bloc. Un roc. Un monolithe. On grignote au London House : des hors-d'œuvre variés, avec toutes sortes de petits pâtés froids et chauds, des légumes sucrés, salés, en gelée, du potage maigre et gras, du loup de la Méditerranée, du gigot de pré-salé avec ses pommes vapeur, du sauté de veau dans un nid de petits pois nappé d'épinards en branches, des volailles rôties accompagnées de salade, une constellation de fromages et, pour terminer, la ronde des desserts : glaces, moka, plum-pudding, fruits, petits fours. Léa, invariablement, commande un potage maigre suivi d'un plat de pâtes. Oui, des pâtes, ces morceaux de farine réservés au chien, aux pauvres et aux Italiens. Ces vermicelles démesurés sans saveur ni goût ! Des pâtes, les bugatières en mangent, les habitants de la vieille ville aussi et peut-être quelques paysans de Calabre mais, place Masséna, Promenade des Anglais, personne ne s'aventure à une telle méprise. Jamais ! Ni les estivants, ni les hôtes à demeure, ni les gens de la bonne société, pas même les serveurs, du moins pas en public. Mais elle, la comédienne, la bizarre, l'originale, oui ! Avec du beurre et du parmesan, un vulgaire fromage de berger, elle les avale ces spaghettis, comme ils les appellent de l'autre côté de la frontière chez les sauvages. Une soupe, une pâte, un fruit et une demi-bouteille de vin cacheté. Rien d'autre. On la sert malgré tout. Avec déférence. Une déférence contrite, agacée mais dans les limites de la politesse. Ce n'est pas par volonté de provocation que Léa déjeune au London House mais pour l'odeur des cigares à l'heure du café. Dès les premières bouffées répandues dans la salle, elle se laisse pénétrer et à chaque fois le souvenir rejaillit, neuf, caracolant. Elle s'est échappée de chez elle, Noël est proche. L'air pétille, les passants emmitouflés ressemblent à des ombres. Des lumières, une place, des maisons chaudes, c'est l'aventure, l'inconnu. Léa n'a pas quinze ans, et le merveilleux existe, des rues, des carrefours, la liberté, le choix à n'en plus pouvoir, à faire tourner la tête. Beauté des immeubles de pierre. Les attelages s'engouffrent sous les porches, de la buée s'échappe des naseaux, les cochers lourds comme des montagnes fument plus fort que le poil des chevaux. Fumée des houppelandes, fumée des immenses cafés aux mille cigares avec, surgissant de la brume, ces rangées d'hommes noirs, de barbes brossées, peignées, soignées, hommes sans âge, sans visage tellement ils se ressemblent. Ils parlent, ils crient, ils rient. Léa colle son nez aux vitres. Que d'énergie là-dedans, quel trépignement ! « Oh ! comme j'aimerais être plus vieille, plus vieille ! » Être au bras de l'un de ces messieurs, qu'importe l'âge, être à ses côtés sur le velours tiède de la banquette et commander... Commander quoi ? Ce que le garçon voudra, ces garçons immenses qui semblent immobiles à force de tourner, virer plateau par-dessus tête. « Je prendrai un chocolat brûlant, bien crémeux avec un peu de lait froid dans un pot à part. » Le cœur s'arrête de battre à l'idée d'une pareille orgie.

Léa commande un café ; en devenant effectivement plus vieille ses goûts ont changé. Le café remplace le chocolat. Ce souvenir encore, instant merveilleux, le plus beau, le plus magnifique, surtout que rien ne vienne la troubler maintenant. Après les hommes noirs, le chocolat brûlant, les garçons qui virevoltent ; au bout de l'avenue clignotant dans la nuit, une nuit légère, une nuit de glace et de cristal, rugissant avec son tapage de lumières, sa rumeur de feu d'artifice, il est apparu : le Théâtre. Léa regarde le monstre rutilant, ces vagues de balcons soufflés, sa débauche de ramages, cette saoulerie de festons, de sculptures. Si elle en avait la force elle embrasserait les murs, les lampadaires, les pavés eux-mêmes ! « C'est beau, si beau mon Dieu ! » Elle bredouille, répétant : « Que c'est beau ! » A ne plus jamais dire autre chose ! Ne plus jamais penser autre chose. Comment a-t-elle pénétré à l'intérieur ? La mémoire ricoche, défaille... Dehors et puis soudain dedans avec une mer de fauteuils grenat et l'immense rideau plus clair. Il y a surtout les gens qui parlent fort, se serrent la main heureux, heureux à ne pas croire. Et par là-dessus le crissement des rires. Enfin le rideau s'est écarté, libérant des femmes, des hommes debout, clamant, tempêtant, roulant d'énormes grimaces, pouffant comme mille éléphants, soupirant au diapason d'une locomotive en rut, gigotant, se trémoussant, rampant, riant, pleurant ! Et tout cela sans se gêner, comme ça devant tout le monde. Incroyable ! Ces femmes, ces hommes ne sont pas des humains..., impossible. Des rois, des dieux à la parole d'or venus d'un autre monde, d'une autre planète. Acceptant du haut de leur piédestal les acclamations de l'assistance pâmée, tremblante d'émotion. Ils se courbent à peine sous les rafales du triomphe. Les comédiens ! C'est ainsi qu'on les appelle, Léa respire à peine, une certitude la broie, la fige : « Je serai comme eux. » Comédienne. « Rien d'autre. »

Elle est parmi les derniers comme d'habitude. Le London House s'enlise dans la torpeur des heures vides. Léa se lève doucement ; où aller, du côté des lauriers et des mimosas de la Promenade, ou du côté de l'avenue de la Gare dans le brouhaha des voitures se bousculant ? Léa préfère rentrer à l'hôtel, attendre que la chambre ressemble à un bateau solitaire perdu dans la nuit.

La porte de la loge fermée précautionneusement, un pas furtif, une respiration courte. Inutile de se retourner.

— Vous m'espionnez maintenant, mon petit directeur ?

Une protestation, un rire de circonstance et le plouf de deux fesses se laissant choir dans un fauteuil.

— Léa, ma Léa, comment pouvez-vous m'accuser de la sorte, moi qui suis tout respect et amour pour vous.

— Oui, je sais, mais on peut respecter et surveiller à la fois, n'est-ce pas ? Je parierais que c'était dans vos intentions.

— Pas du tout...

— Vous ne m'aimez donc pas ?

— Comment, mais je vous adore, je vous adule, vous le savez bien !

— Par conséquent vous êtes jaloux, affreusement jaloux, fouineur, voyeur, soupçonneux, stupide, toutes ces choses vont avec l'amour.

M. Cortellazzo s'enfonce dans les coussins, ses genoux rencontrent son estomac qui s'affaisse, le visage est parcouru de tremblements. Oser le traiter de la sorte, lui, le directeur du Théâtre-Français de Nice, l'accuser à tort sans preuve aucune. Quelle désinvolture !

— Qu'est-ce que vous avez, susurre Léa, une crise, votre cœur abîmé qui lâche ?

— Ne vous moquez pas de mon cœur.

— Ce n'est pas de votre cœur que je me moque, c'est de vous.

— Léa, Léa, vous êtes dure, cruelle, méchante. Que vous ai-je fait à la fin, hein ? Je suis votre ami, la preuve, les autres vous jalousent, si vous saviez les choses qu'ils viennent me raconter sur vous.

— Vous les croyez, j'espère ? interrompt Léa.

— Vous voulez me voir pleurer, c'est cela, hein ! Non, je les chasse. Léa, écoutez-moi, vous avez la chance d'être à Nice, une ville pas comme les autres, la capitale mondiale de l'aristocratie, belle, intelligente comme vous êtes, vous pouvez y faire des ravages, avoir une réussite extraordinaire. Ils sont tous ici, les princes, les ducs du monde entier, les banquiers de Londres, les industriels du Rhin, à ne savoir quoi faire de leur argent. C'est prodigieux Léa, prodigieux, vous n'avez pas le droit de manquer le plus grand rassemblement que la terre ait jamais vu de noblesse et de comptes en banque.

Léa coiffe ses interminables cheveux. La brosse s'enfonce dans un nuage automnal roux et fauve. Lent rituel avant chaque entrée en scène. Ébloui, M. Cortellazzo suit le va-et-vient du bras et de l'instrument.

— En somme, mon petit Cortellazzo, vous me proposez une carrière de putain. Combien prenez-vous ?

Dans le couloir la compagnie s'ébroue, les pères nobles, les dadais, les ingénues, les belles-mères criardes, ne manque que la jeune première.

— Je voulais simplement vous aider, Léa, n'êtes-vous pas ambitieuse ?

— Oui, je le suis.

— Alors ! Tenez, bientôt ce sera les régates... Il vous suffira de paraître, ils tomberont tous amoureux fous de vous, vous les mènerez par le petit bout du nez.

— Et ensuite !

— Ensuite, mais ils vous suivront partout où vous irez. Vous serez la reine, la favorite. Alors moi, vous savez ce que je ferai, je monterai *La Dame aux camélias* pour vous. Quel parterre nous aurons ! Ce sera la fortune. L'Europe en adoration.

— Arrêtez, vous délirez, Cortellazzo, apprenez qu'en dehors de votre aveuglement de grosse bête, je suis loin d'être belle. A vrai dire je suis laide, trop large, trop ample, la figure d'une bergère en bonne santé. Ne suis-je pas « la Dame aux œufs d'or » ? L'épouse de Merluchet ?

— C'est un malentendu, une lamentable erreur, vous valez cent mille, un million de fois ces rôles idiots, stupides, imbéciles, n'ayons pas peur des mots. *La Dame aux camélias,* je vous le promets, je vous le jure, ça ne tient qu'à vous.

Dans sa rage de convaincre, le directeur en profite pour serrer les épaules de la comédienne qui se dégage d'une secousse. Déséquilibré, Cortellazzo, bedaine en avant, valdingue entre coiffeuse et penderie.

— Vous dites les régates, j'y serai, monsieur le directeur, lance Léa avant de sortir.

CHAPITRE II

Les régates ! Depuis la terre on ne voit que les voiles, les voiles ocre, blanches, emportées par le vent. Le soleil glisse, la vague cavale, les bateaux paraissent toujours à la même place. L'intéressant ce sont les à-côtés, les soirées de remises de coupes, le bal de clôture et cette année, pour la première fois, un lâcher de dirigeables à l'hippodrome du Var. Léa avait dit à M. Cortellazzo qu'elle y serait : elle y était, drapée dans un brocart rouille qui sculptait ses formes. Pour la regarder, on la regardait ! Une comédienne du Théâtre-Français. Ce trou à rats ? Exactement. La pelouse se hérissait, les tribunes blêmissaient, le soleil se voilait. Une pimbêche qui se permettait de jouer à la dame couverte de brocart ! Et en plein après-midi. Partout où elle passait, Léa soulevait un épais nuage de commentaires : cocotte, jouvencelle, mijaurée, dénaturée. Une putain en somme, disaient les plus catégoriques.

L'air ressemblait à de l'or fondant, le ciel était si bleu qu'on s'ennuyait à le regarder, la fête avait commencé par un buffet grandiose : saumon d'Écosse et champagne de Reims, puis la foule était venue respirer sous le nez les ballons retenus au sol par des grosses cordes pleines de nœuds. La vicomtesse Starzinska tâtait du bout de l'ongle l'enveloppe gonflée, tellement gonflée que son mari prudent la retenait par la taille. Et si des fois ça explosait ? La comtesse Pernetti ronflait. Régulièrement elle se jurait de ne plus boire de champagne, ou alors une larme. Son amant du jour, un jeune Italien dont personne ne connaissait le nom, l'avait déposée soigneusement contre la balustrade et avec un éventail la protégeait des mouches.

Les chapeaux, les voilettes, les robes miroitaient si intensément que les oiseaux faisaient un détour par la mer. La promenade en ballon avec pilote et vue incomparable sur les deux Rivieras constituait le clou de la party. S'inscrivait qui voulait, le premier départ était prévu pour quatorze heures. Le temps de se remettre des agapes. Léa s'inscrivit la première. L'organisateur n'en revint pas.

— Vous êtes sûre ! fit-il sidéré.

— Inscrivez ! dit Léa.

Tous les participants non seulement appartenaient à la gent masculine, mais qui plus est, à la catégorie des sportifs, culotte de golf, bottines d'explorateur, redingote étouffe-tempête, teint tanné, yeux délavés. Le baron de Pallandt, M. d'Auzac, le duc de Castrie crachaient l'embrun marin emmagasiné pendant les régates, prêts à considérer les aléas du ciel de ce début de printemps avec ce même regard impavide qui commandait aux flots. Les éléments n'avaient plus de mystère pour eux. Ils prenaient un pilote histoire de ne pas s'abîmer les mains en lâchant le lest.

L'embarquement. Il y eut un long silence, le cliquetis des éventails cessa, on entendit la mer embrasser le rivage à une centaine de mètres de là. Des équipes de costauds débloquaient les cordages, d'autres appuyaient sur le rebord des nacelles. Les pilotes gueulaient des ordres, vérifiaient le lest. Pas question d'aller piquer du nez avec des barons, des ducs, des comtes et des princes ! Le pilote de Léa de ce côté-là était tranquille, avec sa passagère inconnue. Déjà qu'il n'aimait guère les ascensions. Si ce n'était que de lui il n'y monterait jamais dans ces machineries du diable ! Mais il fallait gagner de l'argent, profiter de cette manne incroyable, tous ces fous qui rappliquaient dès l'hiver, cette bande de dégénérés, prêts à dépenser des fortunes pour n'importe quoi. Ses voisins en profitaient, ses amis, toute la ville, les collines et même des gens qui venaient exprès. Alors, hein, va pour le ballon, ça, ou tendre la main dans les hôtels, il préférait encore l'espace. A certains moments on pouvait se croire à la pêche, le ciel, la mer, le silence, la volupté du roulis. Partir tous au même moment, quelle corvée !... Enfin ça faisait plus beau. « Attention tout le monde... » Le cri rebondissait de nacelle en nacelle serrant le cœur des passagers. Les pilotes vérifiaient une dernière fois, décidément ça n'en finissait plus, chuchotaient les barons qui en avaient déjà vu d'autres. « Levez les mains ! » La foule fit oh ! Un frémissement parcourut l'hippodrome. Mais non ce n'était pas encore le grand lâcher. A peine les immenses sphères avaient-elles commencé à se balancer dans l'air que les pilotes lancèrent un « Rattrapez ! » sonore qui fit trembler les genoux de la gentry. Les costauds rattrapèrent les cordages au vol. L'opération pour certaines embarcations se répéta plusieurs fois, les passagers commençaient à mourir, pendant ce temps les pilotes réglaient leur lest, indifférents à l'angoisse. Le pilote de Léa n'eut besoin que d'un seul faux départ : « Je suis bien », dit-il à Léa qui inclina la tête, pleine d'admiration.

Quand tous les équipages furent parés, un dernier « Levez les mains » retentit. Les montgolfières prirent immédiatement de la hauteur, projetées contre le ciel elles se balancèrent ventre lourd contre la paroi invisible de l'air. Majestueuses femelles se moquant de la pesanteur, leur corpulence indolente, leur allure mafflue devenaient les attributs d'une vélocité insolente. Léa pensa à des fruits sauvages aux coloris de jungle, des fruits trop mûrs à l'écorce prête à se fendre. Elle n'avait pas peur cependant, oh ! non ! elle se laissait glisser d'un côté à l'autre de la nacelle pour ne rien rater, ne rien perdre de cette envolée de grosses poires de plus en plus minuscules à mesure que le bleu du ciel s'élargissait, que le sol rapetissait et que les membres de la gentry se transformaient en ridicules fourmis noires. Léa avait envie de crier au pilote : « Plus haut, plus haut, plus vite, plus vite, encore plus vite ! » Elle se taisait, respectueuse des décisions de ce petit homme ratatiné par le soleil, si petit dans toute cette immensité. Les ballons se profilaient à l'alignement, tous à la même hauteur, quinze toupies mouvantes au-dessus de la mer. Immobiles, aurait-on dit, et pourtant pour les suivre d'en bas le beau monde courait dans l'herbe, se cognait aux rochers. Les toupies tournoyaient, prenaient de la hauteur, s'éloignaient. Bientôt elles s'estompèrent, diminuèrent de volume, cerfs-volants se découpant entre les crêtes des montagnes et la brume de l'horizon. Léa s'aperçut qu'ils étaient seuls, le petit homme, le ballon et elle. Les autres avaient disparu absorbés par les nuages ou déjà trop éloignés pour être encore visibles. Le vent faisait vibrer l'enveloppe, crisser les cordages, la nacelle vrombissait, se soulevait de temps à autre sous une secousse plus brusque, les attaches grinçaient, la ferraille gémissait. Le petit homme chantait et Léa, si elle avait compris les paroles, aurait chanté avec lui. Le ballon prenait de la hauteur, de la vitesse, bousculait les paysages, mélangeait la terre et l'eau, les montagnes et le creux des vagues. Léa jubilait, prise d'un vertige devant tant de facilité, de rapidité ; elle riait de voir les montagnes réduites à si peu de chose, dos rond ou pointu, pic solitaire effrité par l'âge, coulée d'herbe inaccessible, gouffre roulant des torrents minces comme des écharpes chiffonnées...

La mer c'est bien simple, elle n'existait plus, sinon cette interminable nappe de tissu d'un bleu absolu.

Entre la nappe et la montagne, les villes, les villages, avec de temps en temps des foules gesticulantes qui faisaient de grands signes. Ridicules et tendres. Chaque mètre d'ascension était pour Léa une goutte de liberté supplémentaire. Elle aurait voulu monter encore plus haut, là où ni terre ni nuage n'ont plus aucune signification. Là où n'existe ni temps ni espace, rien d'autre qu'un vide infini sans mémoire. Mais cela ressemblait fort à la mort et Léa se dit qu'elle n'avait pas du tout envie de mourir, mais alors pas du tout. Surtout pas aujourd'hui. Dieu ! comme elle était heureuse, fluide, aérienne ! Danser, sauter, se coucher contre le plancher de la nacelle, puis se relever brusquement comme le font les enfants des dizaines et des dizaines de fois. Oser ! Oser embrasser le petit homme sur sa barbe, avec son accent de rocaille, son charabia où s'entrechoquaient les sons les plus gutturaux des langues française et italienne.

Soudain un bruit de fuite, un sifflement sinistre et le ballon dégringola de plusieurs dizaines de mètres. Léa poussa un cri. La mer redevenait présente, on pouvait même voir l'écume des grosses vagues tourbillonnantes.

— Ne vous affolez pas, cria le petit homme, je veux vous montrer où j'habite.

— Ah ! bon, soupira Léa soulagée, une main sur la poitrine.

Le ballon poursuivit sa descente plus lentement, le sifflement se tut. Un cap s'étalait dans la mer, longue main couverte de poils verts.

— Le Cap-Ferrat, indiqua le pilote, puis lançant son bras en direction du fond de la rade : Villefranche, c'est beau n'est-ce pas ?

C'était beau ! Le village étagé sous la mousse des tuiles se recommençait, se multipliait, se divisait, se déformait, s'émiettait dans l'eau plate et lourde de la baie. Tout redevenait bien visible, les arbres, les places, et les rues en escalier avec les marches de pierre usées, les chats pelés sous les auvents, les lavoirs tristes et gris, les femmes qui trempaient le linge, toutes noires, une écharpe autour de la tête. Les hommes interrompaient le travail, levaient un œil, quelques enfants dépenaillés, genoux sales, hurlaient d'étonnement devant l'apparition, courant comme des fous dans la même direction que le ballon, escaladant les murailles, les planches des jardins, piétinant les haricots, écrasant les pieds de tomate. Des odeurs de soupe venaient jusqu'aux narines de Léa.

— Ma maison, là, là, juste en dessous, avé la cheminée, tenez mes pitchouns, un, deux, trois, tous à moi, si, si.

Il s'extasiait, le petit homme. Il serait bien descendu s'asseoir au coin du feu, on aurait trouvé une chaise libre pour la dame. La maison, plutôt la cabane, se distinguait à peine tellement elle s'incorporait à la roche et aux herbes. Une femme courte et grasse sortit sur le pas de la porte ; blasée elle souleva juste une fois son bras terminé d'un torchon.

— Mon épouse, dit fièrement le petit homme.

Léa se crut obligée d'une politesse.

— C'est vrai !

Ça l'était : sa femme, sa cabane, ses enfants, son village, sa mer ; oui, tout se trouvait à la bonne place.

— Dans quelle direction voulez-vous aller ?

— Mais où vous voulez, monsieur, faites comme d'habitude.

— D'habitude je rentre.

— Déjà ?

Les brumes du soir se trouvaient encore de l'autre côté du soleil, très loin à l'est.

— Je préfère continuer, dit Léa. Si vous pouvez bien sûr ! Quelle heure est-il ?

— Quatre heures, madame, répondit le pilote, mais il faut se méfier, la nuit tombe vite par ici, vous savez, un coup c'est clair, le coup d'après c'est sombre comme le tombeau.

Le petit homme lâcha tout de même du lest. Le ballon rebondit, les nuages virevoltèrent, le village redevint une maison de poupée avec ses douces fumées laiteuses. Le ballon ne remonta pas aussi haut que la première fois, le petit homme devait se méfier. On survolait des montagnes sauvages couvertes de forêts épaisses que venait rompre la déchirure des prairies. De longues coulées d'air tiède laissaient échapper des parfums de résine, de thym, de sarriette, de menthe. Mais le froid venu d'en bas, du gel de la terre, gagnait du terrain. La bouche avait un goût de sel, l'haleine se faisait toute bleue. Le soleil explosa. Il y eut du sang partout, du sang dans la mer, sur les contreforts de la montagne, dans les venelles de la forêt. Du sang vermeil, éclatant, mugissant : « Un sang de bœuf », dit le petit homme.

Il apparut dans une niche palpitante de rougeoiements. Un grand ballon bleu avec une ceinture grise. Les deux montgolfières se dirigeaient droit l'une vers l'autre : « Bon Dieu, explosa le petit homme, avec ce putain de soleil je ne l'ai pas vu celui-là, pas vu du tout. Voyez, madame, il est temps de rentrer avec tout ce rouge et ce noir on va plus y voir goutte. » Le ballon n'était plus qu'à quelques mètres. Léa le vit. Elle vit cette montagne qui soulevait cérémonieusement son chapeau, un chapeau plat comme ceux que portent les vachers d'Argentine. Sous le chapeau une lune ronde, parfaitement ronde, elle ne put apercevoir que cela, cette face pâle et circulaire. Et toujours ce geste répété, inlassablement, la main qui se soulève avec le chapeau au bout. La montagne, car c'en était une, s'appuyait au bastingage pour soutenir son salut de sémaphore. Pourquoi demanda-t-elle au petit homme de se rapprocher le plus possible du ballon : la curiosité, le désir d'en savoir plus sur ce monstre si poli dans le soleil couchant ? L'envie d'établir un contact, d'échanger un regard, loin des contingences de la pesanteur ? Dans ce ciel de sang que venaient ronger de gros nuages endeuillés, rien, non rien ne pouvait ressembler à en bas. Une tête de lune mais deux grands yeux, agiles, nerveux, avec une lueur amusée où se défient intelligence et sensibilité. Le ciel s'obscurcissait, le noir l'emportait définitivement. Le froid paralysait les doigts, blanchissait les lèvres. Léa était stupéfaite par ce gros homme qui lui souriait d'un sourire d'enfant fragile. Comme il était pâle, comme il était gros ! Si parfaitement à l'aise cependant dans cette nacelle qu'il rendait complètement dérisoire. Le pilote n'avait guère de place pour manœuvrer mais l'homme sentait quand il gênait, comme s'il avait eu la prescience des gestes de l'autre. Il se pliait, se cambrait, se déplaçait toujours au bon moment tout en conservant son ampleur. Léa pensa à ces éléphants capables de danser sur une corde ou d'asseoir leurs deux tonnes de chair sur un tabouret. Vélocité des mouvements, du corps, de l'espace qu'il emplit, de la surface qu'il lui faut, l'homme avait appris à vivre avec ses disproportions et les disciplinait en dompteur conscient de son talent. Les deux nacelles se heurtèrent presque, en tendant les bras Léa et l'homme auraient pu se toucher. Ils se contentèrent d'éclater de rire. L'homme portait une redingote immense. De près Léa s'aperçut qu'il était encore plus énorme, massif, large, mais tout s'effaçait derrière une curieuse sensation de vie intense, d'électricité. Malgré cette masse de chair inquiétante, ce qui transparaissait venait directement de l'intérieur, d'une profondeur inaccoutumée de l'âme. Léa en fut émue, elle aurait voulu retenir ce moment où les deux ballons n'en finissaient plus de s'enlacer, de se croiser, de glisser, voiliers nonchalants.

La nuit dégringolait du ciel effaçant paysage, horizon, colmatant la mer, bientôt elle séparerait les deux ballons, dissimulant les équipages. Rire calmé, Léa et le gros homme se regardèrent une dernière fois étonnés, un peu subjugués, amusés et complices. Avant que les deux nacelles s'éloignent définitivement l'une de l'autre, le gros homme lança d'une voix chaude, tonitruante.

— Mademoiselle, mademoiselle je m'appelle Tripier-Lagrange, comte Tripier-Lagrange. Mon nom de baptême est Gabriel, Gabriel, vous vous souviendrez ? C'est facile il suffit de penser à l'archange.

— Moi je suis Léa, Léa d'Ascot, répondit Léa.

Ils se perdirent.

Le pilote n'en pouvait plus d'impatience, le ballon filait vers la terre : « Madame, madame, il faut faire vite, nous avons trop traîné aussi. C'est que je dois voir le sol, moi, pour atterrir, je suis responsable, vous comprenez madame ? » Un coup de vent déchira la brume, le dirigeable du gros monsieur réapparut mais si loin... Léa n'avait ni froid ni peur. Elle était comme absente d'elle-même, étrangement vide, fatiguée, sans question. Le ballon survolait l'embouchure du Var, l'eau noire faisait culbuter dans un désordre fou ombre et réalité. Se poser, toute l'histoire, sans dommage. Un coup de soupape pour la descente, un coup de lest pour freiner la chute ; le ballon plongeait, se cabrait, se rebiffait. L'hippodrome défilait, désert mangé par l'obscurité. Envolés les voilettes, les éventails, les ombrelles, le champagne, la gentry, restaient quelques rares chandelles efflanquées.

— Si je me casse pas la gueule cette fois-ci, sûr que je vais à Laghet et à pied par-dessus le marché ! Depuis le temps que je le promets à la Vierge.

— Mais ça ira, nous y sommes presque.

— Justement, madame, c'est le plus délicat. Ces

machines-là ça s'envole toujours, mais pour les ramener sur notre sainte terre c'est toute une affaire. Faut pas que ça tombe, madame, faut que ça se pose !

Le petit homme transpirait à grosses gouttes. La mer ne se distinguait plus de la côte, l'ombre des arbres se confondait avec les arbres eux-mêmes, les baraques tenaient autant de place que des palais. Tout se mélangeait, s'agrandissait, se diluait, plus de formes certaines. Enfin le ballon s'équilibra et, après une hésitation, commença une descente en souplesse presque moelleuse sur son tapis de ténèbres. Les chandelles accoururent, flammes couchées. L'organisateur était blême, les aides frigorifiés. Le ballon s'immobilisa quasiment à l'endroit d'où il s'était envolé.

— Remarquable, dit Léa pour faire plaisir au petit homme.

— La chance, la Vierge, le destin, madame, répondit le petit homme que l'épuisement faisait flageoler.

Les aides nouèrent les cordages de l'aérostat dans un silence pénible. La fumée des chandelles égratignait les gorges. Léa un peu vacillante s'approcha de l'organisateur.

— Vous attendez encore quelqu'un ?

— Malheureusement oui, madame, les imprudents c'est pas ce qui manque.

— Ça serait pas un gros homme, un comte ?

— Oui, un soi-disant comte qui se fait appeler d'un drôle de nom, je ne sais plus comment...

— Tripier-Lagrange, nom de baptême Gabriel, ne put s'empêcher de souligner Léa.

— Ah, vous le connaissez ?

L'homme semblait stupéfait.

— Oui, nous l'avons croisé là-haut.

L'organisateur n'en revenait pas, ce genre de chose le rendait infiniment sceptique sur la santé morale des gens en général et des amateurs d'aérostat en particulier.

— Bah ! il se dit comte, finit-il par maugréer, mais il paraîtrait qu'il n'est pas plus comte que moi ni même Lagrange mais tout juste Tripier, vous voyez ce que je veux dire ?

Léa ne voyait pas. Cette incertitude jusque sur un nom et un titre épaississait l'aura mystérieuse. Décidément, ce gros monsieur l'intéressait. Elle aurait bien attendu le comte, prénom Gabriel comme l'archange, mais sa voiture était là avec un cocher transi qui la maudissait derrière un sourire servile.

CHAPITRE III

CORTELLAZZO bondit. Comment un ballon? comment Tripier-Lagrange? et les princes? et les amants en puissance? et les richards éplorés? les bouquets de fleurs? les lettres d'amour? les menaces de suicide? Désolé le directeur, navré, défait.

— Votre Tripier est un mystificateur, ses titres de noblesse sont faux, archifaux, il se dit explorateur, mais en fait de territoires nouveaux et de contrées inexplorées il n'a pas dû aller plus loin que l'Estérel. Ce fat grotesque qui raconte ses aventures au premier venu est un faible d'esprit, un dégénéré. De surcroît sans un sou, voilà votre découverte. Bravo!

— Passionnant!

— Comment cela passionnant?

— Ce Tripier qui n'est pas Lagrange, est-ce que son prénom tient le coup au moins? Vous qui savez tout, rassurez-moi vite, c'est bien Gabriel? Vous savez, comme l'archange.

— Non, je ne sais pas et je m'en fous.

— Vous avez tort parce qu'il me plaît, lui.

Cortellazzo fondit en larmes. Léa se demanda pourquoi elle avait affirmé cela. Par provocation, pour rendre furieux Cortellazzo? Pas seulement. Ce Tripier était entré dans sa vie. Avec son sourire moqueur, son chapeau en forme d'assiette creuse, sa redingote de satrape frileux, son charme incongru, cette manière totale, radicale d'être différent et de l'affirmer jusque dans les nuages. Elle le sentait ni bon, ni mauvais, ni beau, ni laid : autre. Elle voulait le revoir, l'examiner, le détailler. Le connaître ? Peut-être pas. Lui parler ? Ça n'avait pas d'importance. L'aimer ? Elle ne se posait pas la question. Elle n'était pas amoureuse. Elle était attentive.

Léa avait un but : rencontrer Tripier. On peut toujours compter sur le hasard pour ce genre de choses. C'est ce qu'elle se disait chaque jour. Mais le hasard l'abandonnait lâchement. Nice était une petite ville, les endroits fréquentables rares, être vu ne posait aucune difficulté. La colonie étrangère passait son temps à s'entrecroiser sur quelques mètres de promenade entre deux jardins et trois hôtels-restaurants. Comment dans ces conditions rater quelqu'un occupant un territoire aussi vaste que ce Tripier ? C'était donc qu'il se cachait ? Les régates s'achevaient par une soirée à l'Opéra, le vieux théâtre italien avec ses ténors, ses divas, son style rococo, ses loges retenues à l'année, ses couloirs étroits, son paradis vermoulu, ses décors mille fois peints et repeints, ses musiciens engagés à vie, son chœur ancestral, ses figurants recrutés parmi les poissonnières et les vendeurs de pissaladière du cours Saleya. Il fallait pourtant y avoir son fauteuil, dire bonsoir au placeur, serrer la main au directeur, saluer les édiles du premier rang, lorgner les loges pour tenter d'y découvrir les célébrités et enfin y dormir entre les entractes. Si Tripier qui se disait comte voulait le rester ou le faire croire, il se devait à cette *Lucie de Lammermoor* qui clôturait les régates. Ce soir-là Cortellazzo décida de faire relâche. Léa lui demanda sa carte d'abonnement avec un merveilleux plissement de paupières qui fit fondre de complicité le directeur.

— Vous allez me soulever tout ce bétail cette fois, n'est-ce pas ma petite Léa ?

— Je vous le promets. Je vous ramènerai la plus grosse pièce.

Cortellazzo hésita longtemps avant de sourire.

Léa partageait une loge au premier rang avec une certaine Mlle Conneau qui attendait sa mère partie chercher une amie : « Elle ne sera jamais là pour le lever du rideau avec tout ce monde, mon Dieu, mon Dieu !... » Du monde il y en avait ! du très beau au parterre et dans les stalles, emplumé, chamarré, décoré, se déplaçant au ralenti, un pas, une révérence, une enjambée, une poignée de main prolongée, les militaires claquaient des talons, képi sous le bras. Le moment était crucial : retenir l'attention de tous, laisser le temps à ceux qui doivent vous reconnaître de le faire pour, dans une parfaite simultanéité, leur rendre la pareille. La manœuvre demande précision et promptitude. La moindre erreur est impardonnable. Imaginez une main tendue à un inconnu ! Pis, à un égaré, un monsieur Personne, comme il s'en promène toujours dans ce genre de soirée. C'est dire s'il fallait être sur ses gardes. La démarche lente, l'hésitation sur la numérotation des places, les allées et venues en compagnie des placeurs donnaient juste le temps d'effectuer le repérage. Après il suffisait de virevolter, de jeter des ah ! des oh ! d'ouvrir la bouche et d'y coller un sourire sublimement ravi. Pour les dames le ballet était simplifié, il leur fallait baisser les yeux mais pas trop et laisser filer le regard à la recherche des hommages dus. Après elles attendaient sagement, décomptant les simples signes de politesse, les courbettes, les révérences, les baisemains, les bises lointaines, les embrassades étroites. La hiérarchie était complexe et pas toujours respectée. Un baisemain intempestif pouvait gâcher une soirée, tout comme la révérence désinvolte d'un désigné « baisemain ». Pour le reste il s'agissait simplement de paraître la plus belle, la plus élégante, la plus racée, la plus aristocratique, la plus riche, la mieux ornée, la plus complaisamment rayonnante...

Par les interstices percés dans le rideau, les chanteurs ne se font guère d'illusions, la foule est là pour contempler les grosses têtes et les grosses têtes pour se contempler entre elles. Viccini le ténor, Bettarini la basse et même Bianca Donadio, la divine Lucia, comptent très modérément sur cette soirée pour leur prestige. Cuggia, le chef des huissiers, grignote un dernier anchois assis sur un tabouret des vestiaires. Les manteaux, les capes, les étoles dérobent aux regards mondains ses mains grasses d'huile d'olive et sa bouche fendue par la mastication. Pour faire passer l'haleine douteuse, Cuggia tète à même la gourde une goulée de rosé après chaque bouchée. Avant d'apparaître, magnifique au sommet de l'escalier d'honneur, il s'essuie les lèvres à un revers d'écharpe de soie qui traîne par là. Cuggia n'aime pas les étrangers, à vrai dire il les méprise, cela ne l'empêche pas de se courber bien bas. Sa bonhomie fait merveille, son visage rond de moine paillard, quel plaisir ! Cuggia courbe l'échine. Tête à la renverse, il lui arrive de cracher. Mais rarement !

Et Mme Conneau mère qui ne revient toujours pas ! Elle s'en fait un souci la pauvre Mlle Conneau, prenant à témoin Léa qui cherche en vain l'homme de l'air. L'orchestre finit de régler ses cuivres, ses cordes, ses archets. Le beau monde assis commence déjà à s'ennuyer, le monde tout court chasse les crampes en secouant pieds et jambes. Une attente nerveuse parcourt la salle. Personne ne semble remarquer un fracas qui paraît venir des fins fonds des coulisses. Cuggia resté pourtant dans le hall ne met pas longtemps lui pour identifier la drôle d'odeur. Le gaz ! Un grondement sourd dégringole de derrière le rideau de scène. Le beau monde s'inquiète : une querelle, une bagarre, une rébellion ! La réponse arrive fulgurante... Le feu !

Des nuages de fumée noirâtre se déversent sur l'orchestre, les loges, enfilent les couloirs, s'amoncellent au palier, inondent les portes à tambour où des courants d'air les font tourbillonner en spirales. Sur la scène c'est la fournaise, des flammes énormes, du sol aux cintres une véritable pluie incandescente. Le grand lustre s'éteint subitement suivi de tous les becs de gaz. La peur ! La foule se précipite, s'écrase pour tenter d'atteindre les portes du parterre, les portes solennelles tout en haut, si majestueuses, si fières, maintenant si lointaines. Cuggia comme un fou fonce à contre-courant poings en avant, des poings aussi lourds que des massues qu'il fait mouliner sans arrêt. Les phalanges défoncent, claquent, giclent au travers des corps, paire de battoirs mue par une rotation que l'on croirait mécanique tellement elle est régulière. Son épouse quelque part ! Près de la fosse, là où l'incendie a déjà tout anéanti. Il espère qu'elle se sera enfuie avec les musiciens, par les portes de côté, celles réservées à l'orchestre. Son bout de femme mi-madame pipi, mi-vestiaire qu'il avait envoyée porter un mot de sa maman à cette guenon de Mlle Conneau ! Son bout de femme qui n'est pas revenue...

Étourdie, Léa a d'abord suivi les flots qui allaient se cogner aux sorties du parterre. Mais la fumée, le reflux hagard de ceux qui s'étaient déjà avancés l'ont fait reculer. Lorsque Cuggia surgit, le visage tuméfié, les habits en loques, le front et les lèvres en sang, Léa, Mlle Conneau et la femme de l'huissier se sont réfugiées dans une loge où la fumée grimpe lentement comme une nappe de brouillard. En apercevant son bout de femme, Cuggia pousse un cri terrible, un rugissement de bête. Se sauver ! La plupart des spectateurs qui ont tenté la traversée en direction du hall d'entrée se sont enfoncés dans des nuages de fumée. Une fumée épaisse qui étreint, étouffe et tue. Les autres piétinent, coincés entre l'asphyxie et les flammes qui dévalent à une vitesse de torrent. Cuggia fait signe aux femmes de grimper sur le dossier des fauteuils pour atteindre les contre-allées. Impossible d'y arriver autrement, l'agglutinement bloque toutes les voies directes. Entravées, ligotées par leur robe Léa, Mlle Conneau et le bout de femme mettent un temps fou pour escalader chaque dossier. Elles ont beau ramener tout le tissu flottant sur leur ventre elles s'emmêlent, s'enlisent, s'enroulent. Les flammes sont là ! A quelques mètres... Léa saisit sa robe, en arrache les boutons, les agrafes et la jette loin derrière elle. Les deux autres hésitent, engoncées, déjà à moitié étouffées, Cuggia fait de grands signes... Faites-en autant et vite ! Maintenant le théâtre entier flambe comme une crèche de paille.

Des gémissements fusent, des appels au secours... Quel secours ? L'enfer garde ses prisonniers. La pulsion de l'incendie domine tout. Une gigantesque soufflerie pulvérise les corps, les soulève avec une facilité déconcertante avant de les recracher négligemment comme des noyaux d'olives noires. A moitié nues les deux femmes rejoignent Léa à califourchon sur les derniers dossiers. Cuggia, couvert d'une sueur grise, respire avec difficulté, chemise et col dégrafés, ceinture dénouée. Des drôles de bêtes dansent devant ses yeux. En vacillant il cogne dans l'une des portes ouvrant sur les corridors de contour. Obscurité totale. Quelques lueurs jaunes suintent par les plinthes mal jointes mais pas suffisamment pour y voir clair.

— Suivez-moi, murmure Cuggia, accrochez-vous les unes aux autres.

Il prend la tête, la main de sa femme coincée dans la sienne, Mlle Conneau pleurniche poussée par Léa qui ferme la marche.

— Je vais mourir, nous allons tous mourir, maman, maman.

La procession s'engage dans la nuit à travers les débris, les pans muraux écroulés. Tour, demi-tour, heureusement Cuggia connaît les lieux.

— J'y suis né dans ce théâtre, alors vous pouvez me faire confiance, né j'y suis je vous dis !

— Je vais mourir, nous allons mourir, maman au secours, maman !

Mlle Conneau fond en larmes.

— Vous allez vous taire, ordonne Léa, avancez et cessez de gémir !

Cuggia se retourne et remercie Léa d'un sourire. L'incendie rugit juste là derrière la paroi. Au crépitement des flammes se mêlent les hurlements, les cris de terreur, les râles d'agonie, un tumulte horrible de galops frénétiques, affolés. Le petit groupe n'avance guère, les pieds heurtent des vases renversés, s'enfoncent dans le terreau. Des arbustes culbutés barrent le passage de leur branchage. Cuggia revient sur ses pas avec à chaque fois un peu moins de force, de certitude. La cadence se ralentit, Léa essuie la sueur qui dégouline de son front, ses yeux brûlent, ses jambes tremblent, chaque goulée d'air devient une conquête. Au bout d'un étroit passage enfin l'escalier que cherchait Cuggia, celui qui mène du parterre à l'entresol.

Ils ne sont pas les seuls ! Une marée humaine de mille gorges déployées dans un monstrueux rugissement de détresse, pressurée dans une cage d'escalier branlante, étroite, dépourvue d'aération. Cela n'avance pas, pire cela reflue ! Des éléments de tête tentent de rebrousser chemin mais pas question de bouger un pouce, un doigt, l'escalier est bloqué sur toute sa largeur et semble-t-il dans toute sa longueur. Le revirement des premiers provoque l'effondrement, des rangées entières déséquilibrées s'écroulent, immédiatement piétinées par la meute des suivants. Les coups pleuvent, la mêlée s'amplifie, la haine explose. Cuggia a beau s'égosiller, clamer de toutes ses forces : « L'escalier tourne à angle droit je vous dis ! » En vain, il y a longtemps que personne n'écoute plus personne ; il se décourage l'huissier, pour la première fois, il s'aperçoit que son avis, ses paroles, le son de sa voix n'ont pas plus d'importance que le couinement d'une souris prise au piège. Il ne dit plus rien, il transpire, il bave. Mort avant le dernier soupir, ratatiné d'amertume. Il se lézarde, se tasse, s'écroule. Plus une once de résistance. Dans un tourbillon il disparaît... Pfut ! Léa se retrouve avec seulement l'empreinte de ses doigts sur son poignet. Rien d'autre. Les deux autres femmes liquéfiées elles aussi. Envolées. Des nouveaux arrivants viennent grossir la mêlée, la couche des piétinés ne fait que s'épaissir. On s'enfonce dans du mou, du tiède... Se sortir de là ! Léa s'incorpore à la pierre de peur d'être emportée, jetée au sol. Bouger c'est l'écrasement inéluctable, rester immobile c'est l'étouffement à plus ou moins brève échéance. Léa sent ses forces l'abandonner, l'air n'est plus qu'une épaisse couche de remugles irrespirables, sa tête vacille, de grands éclats de couleur vrillent ses paupières. Ne pas sombrer, ne pas glisser. Une étincelle plus intense que les autres l'éblouit, au même instant ses genoux se dérobent, la nuit s'installe, impossible de soulever ces sacrées paupières qui semblent peser des centaines de kilos. La bouche s'entrouvre, la gorge, les poumons partent à la recherche d'un peu d'oxygène, juste une goutte, les lèvres s'arrondissent, se tendent désespérément, frissonnent avant de claquer lamentablement. La poitrine se disloque, l'oppression se transforme en gigantesque impression d'éclatement, les veines gonflées, bouillonnantes ruent avec une énergie de chevaux emballés. Le noir. Léa roule sur des corps rigides. Elle coule dans la mort, elle a du sang dans la bouche, une odeur fade l'envahit, un goût de chair triste, de poisson sans sel... Propulsée audessus du mouroir ! Feuille emportée par la tornade. Immédiatement une lampée d'air lui embrase la poitrine, d'abord c'est comme de la cire chaude, de la lave en fusion, ensuite ce sont les yeux qui se désengluent, la bouche qui de nouveau s'humidifie, la pesanteur de l'étouffement qui s'éclipse, se dissout...

La vie est là. Léa voltige, portée à bout de bras, suspendue au-dessus du charnier. Un homme immense avance, chacun de ses pas secoue l'escalier, l'édifice entier. Et cet homme, Léa le sait au plus secret d'elle-même, c'est Tripier, l'homme de l'air. Elle n'a pas besoin de bouger la tête pour vérifier. Trop exténuée pour tenter le moindre geste, prononcer un seul mot. Devant la circonférence du géant on s'écarte. Ce qui résiste il l'écrase, le bouscule, l'emplâtre. Le gros monsieur déblaie droit devant lui avec un large sourire tranquille et doux. L'escalier tournait, Cuggia avait raison, il suffisait d'aller le chercher derrière un repli au lieu de rebrousser chemin. C'est ce qu'a compris le comte avançant toujours de son pas de baleine têtue. Elle paraît minuscule, fétu, poupée de chiffon, Léa, au cœur de ses deux paluches blanches dépourvues de poils. Elle flotte ivre de fatigue au sommet de cet iceberg qui suit son étrave sans dévier d'un iota. Elle n'a plus peur, le monde a repris sa rotation, les objets sont de nouveau mobiles, les portes, les murs, les marches et même les flammes. La mort c'est la fixation, l'immobilité, l'ancrage. Maintenant tout va vite, l'escalier descendu à toute vitesse, le hall traversé en quelques enjambées d'un pas régulier, précis. Qui pourrait stopper ce monument en marche, quelle armée, quel cataclysme ? Il faudrait les foudres, le tonnerre, le poing de Dieu pour faire flancher ce poupon grandiose. Un poupon au souffle rauque qui ahane et peine au-delà de la régularité de sa démarche. Léa suit les sifflements de cette poitrine immense, les cognements éperdus du cœur. Elle l'entend aussi qui murmure : « J'y arriverai quoi, j'y arriverai, faut bien. »

A présent le brasier dévore entièrement le bâtiment,

le couple et une dizaine de survivants sont les derniers à passer, les flammes se referment derrière eux. Les poutres léchées par le feu s'écroulent, des pans entiers de plafond se détachent. Le plâtre qui se dissout dans la fumée la rend davantage opaque, poisseuse, délétère. Gravats et déblais forment des monticules qui obstruent la course des rescapés. A ras de terre se débattent dans la boue un amoncellement informe d'estropiés, de pas tout à fait carbonisés, de sauveteurs et de pompiers hébétés. La rue n'est pas loin. Le vent froid s'engouffre réactivant les foyers à demi éteints, teintant les flammes de couleurs plus vives. Léa frissonne. Est-ce la peur d'être abattue à quelques pas du salut ou l'afflux d'air glacé ? Elle laisse tomber sa tête dans l'encolure massive du géant, son nez, ses lèvres, ses yeux s'apaisent, frôlés par cette moiteur peuplée d'innombrables cascades de sueur. Elle enfonce sa bouche dans les replis de chair et presque sans le faire exprès, instinctivement, lèche l'eau de cette peau salée remontant les rigoles jusqu'à leur source, partout où sa langue peut aborder, à la circonférence du cou, à la naissance du torse, juste au-dessus des seins. Elle avale cette eau dans une sorte de délectation hypnotique, sensuelle, inouïe. Quand il ne reste plus de gouttes et avant qu'il n'en naisse de nouvelles, elle balaie son souffle chaud partout où sa langue et ses lèvres ont bu. Elle dessine ainsi une plage de quiétude, une plage de vapeur sur laquelle il fait bon dormir, s'évanouir, plage que n'atteignent ni les cris de fureur, ni les gémissements de l'agonie, ni les hurlements de ceux transformés en torches vivantes. Triomphant, l'homme découpe sa silhouette de pachyderme contre le rideau de l'incendie : la nuit écarlate l'enveloppe. Un tournis le foudroie et sans un raidissement brutal de tous ses muscles il lâcherait Léa à moitié évanouie, à moitié endormie, recroquevillée, le visage calfeutré dans la chemise de son sauveur. Pour eux c'est fini. Fini ! Ultime effort, descendre les marches du perron mais à peine dans la rue Saint-François-de-Paule, les jambes du comte se dérobent brusquement. Il s'affaisse, la jeune femme toujours serrée contre sa poitrine. L'immense corps occupe presque toute la largeur du trottoir, dos au pavé, bras noués autour de la taille de Léa.

Quel vacarme autour du drôle de couple, pompiers et marins venus de Villefranche courent, gesticulent, se précipitent, dérisoires points noirs taraudés par la fournaise. L'Opéra grimpe au ciel en gros flocons rouges qui éclatent dans le vide comme autant de boules incendiaires. Il fait une clarté orangée avec des coins de fureur sombre là où le brasier ressemble à une longue coulée de sang noir. Les notables regardent le vieux théâtre italien griller sur ses fondations pourries. Le maire, le préfet, les adjoints, ils sont tous venus avec un tas d'ordres roulant sous la langue, ils ont jeté un œil, un seul, et ils ont ravalé leurs mots d'ordre, baissé leurs bras, écarté leurs mains toutes bêtes. On entasse les cadavres dans la nef de l'église Saint-François, des cadavres tordus comme des arbres carbonisés, il en arrive encore et encore à dos d'homme, sur des brancards, en brouette, de pleines charrettes. La foule est tellement assommée qu'elle en oublie de réagir, elle regarde sans comprendre, fascinée. Des femmes, des hommes courent de l'église au théâtre sans plus aucun espoir, ils veulent seulement reconnaître le fils, le mari, l'amant, dans ce fatras de cendre et d'os. A chaque fournée ils fouillent, soulèvent, rejettent à pleines brassées ; ceux qui ne trouvent rien repartent à l'assaut de la charretée suivante. Les autres, ceux qui ont reconnu une chaîne, un bracelet, restent accrochés à la carriole jusqu'au tri final effectué sur les marches de l'église à la lueur des bougies votives.

CHAPITRE IV

Au pied de l'autel, Viccini et Bettarini, drapés dans leur costume de scène en charpie, ont entamé une série de cantiques sans que personne ne le leur demande. La basse et le ténor se succèdent à la mélopée, voix de ciel, voix de caverne, des chants qui promettent le paradis pour ceux qui ont eu la joie de trépasser, des chants qui clament la gloire de Dieu. Bianca Donadio, splendide en Lucia déchiquetée, les rejoint ; bouleversé son visage reflète encore la terreur et l'horreur qu'elle a ressenties quand le grand lustre de l'orchestre s'est écrasé à ses pieds au moment où elle tentait de faire avancer sa dame de compagnie complètement paralysée. Peut-être n'a-t-elle jamais si bien chanté que cette nuit-là où les cadavres sont venus s'aligner de chaque côté de l'allée centrale. Quand l'allée n'a plus été assez longue, assez large, on a rempli les confessionnaux, le transept, le chœur, après on a été forcé d'empiler. Au matin l'odeur était si insupportable qu'il a fallu mettre des mouchoirs et des masques. Le parfum de la mort s'évadait dans les rues de la vieille ville, descendait lentement vers la mer en passant au-dessus d'un lourd tapis de cendre grise et noire qui ensevelissait la grève. Les palmiers, les lauriers, les citronniers, les magnolias avaient pris une teinte de deuil malgré le soleil. Car il faisait beau, presque chaud, de la brume légère s'échappait des montagnes en volutes trépidantes, débordantes d'allégresse. Du côté de la ville un énorme nuage noir planait doucement, strié de ravines bleutées.

Trois cents, trois cent cinquante victimes, on ne sait pas, on ne saura jamais. Des corps manquent, des corps dont on ne retrouvera rien, pas la moindre trace. Les uniformes envahissent l'église, des curés appelés en renfort mais aussi des militaires, des gendarmes, des policiers qui escaladent les carbonisés, soulèvent les draps jetés à la va-vite, essaient de reconnaître, de mettre des noms, de coller des étiquettes. Les curieux restent plantés mains dans les poches. Les politiques se demandent qui va être désigné responsable de tout ce gâchis, on tire déjà des couvertures, on plante des chapeaux ! Il faut des têtes ! On les trouvera. La ville moderne se réveille, certains ne savent encore rien. Un cordon de police interdit l'accès des ruines. Dans les décombres incandescents, les derniers sauveteurs s'acharnent.

Comment se sont-ils retrouvés au bord de l'eau à observer le lever du soleil ? Ils n'en ont aucune idée ! Ils savent seulement qu'une chaleur de printemps éclabousse leurs visages tuméfiés, amollit leur peau, que coule en eux une vague de bien-être, une vague de résurrection qui sèche sang et plaies. Tripier s'étale, on dirait une sorte de coron, une montagne en pente douce. Yeux clos, il dort ou fait semblant, un sourire accroché à ses lèvres enfantines. Léa, cheveux défaits, regarde ce drôle de bonhomme à qui elle doit la vie. Elle le regarde comme elle regarderait un meuble, une grosse commode paysanne ; dans sa tête vide flottent des images, celles de sa fuite avec Cuggia, celles floues d'une agréable sensation de petite fille se réfugiant à l'abri du cou de son père. Les images sont bien là, pressantes, s'imposant, mais impossible de les faire coïncider avec cette masse, les haillons qui la recouvrent, cette allure de clochard délabré. L'homme qui se repose à quelques pas d'elle est un étranger. Pourtant c'est bien l'aimable homme de l'air pour qui elle a ressenti une curiosité telle qu'elle avait cru que c'était de l'amour ou peu s'en faut. Un raclement qui provoque un éboulis de galets, Tripier s'ébroue, ouvre un œil terne sous une paupière mauve de fatigue, secoue ses membres dans un chuintement d'hippopotame batifolant dans une mare.

— Vous savez quoi ? dit-il d'une voix caverneuse, j'ai jamais eu aussi faim depuis, ... attendez, je vais trouver... bien que je me demande si j'ai jamais eu autant faim. Et vous ?

Ahurie, Léa se retient de sourire.

— Pas énormément, répond-elle, vous m'avez sauvé la vie, je ne sais pas ce qu'il faut dire dans ces cas-là... Je vous suis reconnaissante de toute mon âme. Oui, c'est cela, de toute mon âme !

— Bah ! Vous étiez là, n'est-ce pas, les poumons comme des éponges dans un four, fallait bien vous donner un peu d'air. A vrai dire je n'en menais pas large non plus, j'ai jamais senti le roussi d'aussi près que cette nuit. Mais dites-moi, que faites-vous toujours dans les endroits dangereux ?

— Où ça ?

— Mais dans les ballons à la tombée de la nuit, dans les théâtres qui flambent comme des boîtes d'allumettes ?

— Et vous ?

Il a des yeux de quelle couleur ? se demande Léa. Plutôt noirs. C'est curieux dans un visage aussi blanc.

— Moi, j'aime le danger et l'opéra. J'aime aussi la daube, le civet de lapin et les pieds paquets. Vous connaissez les raviolis, ce sont des petits rectangles de pâte préparés à la main que l'on farcit de viande et d'herbes, un délice, c'est une spécialité de la région, remarquez, cela serait un peu juste et frugal pour nous remettre d'une telle épreuve ; laissons-nous plutôt tenter par une douzaine d'huîtres suivies d'une belle viande rouge en sauce avec des sanguins comme accompagnement, pour le dessert, je crois qu'une omelette flambée s'impose.

Tripier-Lagrange s'étrangle littéralement, il frappe sur ses cuisses, se tient le menton, explose, étouffe. La plaisanterie le ravit, il la déguste, la savoure, parfaitement satisfait de son sens de l'humour.

— Vous ne pensez vraiment qu'à dévorer, dit Léa, l'expression manger sur la tête d'un mort a dû être faite pour vous.

Tripier avale ses cascades de joie débordante, son regard retrouve cette acuité que Léa avait perçue au-dessus des montagnes, une acuité insolente.

— Non, je ne pense pas qu'à ça mais quand j'ai faim je ne vois pas pourquoi je le cacherais, que je déjeune ou non ne ressuscitera aucun des malheureux calcinés de cette nuit. Chaque chose en son temps, celui de la mort, celui du soleil, celui de la faim, après nous verrons, pourquoi être hypocrite ?

Tripier s'est redressé, sa stature oblitère le soleil, drôle de zèbre quand même, pense Léa devant cet immense épouvantail au pantalon dix fois trop large, soutenu par une paire de bretelles d'un tendre rouge sang-de-bœuf, à la chemise complètement réduite en confettis, avec, jaillissant de toutes les échancrures, de toutes les déchirures de la chair en profusion, une chair sans poils, gonflée, pleine, débordante, ferme. Plus de chaussures, plus de chaussettes, le bec jaune d'un caleçon long module une cheville zébrée de cicatrices et de brûlures.

Le rire de Léa fuse ample, sonore, sans méchanceté.

— J'aime vous entendre rire, Léa, aujourd'hui doit être une journée consacrée à la bonne humeur, mais d'abord allons déjeuner, c'est difficile de rire le ventre vide, ça va vous nouer les entrailles, inconvénient qui se trouve à l'origine de nombreuses maladies telles que la jaunisse, la colique, le scorbut et d'autres plus graves comme la maussaderie, la morosité, la gueule en biais et la moue de traviole. Sacrebleu ! je dévorerais les sept biens de Dieu comme me répétait ma mère qui était une croyante fervente, elle est d'ailleurs morte dans une église pendant la messe, clac, à l'élévation elle seule est restée pliée en quatre comme une musulmane ratatinée contre le dossier de sa chaise gravée à son nom. Ah ! ah ! le plus drôle, c'est qu'elle est partie sans avoir eu le temps de se confesser ni même de communier, le diable n'a pas voulu attendre, pauvre mère, Dieu ait son âme, si tant est qu'elle en avait une.

— Vous n'avez pas l'air d'aimer beaucoup votre mère !

— Mais si, je l'adorais avec ou sans âme. Mais levez-vous, je vous en supplie, je défaille !

Un peu étourdie, Léa saisit la main de Tripier, elle retrouve immédiatement cette chaleur diffuse, ce sentiment de confiance qu'elle avait ressentis si fort tout à l'heure blottie dans ses bras tandis que les braises et les flammes tourbillonnaient autour d'eux.

Plus tard, Léa n'arriva pas à se rappeler la route jusqu'au restaurant Français. Ou plutôt si, elle se souvient très exactement des chevaux qui dormaient debout, les reins protégés par des couvertures de grosse laine blanchâtre, la façon dont Tripier voila sa nudité avec l'une d'entre elles et des rares voitures qui traversaient la place Masséna à toute allure, disparaissant du côté de l'avenue de la Gare dans le petit matin. Ce dont elle n'arriva jamais à se souvenir ce fut leur trajet à eux deux, leur marche pieds nus, la réaction des passants devant cet homme et cette femme défigurés par la saleté, ces deux caricatures sorties tout droit d'une allégorie sur les horreurs de la guerre. Une certitude, c'est qu'ils arrivèrent au restaurant Français, que Tripier-Lagrange poussa la porte comme un roi attendu par une ville conquise. Le garçon somnolent qui dormait sur un verre essuyé et réessuyé des dizaines de fois mit du temps à revenir de son étonnement.

— C'est fermé, messieurs-dames, lança-t-il avec énergie.

Ces zigotos crasseux allaient salir ses tapis, maculer ses nappes avec leurs doigts noirs. Mais d'où sortaient-ils ? Des démons !

Des cuisiniers bras nus surgissaient des fins fonds. Tous rappliquaient, maîtres d'hôtel en civil, plongeurs italiens et même Coco le petit Sénégalais qui préparait le café. Un poisson puant se serait échoué au milieu de la salle en répandant ses boyaux, l'effroi, le dégoût, la peur auraient été moindres. Ravi, Tripier avançait suivi de Léa qui commençait à trouver la journée assez extraordinaire.

— Appelez-moi un directeur, je suis le comte Gabriel Tripier de Lagrange et j'ai faim, alors pas de discussion, mettez-vous au travail, les enfants, et pour commencer, quelques huîtres en hors-d'œuvre, une trentaine suffiront, avec du champagne bien sûr et beaucoup de pain de seigle.

— Mais, monsieur, déclara cérémonieusement l'un des maîtres d'hôtel en civil, nous sommes fermés, il n'est pas encore neuf heures du matin.

— Et alors ?

— Eh bien, nous ouvrons seulement à onze heures trente, cher monsieur, de plus, excusez-moi, mais je ferai remarquer à Monsieur le comte que sa tenue n'est pas de celles que nous acceptons couramment dans notre établissement.

Tripier-Lagrange qui semblait ne pas avoir entendu

s'installa à une grande table ronde déjà entièrement dressée, ornée d'un bouquet de magnifiques hortensias. De la main il désigna un siège pour Léa face à lui. Un cercle outré entourait le couple. On parlait de police, d'agent, de coup de pied quelque part. Tripier coupa court :

— Messieurs, je vais vous dire quelque chose de définitif, nous déjeunerons ici et pas plus tard que dans cinq minutes, pour la bonne raison que madame et moi sommes des miraculés, les rescapés d'un désastre unique, d'une catastrophe sans précédent et qu'au lieu de nous chasser, vous devriez nous accueillir à genoux avec dans les mains de quoi nous rafraîchir et quelques roses blanches.

Sur ces mots surgit le directeur : petit, grognon, hépatique, l'affreux reluqua Tripier puis Léa un bref instant avant de revenir à cette masse qui le faisait largement une dizaine de fois en hauteur comme en largeur. Avec un jappement de roquet il finit par lâcher :

— Si c'est exceptionnel, un cas de force majeure, je crois que nous pourrons servir ces messieurs-dames dès qu'ils le désireront.

— Tout de suite, bon sang ! éclata Tripier-Lagrange.

Les garçons s'activèrent, les cuisiniers refluèrent vers leurs fourneaux, les plongeurs sombrèrent dans leur eau de vaisselle et le directeur rejoignit son antre.

— Il suffit d'expliquer ce que l'on veut, commenta très dignement le comte.

Un ballet commença autour de la table, un ballet en blanc et noir. On apporta les huîtres sur la glace, on fit goûter le champagne, on découpa des citrons, on tailla des tranches de pain de seigle, on s'inquiéta si tout allait bien, on se tint prêt à se précipiter au moindre vœu. On servait un prince.

Pourquoi Léa se sentait-elle si à l'aise, tellement

détachée des convenances, indifférente au qu'en-dira-t-on ? Soudain les règles de la convenance lui semblaient appartenir à une autre vie, une vie de taupe aveugle. Soudain elle n'avait plus peur d'être laide, mal coiffée, vêtue d'une couverture, toutes ces choses ne possédaient plus aucun sens. Elle ne les bravait pas, elles n'existaient plus. Elle ne jouait pas la comédie de la liberté, la question ne se posait pas tout simplement. Le comte Tripier qui s'empiffrait d'huîtres bien grasses comptait pour beaucoup dans ce changement.

— D'où venez-vous ? demanda-t-elle brusquement.

Tripier-Lagrange s'essuya le menton, posa dans le plat une coquille vide, se redressa, but une goutte de champagne avant de répondre, ses yeux dans ceux de la comédienne.

— J'aime raconter ma vie, Léa, quel prénom, Léa ! Superbe, on dirait celui d'une déesse grecque, je le trouve tellement inouï que chaque fois, je me demande si je ne l'ai pas inventé ou si je ne l'ai pas rêvé. Mais vous ne mangez rien ! Tenez, regardez comme ces huîtres sont belles, elles ont la couleur de la mer, son parfum aussi, c'est une vague qui vous arrive dans la bouche, une vague suave, sauvage aussi. Je viens de Bretagne né dans une huître quasiment. Je vous ai dit tout à l'heure que ma mère croyait en Dieu, rien de grave, comparativement à mon père qui lui, croyait aux hommes. Descendant d'une famille de marins il s'était entiché d'une terre à labour près de Laval. Il voulait expérimenter des cultures nouvelles, des méthodes inédites. Des légumes neufs pour des hommes nouveaux. En ce qui concerne les ingrédients, mon père ne s'est pas tellement trompé, voyez, je suis le produit de ses expériences ; d'accord quelque part il a dû forcer la dose mais enfin, je vous assure qu'il réussissait des pommes de terre quatre fois grosses comme celles du commerce et un composé mi-carotte mi-betterave absolument immangeable mais très nourrissant pour les classes laborieuses. Mais là où mon père s'est fourvoyé, c'est avec les hommes, il a cru possible le partage des responsabilités, le partage des terres, le partage des bénéfices, le partage des devoirs aussi. Il s'imaginait avoir affaire effectivement à des hommes, mais il s'agissait d'esclaves bêtes à pleurer, voleurs avec ça, dépourvus de sensibilité comme d'intelligence. Enfin, c'est pas tout, mais j'ai faim moi, parler creuse, vous ne trouvez pas ?

Tripier se tut, aussitôt les serveurs glissèrent avec promptitude : envolés le plateau de coquilles vides, les assiettes, les rince-doigts ; la table balayée de ses miettes. Propre, nette, étincelante.

— Que diriez-vous d'un potage, Léa, un consommé de volaille ? Rien de tel après notre aventure qu'une bonne soupe. J'ai été élevé à la soupe, matin, midi, soir, mon père trouvait que c'était la meilleure façon d'expérimenter ses légumes. J'ai eu horreur du potage pendant des années mais le goût m'en est revenu en Chine avec la soupe à la tortue. Délicieux. Il faut une tortue bien fraîche. A peine sortie de l'eau, on lui coupe la tête d'un seul coup de couteau puis on la retourne sur le dos et on laisse s'égoutter le sang pendant dix à douze heures.

— Arrêtez ! vous me coupez l'appétit avec vos histoires de tortue, s'exclama Léa.

— Mais ce n'était pas mon intention, Léa, protesta Tripier, j'aime autant sinon plus que vous les animaux. Savez-vous qui je suis ? A vingt ans, j'effectuais mon premier voyage autour du monde. Les quatre continents n'ont plus de secret pour moi. Je suis ethnologue, anthropologue et zoologiste. Oui, vous avez bien entendu ! Zoologiste, les animaux sont ma raison d'être, tous les animaux depuis la panthère noire de Java en passant par la grue couronnée jusqu'aux oies d'Égypte qui furent sacrées à l'époque des pharaons.

— Zoologiste, l'interrompit Léa, ça veut dire que vous capturez des bêtes libres dans leur pays d'origine pour les amener derrière des grilles ici en Europe, c'est cela ?

— Évidemment, répondit Tripier.

La remarque semblait le contrarier. Du coup, il perdit toute sa superbe, il en paraissait dégonflé, tout ramolli. Les consommés de volaille arrivèrent à point pour lui rendre un semblant d'allant. Il y eut une longue période de silence. Tripier, une fois son consommé terminé, tritura de la mie de pain dans sa main, déconcerté, désappointé, malheureux. Un enfant contrarié. Léa savourait son pouvoir, elle savait que d'un geste, d'une parole elle pouvait faire sortir le comte de sa bouderie. Mais elle appréciait ce silence soyeux, cette grande salle rutilante et feutrée où les plats se succédaient nimbés par un soleil de fête. Le turbot sauce crevette garni d'éperlans frits fit fondre ses dernières réserves. La chair délicate, pâle comme un petit matin se défaisait dans la gorge sans que les dents aient à intervenir, la sauce enrobait chaque bouchée d'un nectar épicé, qui excitait le travail de toutes les papilles gustatives. Le comte transpirait de bonheur, yeux à moitié fermés, chaque bouchée lui apportait un talisman de joie incomparable. Il laissait fondre le poisson en bougeant à peine les mâchoires, seules les joues rythmant une cadence secrète se gonflaient et se dégonflaient avec la majesté d'une grande voile poussée par le vent. Léa admirait, tellement déconcertée qu'elle en oubliait de manger elle-même. Ce dieu vestige d'une civilisation disparue, engouffrant la chair d'un poisson avec la sensualité d'un moine précieux, la ravissait et l'effrayait à la fois. Un monstre, un enfant, un poète, un sybarite sentimental, un voluptueux, comment définir ce goinfre subtil, ce survivant d'un temps où le sang des hommes charriait encore la démesure des idoles ?

— Comme vous aimez manger ! dit-elle dans un souffle.

Il la regarda avec tendresse avant de répondre dans un murmure :

— Je mange à ma proportion, Léa.

Il me plaît, il me plaît, c'est idiot... Léa ne s'inquiétait plus de savoir pourquoi. De tous les hommes approchés, connus, observés, il était celui qui ne s'inscrivait nulle part. Il débordait de partout littéralement, physiquement, moralement, intellectuellement. Elle aimait sa démesure. Avec ce géant mafflu, Léa se sentait ni bien, ni mal, ni belle, ni objet de conquête, elle s'oubliait. Mieux, elle s'amusait. Il l'amusait. Par ses paroles comme par ses silences, dans ses déglutitions aussi bien que par ses yeux malins et si profondément désillusionnés. Il y avait de la bête en lui, une bête lucide qui préserve l'instinct tout en sachant que cela ne peut la sauver. Mais ce que Léa pressentait, ce qu'elle avait perçu dans tous ses gestes, deviné derrière ses phrases, c'était une inaliénable propension à se placer au-dessus des contingences. Et cela avec la naturelle aisance d'un animal sauvage.

Il y eut de la culotte de bœuf au madère, du filet de canard, des cailles, des perdrix, des faisans flanqués d'ortolans. Ils croulaient sous la nourriture, les chairs de gibier se mêlaient roses, fragiles, rouge sang, mauve mariné.

— Aujourd'hui, c'est la fête, répétait dans un souffle Tripier-Lagrange, il faut combattre la mort qui est encore accrochée à nous. Nous ne la voyons pas mais moi, je l'entends qui s'étrangle, la garce, il faut l'étouffer, l'anéantir de viande, de bon sang épais, de vins moelleux, tout ce qu'elle déteste, l'immonde. Léa, une goutte de château-larose ?

Ils avaient bu du chablis, du saint-julien, du corton du clos-du-roy. Ils n'avaient plus d'estomac, plus de ventre, la nourriture prenait toute la place, elle s'identifiait à eux. Ils devenaient elle. Sans douleur, sans malaise. Chaque bouchée leur semblait une parcelle d'existence qu'ils réintégraient après un long voyage. Il ne s'agissait plus d'appétit, de goinfrerie, de gourmandise mais de nécessité évidente. Et puis il y avait le plaisir, le gouffre du plaisir, la sensualité des sauces, le contact des viandes, l'onctuosité d'une caille se brisant sous la dent, le parfum de paradis du faisan, cette puanteur miraculeuse se transmuant en exhalaisons, torrent de senteurs épanouies, majestueuses, condensé de vie explosant sous la langue. Ils n'avaient plus le temps de s'essuyer, la sauce venait se délayer à la cendre et à la suie, elle giclait sur le menton, les joues, de longues stries graisseuses parcouraient leur visage. Léa goûtait à tout. Elle n'avait jamais autant mangé de sa vie. Ses doigts s'enfonçaient dans le ventre des ortolans avant de les porter à sa bouche, les petites bêtes roulaient dans sa salive faisant corps avec sa jouissance, l'exaltant comme elle ne l'avait jamais été auparavant. Manger n'était plus une habitude, une servitude mais un acte magique, une sorte de messe du corps et de l'âme. Il n'y avait plus de limite, la cérémonie du repas pouvait durer des jours et des jours, le chevreuil succédait au sanglier, la dinde au pigeon. Palais, gosier, œsophage, estomac n'étaient plus des machines indépendantes aux rouages rebelles mais des esclaves comblés. Les fauteuils s'élargissaient, les tables reculaient, les verres s'agrandissaient, les assiettes débordaient. Tripier-Lagrange ressemblait à un ballon prêt à prendre son envol. Ses joues avaient pris une couleur de brique tannée par le grand air. Il respirait à fond, ses poumons s'épanouissaient, son torse entrait en éruption volcanique : « Bon Dieu ! il va s'envoler », se disaient les serveurs. Et on lisait de l'admiration dans leurs regards. Mais Tripier-Lagrange ne s'envolait pas. Au contraire, il s'enfonçait dans le ventre de la terre. Les sorbets de fruits rouges coulaient délicieusement, ils s'échangeaient les parfums, un peu de groseille pour elle, une lichette de framboise pour lui et de la fraise des bois à cuillère débordante. Il lui donnait des becquées de douceur qui lui faisaient fermer les yeux pour mieux en capter la saveur. Elle lui rendait son offrande d'une main longue, fine, déliée, délicate. Il avançait des lèvres ourlées d'envie, elle y laissait tomber une minuscule prune caramélisée, il ne la broyait pas tout de suite, il la conservait au chaud du palais, l'enrobait d'une humidité amoureuse. Elle riait. Il avalait l'ostie tendrement, respectueusement. Puis c'était à son tour ; il lui présentait un quartier d'orange confite avec les veines bleutées et transparentes. Elle en mordait la pointe, un jus liquoreux s'évadait qu'elle lapait d'une langue pointue tout le long du fruit. Son menton, parfois ses joues effleuraient les doigts tendus. Vite alors elle croquait la tranche entière. Tripier-Lagrange restait avec la main ouverte sur du vide. Il riait. Elle lui souriait l'orange entre les dents. Il murmurait un soupir. Elle y devinait un aveu. C'était doux et ronronnant.

On allumait des cigares, une fumée d'herbe poivrée se mêlait à l'arôme du café noir. Les alcools défilaient, des blancs, des ambrés, des sombres, senteur de champ sous la pluie, de paille, de pomme éclatée, de tonneaux couchés loin du jour, de raisins écrasés. On goûtait, on avalait, on croyait mâcher du parfum, une perle de rosée humidifiait la racine des cheveux. L'alcool prenait son temps, s'installait, s'immisçait, son pouvoir allégeait le corps, libérait le rêve. Tout devenait précis, net, éclaboussant.

Léa se trouvait dans cet état de suprême lucidité qui précède le vertige. Les limites étaient repoussées dans un autre monde, un monde de granit, loin de cette douceur, de cette facilité dérisoire à tout saisir, circonvenir, aplanir. Elle chevauchait le sommet de la crête là où les vagues n'atteignent jamais, là où l'incroyable égrène la réalité. Le reflet des glaces, l'empreinte des bouquets, les miroitements des argenteries s'évaporaient dans un tourbillon vif et heureux. Léa se savait le noyau de ce bal immobile, la poutre centrale autour de laquelle venait danser l'univers. Et de le savoir lui apportait une tranquillité sereine, une sorte de calme anesthésiant. La salle s'était emplie et vidée : ils n'avaient rien vu des regards effarouchés qu'on leur jetait. Ils habitaient une sphère duveteuse de nuit légère. L'ombre aidant, l'alanguissement sortait de ses réserves, l'absence de témoin l'enhardissait à subvertir les signaux de convention en véritables gestes de communion. Ainsi personne ne vit Tripier à genoux, la tête enfoncée au creux des cuisses de Léa. Personne ne remarqua comme il lui dévorait les mains, les portait à sa poitrine, contre son front, les faisait promener partout à la découverte de son corps. Il ne prononçait pas un mot, il n'ouvrait même pas les yeux, il agissait en aveugle bravant la fatalité du noir par la conviction de sa volonté. La sensibilité du toucher l'emportait sur toute autre sensation. La reconnaissance tactile parcelle par parcelle de cette montagne accroupie, Léa s'y livrait avec une intensité entière, emportée par une euphorie qui la délivrait de toute retenue. Ni le ridicule de la situation ni la pudeur n'intervenaient dans son esprit. Ses doigts glissaient sur les hanches de Tripier, déboutonnaient les boutons récalcitrants avec un sentiment de plénitude et de certitude absolue. Il fallait le faire. Et ça lui plaisait de le faire.

Les lampes à gaz furent allumées, le pas des chevaux devint plus sonore, la nuit calfeutrait le ciel comme une grosse boule de plumes. Coco le cafetier se faufila entre les tables muni d'un lourd briquet amadou en chantonnant une chanson sans paroles, sans air, une chanson d'Afrique, un chant pour chasser la peur. Il regarda le couple enlacé, ses yeux se fixèrent sur cet étrange animal qui se gobait là à même le sol du restaurant Français. Il avait envie de rire mais il n'osait pas. Des choses d'un tel désordre, jamais il n'en verrait plus. Ces deux-là lui évoquaient la jungle, la jungle qu'il n'avait jamais vue mais où on le lui disait assez souvent rôdaient hippopotames, gazelles, buffles, lions et éléphants. La gazelle et l'hippopotame, oui, ça ressemblait assez bien à ces deux-là... Haletant, Tripier se détacha de la bouche de Léa, il était étourdi, un peu groggy par cette grande flamme rousse qui venait de rouler entre ses bras sur le tapis du plus célèbre restaurant niçois. Il allait sûrement dessaouler, s'apercevoir qu'il avait été victime d'une vision alcoolique. Mais ce sourire, cette façon dont elle essayait de maîtriser l'avalanche de ses cheveux, pas de doute, Léa existait, elle existait et il l'aimait. Il l'aimait et elle aussi peut-être ? Il se réfugia dans un gros rire fou qui le secoua des pieds à la tête, une tornade qui fit trembler la verroterie déjà prête pour la cérémonie du soir. Tripier se pencha en direction de la jeune femme mais son ventre stoppa l'élan éperdu de la passion.

— Léa, est-ce ridicule de vous demander si vous m'aimez...

Elle le regarda un moment avant de répondre.

— A l'envers vous êtes encore plus impressionnant, cher Gabriel. Si je vous aime ? C'est que je ne sais pas par où commencer, quelle partie de votre personne faut-il chérir en premier ?

— La totalité, Léa, la totalité, la totalité, rien n'est à dédaigner, je vous assure. Prenez tout !

— C'est trop !

Elle se redressa d'un bond, le laissant moitié couché, moitié accoudé. Il fallait partir. Un maître d'hôtel surgit de l'office, la note soigneusement pliée dans le creux d'une soucoupe. Le comte jeta quelques billets froissés et noircis sur la table. La fraîcheur dehors les saisit, chavirés ils s'immobilisèrent. Se quitter comme cela, s'arracher l'un de l'autre... A bientôt. Elle dans sa chambre livide, lui dans quelque espace de solitude, c'était tout simplement impensable, inconcevable, impossible. L'idée de la séparation les tenait cloués au trottoir sans que l'un ou l'autre se décide à formuler ce qui tenaillait leur poitrine, nouait tout leur être : la panique de devoir rester seul. La première, Léa rompit le silence.

— Je devrais aller au théâtre... Mais peut-être ont-ils suspendu la représentation ?

Elle passa la main sur son front, une terrible fatigue l'engluait. La réalité galopait à toute allure avec l'incendie, les hurlements, les morts calcinés debout, Cortellazzo, le théâtre, cette errance de tous les jours, glauque et sans espoir.

— Je ne veux pas vous quitter, Gabriel, murmura-t-elle.

— Et moi, je ne veux pas vous perdre, Léa.

Bien sûr, il faudrait finir par aller quelque part, finir par prendre des décisions, mais en attendant, ils marchaient doucement. Sous les arcades de la place Masséna, ils passèrent sans la voir devant une affiche bordée de noir. Le maire Borréglione y annonçait que les fêtes prévues n'auraient pas lieu.

CHAPITRE V

Le lendemain toute la ville s'occupait de la catastrophe. Toute la ville sauf Léa. Léa ne s'occupait ni des morts ni des vivants. Elle avait planté un drôle d'arbre dans le plancher de sa chambre au grand scandale de Mme Baudouin. L'établissement était à jamais déshonoré ! Une comédienne prendre un amant en plein jour ! et encore s'il s'était agi d'un monsieur convenable, anonyme, passe-partout, mais non la garce avait ramené un monstre, un gorille, un homme des cavernes, dépenaillé, hirsute, qui se promenait dans les escaliers avec une arrogance de prince, envahissait les cuisines, exigeait des menus incroyables, vous rembarrait si vous osiez le sermonner, menaçant votre vertu des pires calamités de Sodome. Un comte, ce va-nu-pieds, qui ne sortait presque jamais de la chambre à tel point que les femmes de ménage pour balayer devaient en faire le tour ? Quelle calomnie pour la noblesse ! Un seul ennui, la gourgandine et le salopard préhistorique payaient. On avait beau à chaque fois saler un peu plus la note, ils réglaient comme si de rien n'était. D'une fois par semaine on en était arrivé à la leur réclamer tous les jours : « S'ils ne comprennent pas qu'ils sont indésirables je démissionne », plastronnait Mme Baudoin. Léa s'alarmait aussi parfois en regardant ce pachyderme qui occupait le lit, oblitérait la fenêtre, remplissait une place phénoménale. D'où sortait-il, d'où venait-il ? Ces deux questions la tourmentaient surtout quand elle constatait la facilité avec laquelle Tripier avait pris ses aises. Jamais elle n'avait connu quelqu'un à qui tout semblait aussi parfaitement naturel. Ni interrogation ni inquiétude, aucun trouble. Chaque instant était le seul, non seulement le seul mais le premier. Le passé chez lui s'abolissait aussitôt sans laisser de traces encore moins de regrets. Mais ce qui troublait le plus Léa c'était sa remarquable absence de contingences domestiques. Le lendemain de son installation Tripier revint apparemment de son ancien logis avec pour unique bagage un costume neuf qui arrivait, un comble, à être encore trop large. Elle lui demanda où se trouvait le reste de ses affaires, il répondit avec un délicieux sourire d'enfant gâté qu'un aventurier se devait à un certain ascétisme en ce qui concerne le superflu : « J'ai tout sur moi, ma lumière ! » conclut-il sereinement. Un gigolo de cet embonpoint ! Léa faillit éclater de rire. La farce prenait des allures grotesques. Heureusement les billets de banque jaillissaient à plaisir du magnifique costume brique de M. le comte. Deux fois par semaine il boutonnait sa veste et prenait la direction de la poste. Une heure plus tard il revenait rose et rafraîchi par la marche, des cadeaux et des douceurs par dizaines plein les bras. Léa succombait au charme. Elle cessait de se demander ce que faisait ce géant dans son lit pour se blottir dans ses bras.

Le soir entrait dans la pièce sans qu'ils allument les lampes, un silence d'école régnait, l'humidité qui pénétrait par la fenêtre ouverte leur donnait envie de se serrer, de se pelotonner, de frissonner ensemble. Elle aimait la tiédeur de sa peau, cette chaleur de chiot qui émanait de sa poitrine, de son ventre, de ses hanches. Elle s'y roulait, s'y frottait, s'y enfonçait avec une frénésie d'enfant goulue. Ses lèvres, ses joues jouaient à la montagne russe entre deux coussinets, deux matelas rebondis. Partout des renflements douillets, des haltes de terre meuble, des aspérités douces, des pentes confortables. Sa tête déboulait dans tout cet afflux de formes rondes jusqu'à en perdre conscience. Il y avait comme une fascination trouble dans le contact de ces bosses molles, une sensualité glauque qui la ravissait. Tripier n'était jamais brutal ou nerveux, il lui abandonnait son corps, béat, généreux, il s'étalait sur le matelas, yeux fermés il ressemblait à ces figures mythologiques pourvues de trente-six mamelles auxquelles un peuple assoiffé se suspend avec voracité. Il écartait les cuisses, les jambes, ventre pointant au ciel, seins gonflés, il attendait les caresses mais sans égoïsme, nullement pour contenter un plaisir paresseux mais bien au contraire par crainte de brusquer, de faire mal, d'étouffer. Ce n'était que lorsque Léa avait pris place qu'il n'avait plus à craindre de la bousculer, de la déséquilibrer, qu'il osait bouger, loger à son tour un peu de sa personne contre la sienne. Il possédait tant de terrains vierges, de jungles inexplorées, à lui offrir à elle qui avait si peu d'espace pour le recevoir, un si minuscule réseau de chair fine et fragile. Il avait tellement d'attentions, de lenteurs, de douceurs que Léa était toujours surprise. Comment faisait-il pour peser si peu, avoir des gestes si aériens, si duveteux ? La première fois, elle avait cru Tripier dépourvu de sexualité tant l'ensemble de ses baisers restait infiniment empreint de douceur, de délicatesse. Mais très vite elle comprit que ce qu'elle avait pris pour de la réserve appartenait en fait à une sensualité supérieure, une sensualité qui savait prendre et le temps et la distance suffisants pour s'épanouir totalement. Peu à peu elle suivit Tripier dans son interminable pérégrination, découvrant le détail, le détour, la halte, le repos. Elle se fondait dans une véritable messe de mouvements accomplis avec une si grande ferveur, une telle intensité qu'ils se suffisaient dans leur fièvre de plaisir. Ce qui se passait n'avait ni commencement ni courbe ascendante, et le point culminant n'était pas obligatoirement suivi d'une chute inexorable. Les paroxysmes se succédaient sans s'épuiser, il ne s'agissait pas de mourir le plus rapidement possible au cœur du coït mais de jouir le plus longtemps possible, de vivre le sensuel comme quelque chose d'extrêmement rare qu'il faut appréhender, protéger, embrasser. Pas plus Léa que Tripier ne se révélait capable de décider de la pénétration, elle s'imposait à eux, nouant leurs sexes par surprise, les ravissant sans rage aucune ni fureur pour un long, un très long accouplement de l'être entier.

Au frémissement succédait la fatigue qui creusait le visage de Léa, marquant ses traits d'une beauté luxuriante. C'était alors qu'elle regardait s'endormir entre deux soubresauts l'animal incongru avec qui elle venait de faire l'amour. Un animal anéanti de plaisir et d'effort. Léa veillait encore longtemps, intriguée par ce corps immense s'enlisant dans le sommeil, toute cette chair désormais inerte où de temps à autre un sillon de sueur glissait jusqu'à une colline lui barrant la course. Elle se levait, se penchait à la fenêtre, respirait gorge offerte. A cet instant Tripier redevenait malgré elle un inconnu au ventre trop lourd qui occupait tout le lit, les draps, les couvertures, les oreillers. Étrange sensation de se sentir en visite ; pour peu elle se serait rhabillée, aurait pris son chapeau et serait partie sur la pointe des pieds. Envie de quitter au plus vite ce partenaire d'un instant déraisonnable, de reprendre son quant-à-soi, la droite route des certitudes. Toute cette aventure appartenait à un rêve bizarre, elle allait sans doute se réveiller, retrouver le grand lit large aux draps frais et odorants. L'air glacé de la nuit la calmait, Tripier baignait dans une lumière orangée, chaude et douce. Léa pensait à sa solitude. La solitude d'avant cette tendresse, cette gentillesse, cette présence de bête réconfortante.

Trop grand alors était le lit avec ses méandres de tissu rêche, ses kilomètres de draps immaculés, champs de neige où veillait la mort silencieuse des espaces polaires ; ni les couvertures ni l'édredon n'apportaient une quelconque consolation, une once de bonne chaleur, de vraie humanité. Non, à cette époque-là si lointaine, si proche, il n'y avait aucun refuge pour venir se mettre à l'abri comme elle le faisait en rejoignant Tripier, en se collant le long de son corps comme à une paroi protectrice. Alors elle avait envie de l'embrasser, de le lécher soigneusement, chatte attentive à son petit. Mais l'idée en était si drôle qu'elle s'endormait en riant.

Au matin quand elle ouvrait les yeux, Tripier occupait déjà l'horizon, lavé, rasé, drapé dans son costume si vaste qu'on avait l'impression qu'il allait s'envoler avec. Humeur égale, joyeux, amoureux, apparemment libéré du moindre souci aussi bien pour le présent que pour l'avenir. L'incroyable était qu'il n'avait jamais rien à faire ni le besoin de faire quoi que ce soit. Après le café et tandis que Léa se coiffait, Tripier lisait avec une patience de moine *L'Éclaireur de Nice*, *Le Petit Niçois* et enfin *Le Matin*. Les trois quotidiens étaient épluchés du titre de première page à la dernière ligne des petites annonces. Durant sa lecture Tripier éclatait souvent de rire ; les faits divers surtout le plongeaient dans la plus complète euphorie. Les rixes après boire, les vélos volés, les bals meurtriers, les maris jaloux, les amants au couteau entre les dents avaient le don de le faire plier en quatre, que de telles choses puissent exister, que les gens se tuent pour un verre de trop ou une femme en moins lui semblait relever de l'aberration la plus totale.

— Tu ne prends rien au sérieux, remarquait Léa.

— Si, toi, répondait-il soudain grave.

Trop grave, pensait Léa qui se demandait jusqu'où allait la passion de Tripier pour elle. Et la sienne ? N'avait-elle pas modifié considérablement son destin en sacrifiant momentanément sa carrière ? Carrière ! Le vilain mot correspondait si peu à la réalité de sa vie de comédienne. Elle n'avait pas de remords, l'idée de remonter sur les planches lui donnait la nausée. Cette grisaille de chaque soir, ce calvaire poussiéreux de répliques usées, d'attitudes caricaturales lui étaient devenus insupportables. Sans la présence de Tripier, aurait-elle continué ? D'une certaine façon l'intrusion de l'homme de l'air dans son existence lui servait d'excellent prétexte. Il meublait avantageusement l'horrible vide qu'aurait provoqué l'abandon brusque de la dérisoire famille théâtrale. Tripier brillait mille fois plus que tous les feux de la rampe réunis et ses flammes n'étaient pas des blocs de gaz translucides mais de véritables foyers de lumière brûlante.

La chambre quand Tripier la parcourait paraissait une plaine hérissée de blé immense. Les fauteuils prenaient immédiatement des allures de trône de satrape dès qu'il y posait la moitié d'une fesse. Léa ne s'ennuyait jamais, elle pouvait le regarder des heures manger, boire, dormir, scruter la Méditerranée avec une paire de jumelles comme il le faisait chaque après-midi par temps clair. Elle admirait et appréciait les mutations que chacun de ses pas, de ses gestes suscitait dans l'agencement général de la pièce. Avec ce diable d'homme les objets perdaient contenance pour prendre des allures de jouets rétractables et malléables, un peu ridicules aussi, surtout lorsqu'il les saisissait d'un revers de poignet énergique. Parfois une chaise se cassait net, un dossier cédait sous le poids, le craquement retentissait dans les couloirs de l'hôtel, sinistre sirène. Au déjeuner la litanie des plats commençait, un maître d'hôtel suivi d'une kyrielle de garçons d'étage et de servantes pénétrait dans la chambre transformée en salle à manger avec sa table recouverte d'une nappe brodée, ses vases de fleurs, son service étincelant. Léa touchait à peine aux plats ; depuis que Tripier l'entraînait dans ses agapes elle n'avait jamais faim avant le repas du soir. Cet en-cas coupe-faim comme l'appelait Tripier se composait de seulement une dizaine de plats : hors-d'œuvre, trois ou quatre entrées, deux ou trois volailles, autant de viandes, fromages et sorbets, le tout arrosé d'un léger vin de Bellet. Léa ne se lassait pas d'admirer le duo d'amour qu'entretenait le comte avec la nourriture. Au début elle avait parfois eu envie de lui dire qu'il mangeait trop. Mais jamais elle n'y était parvenue. Constater que Tripier avait des rapports particuliers avec le manger c'était découvrir l'eau dans la mer, le sourire dans la Joconde. Au-delà du pléonasme Léa réalisa le crime qu'elle risquait de commettre, l'un de ces crimes aux allures innocentes qui tuent mieux et plus définitivement que n'importe quel coup de poignard. Puis l'habitude, le rite, le cérémonial avaient déblayé ses dernières hésitations, elle se découvrait complice de ce réseau d'affinités sensuelles que Tripier instaurait avec les aliments.

L'après-midi coulait comme du rhum chaud, le comte clignotait des yeux, légèrement évanescent, aux frontières d'un sommeil qui jouait à cache-cache. Léa lisait, cousait ou fumait les cigares que Tripier lui avait préparés. Le temps ne pesait rien et la fin de l'après-midi arrivait déjà que le café fumait encore. Au plus rouge du crépuscule Tripier se levait pour observer l'horizon.

— Vous jouez au capitaine, Gabriel ?

— Non, Léa, j'aime la mer, surtout à cette heure avec les barques qui partent pour la pêche, un spectacle digne du rio Pilcomayo où les soirs sont si rouges que la première fois j'ai cru qu'il pleuvait du sang, ça paraît incroyable mais si vous voyiez ces ciels déchirés, ces forêts impénétrables dégoulinantes de nuages engloutis, franchement cela vous prend l'âme et vous la retourne comme une crêpe. Nous glissions littéralement sur un fleuve de sang, une veine, devrais-je plutôt dire, creusée entre deux falaises infernales. Ce flamboiement insoutenable nous semblait signe de catastrophe, d'apocalypse.

— Nous ? demanda Léa étonnée.

Tripier réfléchit, déposa les jumelles, alluma un havane blond doré.

— Vous avez raison, j'étais seul, enfin seul avec des sauvages, mais ceux-ci ignorent l'angoisse ; ils ont des pressentiments c'est tout, un instinct énorme mais un raisonnement minuscule. Oui, j'étais seul en compagnie de ces quatre Indiens qui ne disaient jamais rien, à vrai dire ils m'effrayaient, je me souvenais de l'assassinat du docteur Creveaux dont on ne sut jamais s'il fut déchiqueté par ses guides ou bouffé par une tribu de rencontre.

— Que cherchez-vous si loin ?

— J'aime le danger, l'aventure ! Quel voyage ! Brésil, Paraguay, Chili, Bolivie, Pérou, la Cordillère des Andes, les nécropoles incas, un magnifique périple bourré d'enseignements anthropologiques et ethnologiques. J'étais jeune alors, vous m'auriez vu intrépide, fier ! J'avançais à la machette, au coupe-coupe, parfois, je vous l'assure, il faisait si sombre, si noir que même en plein jour on se serait cru à minuit. Je ne vous parle pas des serpents, des insectes à la piqûre mortelle, des mouches qui vous endorment, des larves qui s'installent dans vos intestins, des moustiques gros comme des oiseaux, et le bruit ! des sifflements dignes du diable ! Il m'est arrivé de couper des lianes à l'aide de mes dents avec la certitude que ma dernière heure avait sonné, heureusement j'ai de bons crocs. Eh puis, voyez-vous, je n'ai jamais perdu l'appétit. Je dévorais, je dévorais comme d'habitude. La forêt n'a pas eu le temps de me grignoter, ce qu'elle me prenait en sueur, en peine, je le rattrapais quasi instantanément, nous avions amené de délicieux pâtés très bien conservés, qui résistèrent à la chaleur, à l'humidité, aux miasmes, oui, de sublimes petits pâtés de gibier, je leur dois d'être encore là.

La chambre s'assombrissait lentement, Léa ne distinguait guère le comte, juste une ombre informe se découpant sur un reste de bleu acide. La tombée du soir sonnait l'heure de la tendresse, des caresses, du jeu des corps, du halètement qui ponctue la montée du plaisir. Pour le souper Léa s'habillait généralement de soie et de cachemire, le décolleté vertigineux éblouissait de pâleur lumineuse les veloutés sombres du fourreau. Elle allumait elle-même les chandelles, les bâtonnets d'encens, fermait à clé la porte derrière les derniers serveurs. Tripier la regardait, se déplaçait avec une ferveur de source vive, le bonheur nouait sa gorge, l'émotion lui gâchait les premières bouchées ; alors, d'un geste désinvolte Léa lui prenait la main et l'embrassait comme à la dérobée. Le baiser furtif rendait tout son appétit à Gabriel. Et Léa pensait qu'après tout cette forme d'existence s'apparentait peut-être au bonheur.

CHAPITRE VI

Le scandale couvait ; l'immobilisme du couple, son amoralisme, son goût forcené pour toutes les voluptés et son indifférence aux réflexions rendaient fous non seulement l'hôtel Cosmopolitain mais tous ceux qui à Nice, quelle que soit la société à laquelle ils appartenaient, considéraient la joie des autres comme un affront personnel. Les anciens compagnons de scène de Léa ne la saluaient plus. Moreau détournait la tête avec une moue de profonde répulsion, Edmond, le pauvre, s'engouffrait dans son mouchoir en toussant de plus belle, les femmes, Isabelle, Jeanne, Nicole avaient adopté spontanément la même attitude qui consistait à passer à travers Léa, pour elles la renégate n'était pas là, elle n'avait jamais été là, pas même à l'état de fantôme, on pouvait donc la bousculer, lui écraser les pieds, la pousser méchamment dans le dos puisque sa non-existence crevait les yeux de tous. Sur la promenade on parlait d'eux, au Casino de la Jetée on parlait d'eux, au restaurant Français, au London House, au Cercle de la Méditerranée enfin partout où les gens se rencontrent pour parler, on les critiquait sans les connaître, sans les avoir jamais vus. Un gros homme avait enlevé une comédienne et depuis tous les deux vivaient une vie de débauche, enfermés dans une chambre de l'hôtel Cosmopolitain. Il y avait des raisons à cette désignation au scandale. D'abord ils ne se cachaient pas, bien que sortant très peu, tout le monde savait qu'ils étaient là, qu'ils vivaient là, couchaient là, s'aimaient là. Ne pas les voir ne faisait que perpétuer la monstruosité des faits. Ensuite, ils n'étaient pas conformes. L'homme beau, séduisant, jeune, peut-être eût-on passé outre, un représentant élégant de l'aristocratie avec une grisette, mon Dieu ! cela n'aurait dérangé personne mais on était loin du compte avec ce dirigeable monté sur pattes ! Comment la jeune femme pouvait-elle... sans être une perverse, une dévergondée des sens ? Mère, épouse, d'accord, mais maîtresse ! mais passionnée ! mais amoureuse ! mais se faisant enlever carrément ! Il ne fallait pas prendre les gens pour des imbéciles !

Léa sentait dans l'hôtel une malveillance sourde qui l'accompagnait dans chacun de ses déplacements. Tripier quant à lui nageait à des années-lumière de mépris pour toutes les sortes de ragots. Il ne voyait rien, ne se rendait compte de rien. Dans la rue il chantonnait, bedaine largement en avant ; aux dames croisées il tirait son chapeau avec la plus parfaite innocence. Quant aux hommes, comme il l'avait dit une fois à Léa : « Ce n'était pas son fort de leur prêter attention. »

Un matin Léa reçut une lettre anonyme écrite par une main fébrile. Missive brève dans laquelle on la prévenait pour son bien que l'individu qu'elle avait pris pour amant n'était pas plus comte que le charretier du coin et que son nom véritable se réduisait tout simplement à Tripier. Un vulgaire nom du commun qui lui allait à merveille. M. Tripier, puisque c'est ainsi qu'il fallait l'appeler, exerçait le métier d'escroc. A titre de renseignements supplémentaires on lui signalait que les exploits de Tripier étaient aussi faux que le reste du personnage. Léa décida de montrer la lettre à Gabriel. Il la lut avec application en tirant sur son premier cigare de la journée, puis, après un bref instant de réflexion, il souffla : « J'ai toujours eu beaucoup d'ennemis, je me demande pourquoi ? Sans doute suis-je un objet de trouble, un indésirable, il y a longtemps que je m'y suis habitué. Tu t'y feras toi aussi. » Ce fut tout. Léa n'insista pas mais conserva désormais pour elle les lettres de ce genre. Il en arrivait presque tous les jours. Elle ne les lisait plus, se contentant de les enfermer dans un coffre. Tripier ne posait aucune question, lui ne recevait jamais de courrier.

Mais une préoccupation plus importante vint troubler Léa : le manque d'argent. Sans rien dire elle avait vendu les rares bijoux que lui avaient offerts d'anciens adorateurs. Sans un regret. Elle n'aimait pas ces bijoux. Ce qui la ravissait c'était que cet argent contribuait à la consolidation du rêve insensé que Tripier et elle tentaient de mener jusqu'au bout.

L'argent, ils n'en avaient jamais parlé. Dès les premiers jours de leurs relations ils l'avaient mis en commun, l'opération s'était faite d'elle-même sans discussion ni contrat. Une chose était sûre, Léa ne participait que très modestement aux frais. Tripier, lui, dépensait de grosses sommes, la nourriture, les cadeaux, les vêtements, les fleurs. Un panier percé. Pressentiment ou expérience, Léa appréhendait la pauvreté. Instinctivement elle la voyait poindre entre les interstices du faste. Elle avait eu trop de mal à la bannir pour ne pas deviner, même souterraine et masquée, son approche de rat maléfique. Léa n'avait aucun mal à imaginer les rues interminables, les trottoirs sans abri, les déjeuners sans nourriture, les dîners ressemblant aux déjeuners, les nuits au grand air, les réveils sibériens sous les portes cochères. Elle connaissait le supplice de la faim, du sommeil empêché, de la solitude irrémédiable. Plus envie d'y goûter même du bout des dents. Soudain, Léa doutait du bien-fondé de son départ du théâtre, de son existence de maîtresse officielle d'un monsieur soi-disant explorateur. Les réalités infaillibles la veille encore vacillaient, piquaient de la tête la laissant horriblement seule et indécise. Des nausées d'angoisse la tenaillaient dès le réveil. Combien de temps, de jours, d'heures avant que le malheur s'installe sur son dos pour mieux la chevaucher, la pétrir, l'anéantir ? Elle attendait le désastre. Cette attente la désolait plus encore peut-être que la catastrophe elle-même. L'insouciance de Tripier, son éternel sourire irritaient Léa, elle finissait par ne plus y croire, se demandant s'il ne s'agissait pas d'une attitude plaquée à jamais. Elle se révoltait contre cette montée de soupçons qui l'empêchait de respirer comme avant, d'aimer comme avant. Si Tripier s'apercevait de quelques bouleversements dans le comportement de Léa il n'en manifestait aucun trouble.

— Il faut sortir, bouger, Gabriel, je n'en puis plus de rester enfermée dans cette chambre, supplia Léa un matin où la pression était plus forte que d'habitude.

— Mais bien sûr, ma toute-belle, répondit Tripier en cherchant à la prendre dans ses bras, où voulez-vous aller ? en Californie, au Cachemire, dans les comptoirs des Indes ? Je connais une vallée bénie du côté de Ceylan où des singes très curieux viennent vous manger dans la main, il y a de l'herbe haute et des rivières bleues, d'un bleu si pur que le ciel n'ose pas s'y refléter.

— Taisez-vous !

Tripier se figea, ahuri par la brutalité de l'interruption. Jamais encore la jeune femme ne s'était adressée à lui sur un tel ton. Il faillit partir à la renverse, ses jambes flageolèrent, ses yeux s'emplirent d'une infinie tristesse. La tristesse meurtrie d'un enfant accusé à tort. Léa ne put s'empêcher de rougir ; elle se serait bien réfugiée dans les bras du gros homme, tête enfouie dans cette immensité odorante et chaleureuse. Elle se contenta d'une caresse avortée suspendue dans l'espace.

— Nous irons à Cimiez, ma lumière, dit Tripier, il paraît qu'il s'y passe des choses.

Il avait retrouvé son calme, sa voix sonnait claire et assurée comme d'habitude. Il souriait. Un sourire qui débordait des lèvres, dévorait l'ensemble du visage, envahissait le regard d'une charge de bonté éclatante. Léa se laissa tomber sur le lit, des larmes de remords, des larmes d'amour mouillaient ses yeux. Gabriel se pencha et une à une avala les grosses bulles salées.

Le soleil de mai au cœur de l'après-midi. Le ciel bleu cru écrase les forêts d'orangers. La chaleur s'époumone sous les pas des chevaux du coupé qui grimpe difficilement le boulevard, avec ses bosses, ravines et dos-d'âne. Cimiez est un immense chantier, une succession de trous gigantesques creusés dans cette terre endormie depuis la pioche des Romains. Un coup de folie de nos « hôtes » comme l'écrit *L'Éclaireur*, Russes, Anglais, Allemands, tous ont ressenti soudainement la nécessité absolue de dominer la ville et sa Promenade livrée au vulgaire. L'air à Cimiez est si frais, la nature si opulente, incroyable éden de la fleur sauvage et du fruit barbare. Un rêve alangui au sommet d'une colline. Les villas se cachent au fond des jardins adossés aux tendres pelouses d'un vert anglais. Du boulevard on distingue un toit, une tourelle, qui échappent à la protection des frondaisons. Des allées de palmiers débouchent sur de vastes serres, des parcs grands comme des villages. Des centaines de jardiniers au même instant taillent, coupent, arrachent. On les voit de la route, casquette enfoncée, peau burinée, quelquefois on les entend qui s'interpellent d'une propriété à l'autre. Ils n'ont jamais vu les propriétaires seulement le chef jardinier qui lui ne connaît que l'intendant. La fortune a fondu sur la colline en une pluie de florins, de livres, de roubles, une pièce jetée au vent suffit au salaire d'un mois de ces hommes qui creusent et soulèvent des kilos d'humus par jour. L'or vole entre les branches des tilleuls, des sapins, des cèdres. De l'or ! C'est beau, c'est brillant l'or, c'est drôlement délicat au toucher, bien supérieur au pain. Il suffit de s'incliner et de travailler dur pour en avoir un peu. La vie est belle. Tripier connaît le nom de chaque villa, son propriétaire, sa nationalité, son appartenance ou non à l'aristocratie, l'état approximatif de sa fortune. Un véritable Bottin. Alourdie par la fatigue, Léa n'écoute que d'une oreille ce défilé de titres. Assise à côté du comte elle suit le pas monotone des chevaux, cette débauche exubérante de verdure, de soleil, de grand ciel lui fait légèrement tourner la tête. Le coupé est passé devant le Grand Hôtel, une sorte de gâteau bavarois de plus de trois cents chambres, avec des dizaines de cuisiniers, de pâtissiers, de sauciers, des grappes entières de maîtres d'hôtel, des dizaines de petits commis parlant à peine le français, descendus de la montagne la veille, la tourte aux orties encore coincée entre les dents. La reine Victoria va, paraît-il, y venir passer l'hiver prochain. Mais un peu plus loin, les responsables, les architectes, les ingénieurs et contremaîtres qui s'acharnent à la construction du Riviera Palace la veulent pour eux, enfin pour ceux qui les paient, la reine et sa suite d'Indiens, de nègres, d'ânes, de gouvernantes, de dames de compagnie, de chambellans, de généraux, de gouverneurs, de princes et de duchesses, sans parler de la valetaille, de quoi remplir l'hôtel dès son ouverture. Encore faut-il qu'il ouvre à temps. On force la cadence, on recrute en Italie des maçons, dans les Basses-Alpes, des terrassiers et un peu partout des charpentiers, des peintres, des manœuvres. Mais c'est si imposant, les couloirs sont si longs, les pierres si lourdes à porter que même en s'y prenant dès quatre heures du matin et jusqu'au soir, qui peut dire si le palace sera achevé avant que le ventre de la plus vieille reine du monde s'affaisse à l'ombre du premier arbre venu ?

Tripier continue d'égrener son chapelet : les villas Liserb, Evans, la propriété des comtes Laurenti, le château Ratti, les demeures Colombo, Baquis, Butterfield, Faraudi d'Auvare...

— Tenez, les Desjoyeux, si nous y étions invités, nous serions sûrs d'y écouter de l'excellente musique, les plus grands concertistes s'y font entendre dans le meilleur des répertoires français, bien que parfois on y écoute aussi des Nocturnes de Chopin ou quelques valses venues de Vienne. J'aime la musique. La nuit dans ces jardins elle possède une mélancolie, une irréalité fabuleuses, l'air frais la rend aérienne, aussi impalpable, ténue que le chant d'un oiseau ; je vous offrirai ce plaisir, Léa, dans peu de temps je l'espère. Là, derrière, se trouve la villa Albertina, une splendide galerie de tableaux, les Luserna sont immensément riches mais néanmoins cultivés. Ils aiment la fête, le rire, la comédie, le théâtre, l'opéra. Ils organisent des soirées somptueuses. J'y ai vu un soir Sarah Bernhardt venue jouer en petit comité, c'est vous dire le faste de ces gens...

Serait-il vaniteux ? Sarah Bernhardt, mon Dieu, cette affreuse mégère montée sur ressorts ! Après tout que sais-je de lui, s'interroge Léa, de ses goûts, de son passé ! Elle l'imagine mal pilier de salons mondains discourant avec les messieurs, faisant le joli cœur avec les dames, une oreille pour Saint-Saëns, un œil pour les peintures du XVIIe siècle, baisant la menotte des grandes tragédiennes. Rien que l'idée l'a fait éclater de rire. Sans demander d'explication Tripier explose à son tour, suivi du cocher et même des chevaux. Le fou rire s'envole du coupé, déferle à travers les oliviers, les palmiers, les mimosas, plane sur la ville qui s'étend jusqu'à la mer parcourue d'une ébullition éblouissante. Le paysage est si beau dans ce miroitement de soleil et de brume mêlés que tout le monde descend de la voiture. On regarde comme dans un vertige le cœur légèrement battant. La lumière crée ses propres ombres, une poussière noie les lointains, englue les cimes et leurs reflets. Une émotion serre la gorge de Léa, jamais elle n'a vu la ville ainsi étalée, dans sa torpeur lustrée telle une bête invulnérable, royale. Pour la première fois, Nice n'est plus ce couloir coincé entre eau et montagnes, dérisoire miroir factice d'une minuscule société venue respirer l'illusion de la splendeur. La ville existe, une population vit dans ses ruelles, de véritables êtres et pas uniquement des serviteurs sans visage dont on ne distingue que la main qui se tend pour capter les pourboires. Un élan d'amour parcourt Léa. La révoltée, la sauvage se reconnaît dans ce paysage suffisamment indolent pour autoriser l'imperfection et le trouble. Elle est chez elle. Cette pensée la soulage, lui soulève tout le poids d'angoisse qui l'écrasait depuis des jours. Un sourire d'enfant l'investit, elle a envie de s'ébrouer, de confier sa découverte. La promenade est finie, le boulevard s'arrête là, après c'est la campagne et un chemin rude qui grimpe à travers les cultures maraîchères.

CHAPITRE VII

— CONTINUEZ, lance Tripier que la contemplation du panorama semble avoir ravi.

— Continuer où ça ? répond étonné le cocher, c'est fini mon bon, il n'y a plus rien après...

Tripier insiste, il veut voir quelque chose pas très loin, un détail. A contrecœur l'homme engage sa voiture sur le chemin de terre. Finis les ornements de la richesse, les palaces ventrus, les demeures aux jardins taillés à la française. La campagne, la vraie, celle des tomates, des artichauts violets, des cébettes, des petits pois, des courgettes, s'étire de planche en planche. Rien que des parcelles arrachées au flanc de la montagne, des sillons lancés en plein ciel depuis l'Antiquité. Nice est loin. Des cabanes comme en Provence pour s'abriter du soleil, des cyprès comme dans les collines de Florence, des ânes, des poules, des odeurs de fermes chauffées à blanc, des hommes soudain découverts, véritables nœuds de muscles et de peau tannée qui vous regardent sans sourire, sans enlever leur casquette, des hommes enracinés dans ces collines lointaines qui ne vont à la ville qu'une fois par an et ne savent ni parler ni écrire le français, survivants d'un âge lointain.

— C'est ici ! s'exclame Tripier en désignant du doigt un tilleul en bordure d'un minuscule chemin qui s'enfonce dans la forêt.

Le coupé s'arrête. Tripier saute à terre et aide Léa à descendre.

— Attendez-nous là, dit-il en direction du cocher.

Une jungle, une floraison échevelée avec des trous inattendus laissant apparaître comme un mirage le flamboiement du crépuscule sur la mer. L'air est irrespirable à force de senteurs exaltées, mélange de poivre, de mandarine, de citron, de tilleul.

— Où allons-nous ? demande Léa pas mécontente du tout de cette promenade, et qu'importe si sa robe reste accrochée aux ronces, si ses chaussures déclarent forfait au bout de cinq minutes. Oui, qu'importe elle se sent des ailes pour courir, se rouler dans l'herbe. A leur approche les oiseaux se taisent, les laissent passer et tranquillement reprennent leur chant inouï. Léa tombe, se relève, genoux et avant-bras écorchés, sa coiffure sage n'est plus qu'un souvenir. Tripier d'un pas sûr avance régulièrement, heureux d'une joie enfantine. Pour quelqu'un de son embonpoint, le comte évite les écueils avec une surprenante agilité :

— Mais vous êtes un sportif accompli, raille la comédienne.

— Pas sportif pour un sou, ma chère, mais excusez du peu ! Quand on a traversé la forêt amazonienne comme je l'ai fait, le genre d'exercice auquel nous nous livrons n'offre plus aucune difficulté majeure.

— Je n'arriverai jamais à croire que je vis avec un explorateur qui a parcouru l'Amazonie comme d'autres la forêt de l'Estérel.

— Il faudra bien que vous le croyiez cependant ! rétorque Tripier avec le ton de celui qui en sait long sur les évidences de l'avenir.

Le soleil décline avec une lenteur sournoise. Les arbres, les bêtes, l'air lui-même profitant de cette clarté douce s'allègent, renaissent, vibrent exactement comme si c'était l'aube qui s'installait. Le crépuscule est si tendre, si clair que la nature peut s'y tromper. Pastel rose, les couleurs sont à la méditation, fragile, fraîche, l'atmosphère est au rêve. Que vient faire dans cette idylle le rugissement d'un lion ?

— Gabriel, vous avez entendu ?

— Quoi ma chère ?

— Mais, je ne sais pas, comme un rugissement !

— Pas comme un rugissement, mais un vrai rugissement de lion de l'Atlas. C'est Incendie !

— Incendie ?

— Oui, un souvenir de notre rencontre à l'Opéra. Jusque-là, je n'arrivais pas à lui trouver de nom. C'était sûrement un signe, je devais attendre. Vous allez voir comme elle est noble et belle, elle vous ressemble, rousse et insoumise. Je crois que je l'aime beaucoup.

— Elle est enfermée au moins ?

— Pour quoi faire ? non je lui monte de quoi se nourrir deux fois par semaine, elle n'a aucune raison de bouger, tant qu'elle aura à manger elle restera, de plus l'endroit doit lui plaire, les conditions climatiques sont favorables, un peu trop d'humidité la nuit évidemment, mais elle a dû trouver un abri confortable. Par contre, le soleil doit lui convenir parfaitement.

— Vous êtes fou !

— Regardez...

Allongée au milieu d'une clairière, Incendie capte la lumière finissante. Elle ne bouge pas. Une immobilité de statue si ce n'est la queue qui balaie les herbes.

— Mais j'ai peur ! s'exclame Léa.

— Nous n'allons pas plus loin, ne craignez rien, ne faites pas de mouvements brusques surtout. Elle me reconnaît, je lui ai apporté sa pitance hier matin.

— Je vous croyais à la banque.

— J'y suis passé aussi, elle doit avoir l'estomac plein de bonne viande rouge ! J'achète directement aux abattoirs, ils croient que je suis boucher.

Il éclate de rire oubliant toute prudence. Incendie en profite pour se lever. Léa recule instinctivement bien que la distance entre elle et la bête n'ait pas changé. La lionne les fixe tous les deux, terriblement attentive, gueule ouverte en silence. Brusquement le rugissement retentit, houle monstrueuse qui fait trembler les branches, tomber les feuilles, le sol lui-même attrape la chair de poule. Léa ferme les yeux, elle est morte, des dents s'enfoncent dans sa chair, son sang jaillit, ses artères se rompent, ses veines se déchirent. Le mugissement se transforme en un grognement lugubre qui glace la clairière entière.

— A quoi rime ce lion en liberté, Gabriel ? J'ai vraiment cru que ma dernière heure était arrivée. Cette bête va sûrement dévorer quelqu'un dans le coin. C'est une plaisanterie, j'espère.

Tripier un peu pâle lui serre la main, la porte à ses lèvres et l'y laisse un moment avant de répondre :

— Il n'y a personne dans le voisinage, je m'en suis assuré, et de toute façon je vais faire installer une clôture dès demain.

— Comment ça une clôture ?

— Tout est à nous, ma lumière, tout vous entendez, d'ici jusqu'à la route, d'ici jusqu'au faîte de la colline, d'ici jusqu'au plus loin que vos yeux puissent voir et de chaque côté que vous vous tourniez, oui, aussi loin...

La respiration courte, Tripier s'arrête brusquement, une légère sueur perle à son front. Léa secoue la tête. Voilà Tripier propriétaire terrien. Du coup, la lionne perd de son importance, devient caprice, détail, jouet.

— Depuis quand ? interroge-t-elle.

— Un mois, peu de temps après notre installation à l'hôtel. Il faut vous dire, Léa, enfin sans doute le savez-vous, mais dès le moment où je vous ai rencontrée j'ai souhaité ne plus jamais vous quitter, ne plus jamais être séparé de vous. C'était une utopie alors. Et puis vous m'avez aimé, vous m'avez abrité, moi qui venais de si loin, inconnu, peu fréquentable. Il fallait un être d'exception pour m'accepter. Vous êtes la femme que j'ai toujours désirée sans oser seulement la chercher. A vos côtés il m'arrive de m'éveiller la nuit et de pleurer de joie. Je pleure doucement pour ne pas troubler votre sommeil. Je pleure de joie mais aussi de l'angoisse de vous perdre...

Le chemin du retour s'effectua dans un silence total. Léa marche légèrement en avant suivie de Tripier moins assuré qu'à l'aller. A moitié du trajet une silhouette, celle du cocher malade d'inquiétude.

En les voyant l'homme pousse un soupir de soulagement :

— Je vous croyais morts pour le moins.

— Pas encore cette fois-ci, répond posément Tripier.

— Vous n'avez pas entendu un drôle de bruit tout à l'heure ? je ne sais pas ce que c'était, mais ça m'a foutu la frousse. On aurait dit un lion.

— C'en était un, dit Léa sans sourire.

L'homme hausse les épaules :

— Madame a le sens de la plaisanterie.

La voiture va lentement, cahotant dans le noir. Léa enfouit son visage dans la poitrine de Tripier...

— Vous êtes complètement fou mais je vous aime, chuchote-t-elle.

L'idée, la grande idée du comte, Léa l'apprit cette nuit-là, c'était la réalisation d'un jardin zoologique. Incendie constituait le premier jalon d'une collection fabuleuse d'animaux rares. Les plus curieux, les plus sauvages, les plus cruels, les plus beaux, les plus nobles. Vivant en semi-liberté dans des conditions telles qu'aucun autre zoo ne pourrait en offrir de semblables. Ces animaux, Tripier irait les chasser lui-même, tigres royaux de la jungle des Indes, lions à crinière noire de l'Atlas, panthères de Java. Le zoo de Cimiez deviendrait le plus recherché du monde. Et ce zoo avec toutes ces bêtes, ces raretés, il le lui offrirait à elle. C'était son cadeau de noces ! Un endroit idyllique où ce sera éternellement la joie, où le bonheur seul aura droit de cité. Loin des hommes, de la jalousie de la société, ils vivront une aventure unique au cœur de la nature, proches des bêtes et des éléments essentiels. Tripier ne tarissait plus. Debout dans la chambre il dessinait l'avenir à grand renfort de gestes, tout se bâtissait en quelques secondes d'un revers de ses mains. L'exaltation lui arrachait les yeux de la tête, sa voix vrombissait. Léa était obligée de le modérer à grand renfort de serviettes froides. Zoo ? Pas seulement mais aussi parc d'attractions, restaurant, manèges pour que les enfants s'amusent à en perdre le souffle.

— Il y aura des poneys pour les promenades des petits, des chevaux pour les grands. On servira des glaces et des boissons inconnues en Europe, dont je possède le secret, des tisanes fabuleuses, des plantes miracles. Nous serons dans les guides touristiques. On parlera de nos lions à Londres, à Bruxelles, à Genève ; des spécialistes, des collègues viendront me rendre visite, discuter avec moi des meilleures façons de préserver la faune. Léa, tu dirigeras tout cela, je te regarderai te déplacer dans le soleil, tu porteras des vêtements d'amazone, tu auras des bottes rouges et tes cheveux seront toujours en liberté. Il y aura des rugissements, des cris, des soupirs, l'odeur des fauves embrassera celle des fleurs. Dieu ! ça sera beau et bon !

Léa ouvrit la fenêtre, Tripier fumait de partout, sémaphore en flammes. Il se livra au froid, ouvrit sa chemise, essuya ses tempes mais la fièvre était trop forte. Il repartait de plus belle, recommençait à zéro s'il le fallait avec à chaque fois des mots plus fous pour dépeindre ce futur qui prenait des allures de légende. Au matin Léa posa enfin la question :

— Et l'argent, mon ami, vous avez l'argent ?

Tripier sauta sur place d'étonnement. Le blanc de

l'aube accentuait sa pâleur naturelle. Quand il répondit d'un ton enjôleur il ressemblait à un fantôme mal rasé.

— L'argent, disons qu'il m'en reste suffisamment pour commencer les travaux, pour la suite je me débrouillerai avec la vente d'animaux aux grands zoos internationaux...

Il vint s'asseoir à côté de Léa, face à la fenêtre par où entrait un jour léger et rose.

— Léa, vous ne savez pas tout.

— A quel sujet ?

— L'argent, l'argent, je suis riche, Léa, ou plutôt je devrais l'être ; d'où croyez-vous que je sorte tous ces billets ? Vous m'auriez connu il y a encore un an je croulais sous l'or, je parcourais le monde en véritable prince. Ma fortune n'avait pas de limites, j'étais propriétaire d'un placer en Guyane hollandaise. Oui, Léa, je ne chasse pas seulement les gazelles et les tigres, l'or m'intéresse aussi. J'avais découvert un magnifique filon bourré jusqu'à la gueule d'or fin. J'avais réalisé le vœu tant espéré, si rarement réalisé des vieux chercheurs. Un beau, un pur gisement entièrement à moi. Les pépites crépitaient sous les doigts, on aurait dit des étoiles filantes. Je restais des heures les bras plongés dans le sable et à chaque fois que je les remontais à la surface, à chaque fois, Léa, ils étaient recouverts d'or, un or de première qualité. Constellé j'étais. Les indigènes me prenaient pour une idole, ils m'apportaient des fruits et des femmes, ce qui chez eux est le signe d'adoration religieuse. Malheureusement je suis rentré en France pour confier or et titres de propriété à ma banque, une très bonne banque jusqu'à ce qu'elle s'effondre quelques mois après mon retour. Le krach de l'Union générale, vous avez entendu parler ?

Léa n'avait pas entendu..., elle avait sommeil, l'or bien loin de la stimuler l'endormait. Tout perdu ! Titres, or, fortune dans le krach. Il ne lui restait que de la monnaie. Et c'était avec elle qu'il vivait depuis lors, avec elle qu'il avait acheté le terrain de Cimiez, avec elle qu'il préparait une nouvelle expédition. Le seul inconvénient c'est qu'elle tirait à sa fin, livrait ses dernières splendeurs.

Les interpellations des bugatières, les cris des vendeurs de soda, ceux gonflés d'huile bouillante des marchands de pissaladière rompirent le charme des oiseaux. Le matin était là et bien là avec un soleil gros comme l'été.

— Tu sais comment nous l'appellerons notre zoo, Léa ? dit Tripier, j'y pense depuis longtemps déjà : la Ferme bretonne en souvenir de mon enfance. Parce que cette fois je crois tenir le bon bout. Je ne peux pas me tromper n'est-ce pas ?

Léa ne répondit pas. Elle dormait.

Tripier se laissa couler sur les draps éclaboussés par le grand jour, la gorge sèche et la langue lourde d'avoir tant parlé. Ivre de sommeil, yeux clos il murmura une dernière fois juste avant de sombrer : « La Ferme bretonne ! La Ferme bretonne... »

CHAPITRE VIII

TRIPIER-LAGRANGE partit au milieu de l'été, vêtu d'une chemise largement échancrée, d'un pantalon de flanelle froissé, porteur d'une vieille valise patinée et d'un parasol qui pouvait servir à l'occasion de parapluie. Destination le Sénégal via Paris et Bordeaux, où l'explorateur devait s'embarquer à bord de l'*Audacieuse.* Léa l'accompagna à la gare, elle avait envie de pleurer mais sut se maîtriser. Tripier livide finit par avouer peu avant que le chef de gare ne lève son drapeau :

— Je suis d'une sensiblerie maladive...

Le train s'éloigna, Léa secoua son mouchoir, Tripier balança sa main en plein vent. Ils continuèrent ainsi bien après que le train d'un côté et la gare de l'autre eurent disparu à leurs yeux.

Léa demeura figée, toute drôle de se retrouver seule pour la première fois depuis des mois. Seule pour longtemps. Elle avait peur soudain. Les rues dormaient, entre les murs suintant de chaleur. Volets clos, persiennes bouclées, fenêtres fermées, Nice offrait un visage de muraille interminable. La lumière blanche tuait l'ombre sous les pas. Des chevaux harassés hennissaient doucement à la recherche d'un peu de fraîcheur. Les mouches s'empiffraient de crottin, les cochers léthargiques sortaient à peine de leur torpeur en chargeant les quelques rares clients qui osaient affronter le pavé en fusion. Même l'hôtel fleurait la somnolence. Mme Baudoin abasourdie glissait de sieste en sieste, confiant la marche des affaires aux femmes de ménage siciliennes. Des dures, celles-là, qui n'en faisaient pas tout un plat pour quelques degrés de plus au thermomètre. La directrice ne pointait le bout de son nez que vers les six heures du soir, luisante de sueur, des cernes mauves sous les yeux et le sein battant de suffocation.

La troupe du Théâtre-Français avait été renvoyée dans ses foyers pour la morte-saison. Cortellazzo avait promis de les réengager tous. Tous, sauf Edmond, étouffé par une quinte plus forte que les autres à la fin du printemps. On l'avait retrouvé baignant dans son sang sur le lit défait, Mme Baudoin avait fait évacuer le cadavre par la porte des livreurs. En pleine nuit. Toute la troupe s'était rendue à l'enterrement. On avait fait vite à cause de la chaleur. Léa avait envoyé un bouquet de fleurs anonyme.

Avant de partir, Tripier avait réglé le maximum de choses : les ordres aux entrepreneurs pour la construction du zoo y compris la villa où ils habiteraient. Il avait réglé les plans, discuté avec les architectes, les jardiniers, laissé de l'argent et signé un tas de papiers dans lesquels il stipulait qu'en cas de malheur l'ensemble de ses biens revenait à Mme Léa d'Ascot. Incendie, la lionne, avait été capturée et confiée à un petit zoo du Var. Les travaux étaient énormes. Terre chamboulée, retournée, pelouses aménagées, arbres plantés. Pour les cages, Tripier avait décidé qu'il s'en occuperait à son retour. Pour le reste, Léa se retrouvait responsable avec dans son sac une dizaine de carnets pour noter, commander, compter. Complètement nue, allongée sur les draps tièdes, une lassitude s'emparait d'elle à l'avance. Comment parler aux entrepreneurs, quoi leur dire, comment s'intéresser à un chantier, en déterminer le destin, elle qui ne savait pas lire un plan, elle à qui les échafaudages faisaient peur ?... Il faudrait décider, choisir, trancher dans la plus complète ignorance des problèmes.

Pourtant le lendemain et tous les jours qui suivirent elle monta à Cimiez. Voir tous ces hommes ruisselants travailler pour elle lui donnait des ailes. On nivelait, on creusait, il y avait des cris, des rires, de la vie. Le temps passait vite malgré la chaleur. Elle arrivait vers les onze heures. M. Robini, l'entrepreneur, l'attendait. Les plus belles, les plus riches demeures c'était lui. Lui et sa bande d'Italiens, travailleurs acharnés qu'il payait royalement avec une bouteille de vin et un panier de victuailles pour la journée plus quelques sous à Noël. Un petit homme déjà gris, déjà bedonnant, aux traits de paysan analphabète, un rustre insensible aux autres et à lui-même. L'argent qu'il gagnait remplissait sa cave à charbon. Il parlait peu et vite, il marchait planté sur ses courtes jambes d'un pas précipité comme si le temps, ce sacré temps, lui manquait depuis le premier jour de son existence. Son français sortait d'un pressoir, consonnes fracassées, voyelles définitivement aplaties. Malgré son éternelle mauvaise humeur, il était là, yeux baissés, renfrogné, à bout de nerfs, de patience mais présent.

— Vous z'êtes encore trop tard, mademoizzelle... Robini là depuis un' ora..., vous suivre sans mettre guiboles dans les trrrous.

Léa ne comprenait strictement rien à ce qu'il lui expliquait dans son charabia de locomotive pressée. Par hasard, elle saisissait une expression par-ci par-là : corridor, cuisine, buanderie. A chaque fois il insistait sur l'emplacement de la camera matrimoniale... et à chaque fois son regard vitreux la déshabillait entièrement. Sensation fugace mais tellement précise que Léa en restait toute ramollie comme si elle venait de courir à perdre haleine. Pour le constructeur, Léa était una putana qui avait trouvé le pigeone ! Quand me renversera-t-il sous les échafaudages ? s'inquiétait la jeune femme. Mais Robini n'entretenait aucun rapport licencieux avec la clientèle : « Même avec una putana », précisait-il dans un rire gras qui redonnait le moral à ses ouvriers.

Robini s'envolait au détour d'un remblai, abandonnant Léa au milieu des Italiens qui la reluquaient entre deux coups de pioche, commentant à voix haute ce qu'ils apercevaient. Rien que les sourires la faisaient rougir. Elle s'éloignait la démarche serrée, la tête haute, yeux au ciel.

La voiture l'attendait à l'entrée de la propriété, il lui fallait sous le plomb du soleil de midi parcourir le chemin poussiéreux. Les cochers n'en revenaient pas de ce bout de femme en grande tenue qui se débattait dans la caillasse. La profession, après quelques jours de randonnées, la surnomma l'Originale. Belle course d'ailleurs que celle de cette folle. Le cocher qui la décrochait avait gagné sa journée. Il fallait une heure pour monter, autant pour descendre sans compter l'attente. Quelle surprise la fois où, place Masséna, on la vit passer juchée en amazone sur une mule ! Après une rigolade à se faire pipi sous le tablier, un silence gris s'installa. Les cochers de Nice venaient de perdre leur meilleure cliente. Ce fut dur pour les fesses de la comédienne, ce balancement régulier répercutant le moindre défaut du terrain, le plus petit caillou, la plus légère crevasse. Un calvaire ! Mais Léa tint bon, cette mule aux yeux si tristes qu'elle hésitait toujours à lui grimper sur le dos avait le mérite de lui faire gagner une part d'indépendance sans parler des sommes considérables économisées. Mademoiselle était une bête plutôt grognon de caractère. Elle se hissait en ronchonnant péniblement jusqu'à la Ferme bretonne, la moitié du trajet lui aurait largement suffi. Les derniers kilomètres s'effectuaient avec une mauvaise volonté évidente. Au retour, Mademoiselle se vengeait en cahotant, zigzaguant, se cabrant même parfois devant un danger complètement imaginaire. Léa gentiment lui racontait qu'elle avait de la chance de ne pas être en Afrique à soutenir Gabriel, ce qui n'était déjà pas un mince travail, mais surtout d'avoir à se méfier des serpents, des scorpions, sans parler des lions et des tigres qui vous sautaient sur le râble à l'improviste. La mule écoutait d'une oreille distraite. Elle n'avait aucune imagination en ce qui concernait les contrées lointaines.

Nice était une petite ville. Léa fut vite connue. On se dérangeait pour la voir sur sa monture, habillée de pied en cap, chaussée de talons hauts, moulée de drap rouge. Dans l'ennui pesant presque autant que la chaleur, elle tranchait sur l'uniformité lassante du ciel bleu. On commençait aussi à discuter sérieusement de ce zoo bâti sur les hauteurs, plus loin que Cimiez à la campagne, là où personne n'allait jamais. Robini au Cercle de la Méditerranée ricanait : « C'est une folie, de l'argent foutu en l'air !... » Monter au diable pour contempler deux autruches, un vieux singe, il fallait être parisien pour croire une chose pareille. Ça ne l'empêchait pas, Robini, de pomper l'argent. Robini et les autres. Tous ceux qui exigeaient d'être payés comptant. On ne faisait pas confiance à une femme. Encore moins à une femme pas mariée. Et pas du tout à une comédienne vivant à la colle avec un éléphant à la réputation d'escroc.

La solitude, une solitude implacable, habitait Léa. Ses seules rencontres tournaient autour des travaux et de l'argent. Elle passait d'un Robini ironique et méprisant à un banquier soupçonneux et inquiet. Partout elle sentait la suspicion, la méfiance. Le projet était dément, ridicule, ruineux, on le lui faisait entendre pendant qu'elle lâchait les billets, toujours et toujours. L'unique geste qu'on acceptait d'elle. Ça ne marchera pas..., ça n'ira pas jusqu'au bout... Faites-la payer avant que cela ne soit trop tard... Ces phrases hurlaient aux oreilles de la jeune femme même si aucune n'était prononcée tout haut devant elle. Son comportement n'arrangeait pas les affaires : pas de politesse, de sourires complaisants. Les nuits irrespirables, Léa les passait assise, trempée de sueur, dans l'espoir d'un peu d'air frais à l'aube. Il y avait ce silence épais, l'hôtel vide et cette angoisse qui lui taraudait la poitrine. « On me retrouvera un matin, comme Edmond, écroulée sur les draps froissés de transpiration. »

Elle avait peur seule, si seule, jambes pendantes dans le vide. Personne pour penser à elle, pour savoir qu'elle existait, elle et pas seulement cette image glacée que les gens croyaient être la sienne. Tout simplement elle n'était pas de ce monde, voilà la vérité. Sauf pour cet explorateur poussant la brousse de son gros ventre. Dans la nuit immobile comme une pierre de château fort, Tripier s'estompait. Il lui arrivait d'être persuadée que le comte n'avait jamais existé, qu'il ne reviendrait pas de toute façon, Afrique ou pas. Il disparaîtrait comme il était apparu. Gabriel Tripier-Lagrange était un leurre, un mythe, quelqu'un certainement incapable de réapparaître, valise d'une main, gazelle du désert de l'autre. Suspendre sa respiration, se couler dans le vide poisseux, mourir d'avoir trop fermé les yeux, d'un souffle que l'on oublie, d'un battement de cœur qui s'éternise au ralenti. Heureusement, il y avait les soucis du lendemain matin, les soucis taillés dans la masse du concret, demain arriveront les bois de charpente, des bois italiens qu'il faudra régler illico. Oui, demain il y aura le chantier, ça elle ne l'avait pas rêvé, ni les papiers signés par Tripier, ni l'argent de la banque, ni les traites. Bien sûr qu'il reviendra dans ces conditions, comment pourrait-il faire autrement ? Elle divaguait.

C'était cette nuit oppressante, la chambre sinistre, cette moiteur planant sur la ville. Rien de grave. Le soleil arrangeait tout. Comme toujours. Ici les gens comptent sur le soleil. Ils n'ont confiance qu'en lui. Il est là, le bonheur les fait chanter, absent, le malheur s'installe dans les bouches au goût d'amertume.

Le lendemain Léa reprenait le chemin des collines sur sa mule récalcitrante. Les ouvriers s'étaient habitués à la voir. On la saluait. Robini n'avait plus besoin d'être là pour la guider. Elle se dirigeait avec aisance. Elle demandait, on lui répondait. Des mots simples de chaque côté. La maison prenait forme, les dépendances aussi, le jardin se dessinait, les allées se profilaient... Seigneur ! c'était donc vrai ! Au fond le grand espace réservé aux cages luisait, recouvert d'un sable bien blanc, du sable de mer, avait spécifié Gabriel. La charpente sortait de terre, les traits au crayon marquaient l'emplacement des futures cloisons, les parties encore vides se peuplaient de murs, les pièces prenaient corps en plein ciel. Léa restait d'interminables minutes le regard fixé sur les grands bras noirs des matériaux de construction. Un sentiment nouveau s'emparait d'elle qui la faisait trembler de joie et d'incrédulité.

Robini ne pouvait plus jouer au grand architecte initié. D'ailleurs le maître venait beaucoup moins. Une fois par semaine pourtant, il s'imposait la visite complète des lieux. Léa marchait à sa hauteur. Elle était chez elle. Inutile de lui indiquer avec de lourds sous-entendus la fameuse camera matrimoniale. Arrivés sur l'emplacement, elle s'arrêtait, traînait volontairement, mais Robini se taisait, plus d'allusion. Léa regrettait. Elle avait préparé des réponses cinglantes ! Mais Robini n'était pas malin pour rien : « La frema, elle sait ce qu'elle veut... » La femme sait ce qu'elle veut, la définition faisait le tour des fournisseurs, des entrepreneurs. Léa devenait une interlocutrice convenable. Elle en recevait des preuves dans la manière dont on lui adressait la parole, dans la façon qu'avaient certains ouvriers de lui demander conseil même si, par la suite, ils comptaient bien faire comme ils l'entendaient. Mais Léa tenait à ce que les choses soient comme elle le voulait. Elle fit refaire des pans entiers de parterres de fleurs que les jardiniers avaient modulés à leur manière au détriment des plans et des paroles donnés. Elle se fit haïr un moment mais ses décisions ne furent plus jamais trahies. Elle s'endurcissait. Le temps passait plus vite. Le travail tuait l'angoisse. En réduisant au minimum les heures de complète solitude, Léa arrivait à se donner le change d'une vie bien remplie, l'effervescence se substituait au silence.

CHAPITRE IX

Le soleil bascula derrière d'épais nuages goudronneux, des pluies torrentielles arrachèrent les feuilles par grosses poignées, une humidité poisseuse infusait les rues et les places. Au zoo la boue faisait le gros dos, crevait en bulles énormes à la surface du sol, le chantier entier vomissait une terre noire, glauque, mouvante. Impossible de marcher, encore moins de travailler. On déconseilla à Léa de monter par un temps pareil surtout qu'il n'y avait rien à voir. Elle partit sous un ciel bariolé d'auréoles bleutées mais au cours de l'ascension les auréoles se diluèrent, un gris uniforme plomba l'horizon. Aux Quatre-Chemins l'averse la trempa en quelques secondes. La mule inondée s'arrêta flageolante sous l'assaut des gouttes lourdes comme des balles. Régulière, monotone, l'averse prenait mauvaise tournure. Le ciel s'obscurcissait passant du marron au noir complet. La pénombre s'installa en quelques minutes, des chiens aboyaient annonçant la nuit. Léa se réfugia sous un tilleul. Le froid s'infiltrait sous ses vêtements dégoulinants, bientôt elle se mit à trembler. La jeune femme se rapprocha de Mademoiselle guettant son souffle chaud que la tempête happait. Vrombissante, la pluie s'enflait des grondements du tonnerre, des éclairs violacés sillonnaient la campagne. La mule se préparait à la fin du monde. Le tilleul rendait les armes en perdant son feuillage par touffes entières. Sa protection n'était plus qu'une sensation illusoire. Soudain dans ce noir funèbre une lueur ! La lueur d'une calèche, une bonne calèche, pas une carriole de paysan, les paysans ne sortent jamais la nuit, encore moins lorsqu'il pleut, non la voiture de quelqu'un de la ville, de quelqu'un qui rentrait en ville ! Les roues patinaient, l'habitacle secoué, malmené, balançait dangeureusement, les essieux craquaient. Léa se précipita en criant : « Oh ! là, Oh ! là ! » Elle risquait de se faire écraser, soit que le conducteur ne la vît pas derrière le rideau des gouttes, soit qu'il fût incapable de stopper à temps l'attelage, ou encore qu'il jugeât trop périlleux d'arrêter pour une silhouette ratatinée au bord du chemin. Mais la calèche s'immobilisa dans une gerbe fusante qui cingla la jeune femme et faillit la culbuter dans l'ornière. Vacillante, Léa se sentit soulevée, emportée, renversée sur une banquette de velours sec. Divinement sec. Un homme râblé, court sur pattes, aux lèvres sensuelles la regardait en souriant. Malgré le vertige qui l'empêchait de bouger, Léa trouva qu'il ressemblait à Guy de Maupassant. Même allure de dandy bien portant, même regard curieusement fixe, même moustache alourdissant le bas du visage. La comparaison avec l'écrivain cessait à la frontière d'une sorte de force naïve qui imprégnait complètement l'homme. Malgré cette force physique à fleur de peau, Léa sentit immédiatement la fragilité. Ce corps de lutteur enveloppait une sensibilité de jeune chiot.

— J'arrive à temps, doux Jésus ! Je me présente, Albert Sénéchal, inventeur, trente ans dans quelques jours pour vous servir, madame Léa d'Ascot.

Ce qui étonna le plus la jeune femme, ce fut l'accent, un bon gros rocailleux accent niçois. La calèche repartit, Mademoiselle attachée à l'arrière du véhicule. Albert avait pris place face à Léa, les pieds largement posés à plat dans la flaque d'eau qui durant le voyage se mua en mare.

— Comment connaissez-vous mon nom ? demanda Léa.

Sénéchal éclata de rire avant d'allumer une petite pipe au fourneau légèrement renflé qui étrangement rappelait toute sa personne.

— Je revenais de chez vous, madame...

— De chez moi !

— Oui, madame, j'étudie la route.

— Je ne comprends rien à ce que vous dites.

Albert sourit mystérieusement, très content de lui, avant de reprendre :

— Madame, je vous ai dit que j'étais inventeur, or pour mon invention, celle en qui je place tous mes espoirs, il faut que je connaisse par cœur la route qui mène au futur zoo.

— Par ce temps !

— Justement, justement.

Léa avait l'impression de peser des tonnes, une migraine frappait ses tempes, elle se sentait atrocement laide, maculée de maquillage fondu, les vêtements incrustés dans la peau. Le jeune homme au torse bombé la fatiguait avec ses secrets. La pluie martelait la calèche avec une rage insatiable. Les sauts, les bosses, la danse ininterrompue de la voiture l'écœuraient. Elle se redressa avec un sourire de circonstance plaqué sur ses traits livides. Être au chaud, être dans un lit, sèche... et dormir ! Ce n'était plus un souhait, un rêve mais une obsession lancinante.

Le sommeil la gagnait quand de nouveau à travers le bruissement de la tempête la voix du jeune homme retentit.

— Avez-vous pensé, madame, juste une fois, à la façon dont les gens se rendront chez vous ? Le tramway à chevaux n'arrivera jamais à grimper jusque là-haut ! Les familles modestes hésiteront à louer un fiacre. Alors que se passera-t-il ? Non, ce qu'il faut c'est un système nouveau, révolutionnaire pour accéder à la Ferme bretonne.

— Vous en savez des choses !

— C'est que je suis directement concerné, madame.

— Pour le moment il n'existe même pas de route, vous le voyez bien ce soir...

— Elle existera, trancha l'inventeur avec assurance, le zoo aura un tel succès qu'ils ne pourront pas faire à moins.

Décidément, le dandy ne doutait de rien. Cette foi dans le zoo, même si elle semblait enfantine, réconforta Léa. Quelqu'un d'autre croyait donc à cette histoire. Quelqu'un qui semblait tout connaître, quelqu'un qui avait réfléchi et analysé l'affaire et dont les conclusions étaient plus que favorables !

— Vous savez, reprit d'une voix douce Albert, cette ville, toute la région vont terriblement changer. Nous sommes encore au Moyen Age et nous allons sauter sans y prendre garde dans le XXe siècle. Penchez-vous, regardez, vous ne voyez rien n'est-ce pas ? Absolument rien... Eh bien, dans quelques années tout ce noir sera constellé de lumières. L'électricité, madame ! L'électricité sera partout, les lampadaires, le chauffage, les machines, les locomotives, tout cela fonctionnera à l'électricité...

Il levait des bras courts, prophète fêtant la grande victoire sur les ténèbres. Complètement habité par la fièvre électrique, il étincelait radicalement.

— L'avenir est inimaginable, madame, aussi moi je parie pour l'impensable, tant pis si je me trompe. La traction électrique sera le moyen de transport de demain, c'est une certitude absolue. Écoutez-moi bien, non pas comme cela, regardez-moi dans les yeux, voulez-vous que je vous dise... Les visiteurs de votre zoo, c'est avec ma machine qu'ils s'y rendront. Le tramway électrique, madame d'Ascot ! Oui, une voiture entièrement tractée par l'électricité. Je ne rêve pas. Des expériences ont déjà eu lieu, des machines fonctionnent aux États-Unis avec des passagers à l'intérieur, des gens qui se rendent d'un endroit à un autre, des omnibus sans chevaux, de belles voitures qui glissent dans l'air sans bruit, sans secousse, insensibles au vent, à la pluie, au froid, des merveilles de précision, de sécurité, d'agilité. De grandes machines de plus de vingt places assises, qu'un bonhomme tout seul peut faire partir en appuyant sur un bouton. Un bouton noir, un tout petit bouton noir. L'homme appuie, on l'appelle un wattman, et le tram s'envole, plus rien ne peut l'arrêter, inflexible, rigide sur ses rails, sans une défaillance. Une merveille d'au-delà de l'humain...

Il y eut quelques instants de silence criblés par la pluie. Léa regarda l'inventeur sans ciller. Elle le trouvait beau. Ils arrivèrent devant le porche de l'hôtel Cosmopolitain plus vite qu'elle ne l'avait imaginé. Albert se précipita pour détacher la mule. Il fallait se quitter, se dire des mots gentils, des merci, des à bientôt... En vérité, ni l'un ni l'autre ne sut comment faire. Albert bredouilla un au revoir insipide, Léa renouvela sa reconnaissance de l'avoir tirée d'un si mauvais pas. Ce fut tout. Comme exprès il ne pleuvait plus que du bout des nuages. Un voile fugace que le vent emportait.

Le lendemain, les clochers des églises disparaissaient dans une brume de lessive bouillante. L'automne en espion se glissait dans la ville encore submergée par l'été. Une lettre attendait Léa. Une lettre d'Albert Sénéchal l'invitant pour le soir à dîner au restaurant Français. Pour parler affaires, spécifiait l'inventeur. Léa ne savait pas si elle avait envie d'accepter ou non. Passé midi, refuser aurait passé pour une incorrection. Sans se décider intimement, Léa se retrouva prise pour la soirée. Et c'était vrai qu'elle n'avait aucune idée précise sur la question. Revoir Sénéchal, pourquoi pas ? Ne pas le revoir... Ce qui l'empêcha peut-être de se décommander ce fut la perspective d'échapper à l'ennui. Le terrible ennui de la soirée solitaire devant une assiette de potage dans la chambre éclairée au gaz. Elle pensa robe, celle de satin bleu, une neuve qu'elle n'avait jamais eu occasion de porter. Elle pensa coiffure, à ses cheveux roux que plus personne n'admirait, elle eut envie de les brosser, de s'asseoir devant le miroir de la commode et d'y passer un long moment. Elle se baigna dans la salle de bains à l'étage. Les femmes de chambre portèrent les seaux d'eau chaude en riant. C'était si rare un bain à quatre heures de l'après-midi que cela vous donnait un air d'inattendu et de fête... Mme Baudoin crut devoir sortir de sa sieste, l'entrain et la bonne humeur générale la renvoyèrent au lit avec un supplément de migraine.

L'avenue de la Gare avec l'automne si proche retrouvait son brillant. Les restaurants fermés pendant la saison chaude réallumaient leurs lampadaires, les cochers tapaient du pied déjà comme en plein hiver, les attelages se suivaient le long des trottoirs entourés d'une volée d'oiseaux affamés de crottin jaune et frais. La ville bruissait, ressuscitait doucement à la vie. Ils dînèrent dans une salle où les servants étaient plus nombreux que les servis. Léa était si resplendissante qu'Albert faillit choir à la renverse. Le bleu mettait en évidence la chevelure feu, le décolleté livrait une poitrine palpitante, mouvante, scintillante d'ombre et de lumière. Albert envahi par cette chair translucide ne pouvait la quitter des yeux. A tel point que Léa dut mettre un châle pour permettre à la conversation de s'installer. Pauvre Albert ! il chipotait une larme de foie gras, un rien de turbot, décidément, la fourchette de Tripier manquait. Léa en était toute déconcertée. Et le vin ! un désastre. Elle avait déjà bu une demi-bouteille de chassagne-montrachet qu'il avait à peine trempé ses lèvres dans le nectar. Il parlait tant ! Il parlait tant de lui.

— Vous savez, nous autres Niçois, nous sommes de petites gens, pas d'aristocratie dans le comté, ou si peu, pas de bourgeoisie immensément riche, nous sommes un peuple de pêcheurs, de paysans et de négociants. L'ère industrielle n'est pas arrivée jusqu'ici et elle n'y viendra jamais. Sans les hivernants, nous serions, excusez-moi l'expression, « le trou-du-cul de la France ». Seulement voilà, la population ne comprend rien à toute cette fortune, la disproportion est trop grande. D'où viennent ces femmes et ces hommes ? de quel univers ? on les dit anglais, allemands, russes, mais cela ne signifie rien pour le Niçois qui n'a jamais traversé le Var. Pour lui, l'étranger, c'est tout le monde, un tout-le-monde qui brasse des sommes d'argent qu'il n'arrive seulement pas à imaginer. Les événements, les choses vont trop vite. Il a peur. Il voudrait profiter bien sûr mais aussi conserver son intégrité. Ici, les choses ont plus changé en trente ans qu'en trois siècles ! Il y a de quoi ne plus savoir où donner de la tête. Mon père exportait de l'huile et son père avant lui et le père de celui-ci, et soudain on a proposé à mon père d'acheter du terrain, puis de le revendre, d'augmenter sa production d'huile et de la vendre sur place plutôt qu'ailleurs. Il a été pris de vertige, Léa, vous permettez que je vous appelle Léa ? en un mois il gagnait les bénéfices de toute une année avant l'invasion, comme il disait. Et ça voyez-vous il n'a pas pu le supporter. Il a dépéri, son caractère s'est aigri, il ne parlait presque plus, il me regardait d'une drôle de façon, inquiet. De plus en plus inquiet. Et un matin on l'a trouvé pendu dans l'entrepôt. Il se balançait au-dessus des tonneaux d'huile qui avaient été toute sa vie après avoir été celle de ses ancêtres.

Elle l'écoutait attentive, hochait la tête, souriait. Elle aurait aimé trouver quelque chose à dire, quelque chose de pertinent, prouvant qu'elle s'intéressait à lui, à ses problèmes, mais elle se sentait désespérément vide. Pourtant, Albert devenait plus proche, il parlait d'elle maintenant, enfin du zoo.

— Il vous faudra soulever l'inertie de beaucoup de monde. Ici, on n'aime pas les idées originales. C'est tellement plus facile de ramasser l'argent sans se poser de questions. A quoi bon avoir de l'imagination ! Au fait, vous êtes aidée par quelqu'un dans cette galère ?

Léa ne releva aucune ironie dans la question de l'inventeur.

— Oui, répondit-elle, par mon ami le comte de Tripier-Lagrange.

— Ah ! oui, il me semble en avoir entendu parler. Et où est-il en ce moment ?

Le voilà avec ses gros sabots ! Elle ne put s'empêcher d'être méchante.

— Pourquoi ? vous faites une enquête ?

Albert Sénéchal rougit, pâlit, sa voix tremblait.

— Pas du tout, Léa, si je vous demande cela, c'est que vous en aurez bien besoin pour faire bouger les fonctionnaires de la municipalité. Comprenez-moi, il vous faut une route, la ville doit prendre la décision de prolonger le boulevard de Cimiez jusqu'au zoo. Je ne prêche pas seulement pour ma chapelle, Léa, croyez-moi...

— Hier soir, vous disiez qu'ils seraient bien obligés, l'interrompit Léa.

— Même obligés, il faudra les forcer, je sais de quoi je parle. Tenez, mon tramway, ils sont tous venus le voir à l'entrepôt. J'ai vendu l'affaire de mon père, remplacé l'huile par la mécanique. J'ai tout sacrifié. Oui, ils sont venus, ils ont trouvé cela fort intéressant, ingénieux, économique, moderne, pratique, mais j'attends toujours de leurs nouvelles. Votre idée de jardin d'acclimatation si loin du centre, à la campagne, c'est ma chance, Léa... Vous comprenez, je désespérais, ma machine rouillait. Mais j'ai repris espoir en entendant parler de votre projet puis en vous voyant...

Essoufflé, il tendit la main à travers la table. Souriante, Léa la saisit mais n'en laissa pas les doigts se refermer sur les siens.

— Vous êtes gentil, Albert, moi aussi je peux vous appeler Albert, n'est-ce pas ?

Elle avait envie de se moquer de ce gros chien au cou de taureau, de le faire marcher oh ! juste un peu...

— Léa, nous devons nous serrer les coudes, nous menons le même combat, vous, le comte et moi. Je vous aiderai de mes relations, vous savez je parle niçois, c'est plus important qu'on ne le pense.

Soudain il se tut, réajusta ses manchettes et d'un ton plus confidentiel, presque timide, demanda :

— Vous viendrez à l'entrepôt ? Je vous en prie, ne répondez pas non tout de suite, réfléchissez, il faut que vous la voyiez de près, il faut que vous la touchiez, vous verrez comme elle est noire et luisante, une vraie tigresse.

Décidément, elle l'appréciait lorsqu'il délirait sur sa machine électrique.

— Allons-y maintenant, voulez-vous ?

CHAPITRE X

Le coche file dans les rues noires. Les ateliers, les remises, les écuries font la course derrière deux ou trois usines. Usine, le mot est nouveau. Il y a l'usine à gaz, la manufacture des tabacs, les voies du chemin de fer. Des gens vivent dans ces quartiers, des petites gens, comme on dit. Des petites gens dans des petites maisons, deux familles par étage, sur le fronton un nom : celui du propriétaire. Par-devant, un jardin mi-agrément, mi-tomates avec beaucoup de poussière et un arbre rabougri qui fleurit malgré sa vieillesse et ses racines hors d'usage. Au rez-de-chaussée une boulangerie avec son grand four à bois. Les bonbons attendent les enfants du matin dans de grands pots transparents, l'air embaume la croûte brûlante, l'horloge grignote le temps qui reste à l'apprenti pour pétrir toute cette farine qui le fait tousser. La rue entière absorbe l'odeur du pain frais, du pain chaud. Mais personne n'est là pour la respirer. On dort. Il faudra se lever tôt pour arriver à temps dans les villas, les hôtels. Les cuisiniers, les femmes de chambre, les repasseuses, les lavandières, les hommes à tout faire coulent leur dernier instant de sommeil avant d'aller rejoindre l'autre côté de la cité, celui où l'argent se gagne.

Il court, il vole, Albert. Il allume les lampes tout là-haut sous la verrière, les rampes étincelantes. Le gaz fuse, feu follet bleuté. Éblouie, Léa reste immobile à l'entrée de l'immense bâtisse dont les contours se fondent dans la nuit.

— Elle est belle, n'est-ce pas ?

Albert tend le bras comme pour présenter une superbe créature. Léa ne distingue d'abord qu'une sorte de long plateau sur lequel sont fixés des sièges. En rejoignant l'inventeur elle découvre les roues sous le plateau, tout un réseau de cylindres et de pistons reliés à une machinerie placée à l'arrière, sans doute le moteur destiné à faire avancer l'ensemble, noir, graisseux, torturé mais imposant...

— Et ça marche ! s'exclame Léa.

Albert se propulse sur la plate-forme, fonce à l'avant dans ce qui doit être la cabine de commande, plonge dans une forêt de leviers, d'horloges sans heure, d'aiguilles déboussolées, de chiffres ésotériques. Le moteur éternue, la machinerie s'ébroue, explose, le plancher tressaute. Possédé, l'homme de la traction électrique réapparaît, riant à tue-tête. Le tintamarre de la machinerie disloque les tympans, écrabouille l'écho, arrache mille tonnerres aux voûtes déglinguées. Léa se place hors de portée des liquides giclants : huile, graisse, mélange noirâtre. D'un bond Albert la rejoint :

— Ça marche hein ! Qu'est-ce que vous en dites ?

— Très bien mais quel boucan !

— Pas quand ça roule, le moteur tourne à vide, regardez !

Il désigne le piston, une grosse boîte vibrante, cœur visqueux pris de tremblements épouvantables.

— Et vous ne pouvez pas la faire rouler juste un peu pour voir ?

— Léa, Léa, quelle innocence, il manque les rails, voyons !

— Ah ! bon, s'étonne la jeune femme, il faut des rails ?

— Évidemment, pour la voir fonctionner il faudrait

transporter la machine dans la cour où se trouve mon réseau expérimental et pour cela, voyez-vous, j'ai besoin d'aide.

— Et si vous cessiez ce tintamarre, Albert ?

L'inventeur obéit presque à regret, lui apprécie le vacarme de sa création. Elle l'enivre, le porte, l'exalte. Le silence retrouvé, il ne sait plus quoi faire de sa carcasse. Étourdie, Léa cherche une chaise, un endroit pour s'asseoir mais l'immense hangar n'est occupé que par la chose qui trône, royale, immense, vautrée sur ses cales. Pas un banc, un tabouret, rien d'autre que les sièges de la machine elle-même.

— Si on s'asseyait sur votre truc ?

— Bien sûr, ne faites pas attention, il manque l'habillage, pour l'instant je ne me suis pas encore occupé du confort. L'expérience avant tout, le détail ensuite. Imaginez un toit au-dessus de votre tête et une paroi comme dans les omnibus ordinaires, là, installez-vous, pas trop dur ?

Quelques lames de bois vibrent encore mais ce n'est qu'un sursaut nerveux, la quiétude nocturne de la bâtisse retrouve son drapé. Assis sur le siège faisant face à Léa, l'inventeur torture ses grosses pattes maculées. Une fatigue brusque semble l'avoir terrassé. Il a tout livré, montré, il a tout dit : ses rêves, ses illusions, sa vie sont là dans cet entrepôt perdu au fin fond de la ville. Il lui semble s'être mis complètement à nu, retourné comme une chaussette. Plus rien à dire, plus de secret. Albert Sénéchal, présent, avenir, extérieur, intérieur, est là essoré, vidé, sur le siège en bois mal équarri de ce qui constitue la réalité et le symbole de son existence. Quelle impression de force dans ses avant-bras noués de muscles, ce large torse, ce cou épais où le sang gonfle et fait tressaillir les veines ! Sillonné de sueur noirâtre, son visage se détache comme dans ces photographies où la superbe gueule d'un conducteur de locomotive s'extrait d'une nuit de charbon.

— Il faut être fort pour installer toute cette ferraille, constate Léa pour briser le silence, vous étiez nombreux ?

— J'étais seul, répond l'inventeur d'une voix presque gênée, je travaille toujours seul, j'aime la matière, en sentir le poids dans mes bras, contre ma poitrine, mon ventre, mes cuisses, j'ai tout transformé ici avec ces mains-là, j'ai déplacé des milliers de tonneaux d'huile, j'ai installé l'éclairage, j'ai transporté toutes les pièces détachées, je les ai montées, j'ai soulevé des centaines de kilos de fonte, de cuivre, de fer, parfois je me demandais si je n'allais pas finir écrabouillé, mais j'y suis toujours arrivé.

— La volonté ?

— Non, le plaisir, le goût, l'ivresse du dernier panneau que l'on boulonne... C'est inexplicable, l'orgueil sans doute, la vanité de se dire : c'est toi qui as fait cela, toi et personne d'autre !

Cette force, ce sang, ces muscles, cette chair épaisse, cette frimousse de gosse têtu, cet air tendre par là-dessous, Léa a envie d'y plonger, de s'y noyer immédiatement sans réfléchir, comme on mord dans une tomate trop mûre, trop sucrée, trop rouge de soleil aspiré. Pas goûter mais s'empiffrer, s'en donner mal au cœur, s'en dégoûter peut-être ? Ne pas hésiter. Tendre la main. Saisir, cueillir, ne pas résister à la gourmandise, s'en pourlécher immédiatement tout le corps, ce corps trop longtemps endormi. Pour la première fois depuis des mois, du désir brûlant sous la peau, pour la première fois une fébrilité de plaisir à satisfaire, à nourrir, qui plombe le bas-ventre, l'humidifie, le fait danser sous la robe, oui, danser un rythme secret qui brusquement émerge, explose. Léa ferme les yeux tellement la fureur de l'appel la transperce entière. Un ordre puissant, inconnu, évacue la crainte, libère une lame de fond du plexus au sexe tel un pain d'épice gorgé de miel.

Ne sent-il rien l'autre là ? Non, il ne sent rien, il tourne ses paluches de maçon au repos.

Relever la robe, arracher les fanfreluches, apparaître nue de la taille aux bottines, écarter les cuisses large...

— Viens !

Albert se soulève, il n'a plus de salive, de souffle, la tête lui tourne.

— Attendez, Léa, je vais chercher une couverture, ces sièges sont tellement inconfortables, vous allez vous faire mal, Léa, je vous assure.

— Tais-toi, mets-toi sur moi, va doucement... Tu préfères que je vienne sur toi, peut-être ? Reste assis.

Le pantalon s'embrouille, ne veut pas descendre, se tortille.

— Je ne peux pas, Léa, pas comme ça.

— Comme ça ou rien, imbécile !

Décidément, il ne peut pas de toute évidence...

— Embrasse-moi alors... Non, pas la bouche !

A genoux, Albert avec son cou de taureau qui gigote, ses pattes qui se cramponnent aux chevilles de Léa, sa bouche qui se disperse, se trompe, se défait, sa langue de fonte à qui il faudrait une poulie pour s'agiter correctement, son museau qui s'enfonce, arrache, maltraite.

Pas comme ça, pas lui, pas ça !

C'est d'écrasement, de brutalité que Léa a besoin... Comment dans la caresse ce rustaud malhabile pourrait-il concurrencer Tripier ? Les souvenirs sont trop beaux, trop vivaces, trop élaborés. Qu'il se redresse ! Qu'il devienne la bête que son apparence promet. Torturée, le ventre douloureux, Léa repousse l'inventeur qui se laisse tomber sur le plancher, poitrine serrée, larmes au bord des cils.

— Reposons-nous, murmure Léa, asseyez-vous, asseyez-vous...

Albert se laisse tomber sur un siège, la rangée entière gémit sous la secousse. Léa ne bouge plus, robe toujours relevée, yeux fermés, lèvres minces décolorées, joues creusées.

— Léa, si vous voulez bien, chuchote Albert, je crois qu'à présent je suis prêt, vous n'êtes pas fâchée, n'est-ce pas ? Vous voulez bien ?

Elle veut bien. La masse s'abat d'un bloc. Tronc d'arbre déraciné.

— Laissez-moi dégager mes jambes, souffle Léa.

L'inventeur fait autant de bruit que toute sa machinerie, un halètement rauque saccadé, mi-chaudière, mi-chien de chasse. Les jambes libérées de Léa se nouent sur ses reins tendus, un ultime accommodement, une main salvatrice et le voilà enfin en position. Impossible de s'allonger, Léa cogne au bois du siège, projetée contre le dossier par l'élan de l'inventeur qui régulièrement glisse sur ses avant-bras. Les fesses limées, la poitrine engloutie, Léa se retient pour ne pas crier de douleur. Albert s'échine, régulier comme le roulement d'un piston, incapable de la moindre innovation, rectitude et droite ligne jusqu'au bout. Léa n'a plus d'illusions, l'inventeur fait l'amour comme un garçon de ferme qui va une fois par an au bordel. L'unique différence est que le garçon fait vite. Albert au contraire possède de sérieuses dispositions à la rétention. Un dernier han, un couinement annonciateur de plaisir suprême..., mais non, le petit taureau reprend son bonhomme de chemin, saccade par saccade au rythme de son omnibus électrique. Reins en marmelade, des fourmis dans les jambes, les cuisses qui n'en peuvent plus de cette suspension prolongée, Léa se débat pour activer les ultimes soubresauts, aviver l'éruption.

— Léa, Léa, je vous aime tant..., bredouille soudain Albert d'une voix brisée.

Du coup il repart de plus belle : assaut sur assaut.

— Dépêchez-vous, supplie, mourante, Léa.

— Oui oui, ça vient ! ça vient !

Le cri se fait stridence, sifflement. La chute finale commence par une bourrasque de grognements, de borborygmes, d'appels au secours, de toux sèche et s'achève par la glissade du corps entier qui se répand sur le plancher.

Rabattre la robe, réajuster les dessous glacés dans un silence de cathédrale troublé par quelques bruits de gorge. Albert est debout, pantalon en place, ébouriffé mais présentable.

— Nous n'aurions pas dû, je le crains, finit-il par avouer.

— Pourquoi, vous regrettez ? moi pas, et si ça va pour moi, ça peut aller pour vous, je pense.

L'inventeur baisse la tête.

— Serez-vous toujours mon amie, Léa ?

— Bien sûr, il n'y a aucune raison pour que je ne sois pas votre amie, nous éviterons de faire l'amour, voilà tout.

— Je crois que je vous aime, Léa !

La jeune femme reste un moment sans réponse, légèrement oppressée.

— Albert, ce serait l'unique raison pour laquelle je cesserais d'être votre amie... Vous m'êtes sympathique, c'est tout.

— Vous pouvez faire l'amour avec quelqu'un qui ne vous est que sympathique ?

Léa perçoit de l'ironie dans le ton du petit taureau. Pas beaucoup juste une pointe.

— Oui, et même avec quelqu'un qui ne m'est absolument pas sympathique. Si nous partions maintenant ?

— Vous êtes triste, Léa.

— Fatiguée seulement.

Parcours en sens inverse, extinction des lampes, le

pas est lourd, la démarche désenchantée. Léa attend roulée dans une cape trop légère pour la protéger des courants d'air. L'inventeur a mille ans, le teint verdâtre, même le torse avantageux paraît dégonflé.

— Nous n'aurons pas de fiacre dans le coin, je le crains, dit-il en refermant la porte sur sa machine miracle plongée dans l'obscurité.

— Nous marcherons, répond la jeune femme.

— Dieu vous entende !

— Allez... Allez... inutile de le convoquer pour si peu.

Le grand air rappelle à Léa une odeur persistante, entêtante qui la hante depuis son arrivée dans l'entrepôt sans qu'elle puisse arriver à la définir.

— Je sais maintenant ce que ça sent chez vous...

— Quoi ? demande Albert inquiet.

— L'huile d'olive tout simplement.

— Le souvenir de mon père, son parfum préféré, j'ai tout fait pour qu'il disparaisse... Nous allons en direction du port ou de la place Victor ?

— Allons plutôt vers le port, décide Léa en lui pressant le bras.

CHAPITRE XI

— MADAME, vos lions !

Un matin d'avril croustillant de fraîcheur et de soleil. Ils sont là, l'empreinte de la prairie inscrite dans leur pelage. Ils viennent de Marseille dans de grandes caisses munies de barreaux. Léa se frotte les yeux. Des lions ! six... L'homme attend sagement en se roulant une cigarette, il n'est pas pressé, suffit qu'on lui signe le papier de décharge. L'expéditeur du royal cadeau s'appelle bien Tripier-Lagrange, aucun doute à ce sujet. Le convoi bloque l'entrée du zoo, les ouvriers n'en reviennent pas, il va falloir travailler avec des lions sur le dos maintenant ! Où les mettre, et les cages dont M. le comte se réservait la construction, c'est tout juste si les emplacements sont désignés...

— C'est une folie, s'écrie Léa, vous ne pouvez pas les garder quelque temps, que nous prenions nos dispositions...

— Ah ! non, madame, vos bêtes vous vous les gardez, je suis convoyeur, moi, pas gardien de fauves. Déjà que de Marseille à ici, il m'a fallu leur donner à bouffer à vos voraces, le prix de la bidoche est ajouté là, vous voyez en bas de page, un mal fou j'ai eu, ils ont failli dévorer mes aides, de vrais connards, ces lions, je vous le dis, madame. Alors voyez-vous, plus vite vous m'en débarrasserez, mieux ça vaudra.

Léa signe, signe, signe des papiers, des autorisations en plusieurs exemplaires et quand elle a fini, on lui débarque les caisses bien en vue au milieu du parterre, devant les futurs massifs de roses. Personne n'ose approcher, ils rugissent à perdre haleine, ces lions. De belles bêtes à crinière noire... Lions de l'Atlas, c'est écrit sur le papier de livraison. Rien d'autre, pas la plus petite allusion à Tripier, le moindre conseil utile pour entretenir ces bêtes en bonne forme. Léa cherche en vain l'adresse de l'expéditeur, le convoyeur l'ignore également, la seule chose qu'il sait, c'est que les lions l'attendaient dans un entrepôt des quais et qu'un mot lui recommandait de faire vite. Ce mot, Léa le réclame, il n'est pas de l'écriture de Tripier. Pourtant aucun doute, l'envoi apporte bien la preuve que quelque part l'explorateur se démène, capture des lions à crinière noire, achète des caisses, place les animaux dedans et expédie le tout à la Ferme bretonne. Non seulement il existe, mais encore il est persuadé que le zoo aussi existe... Tripier décidément ne doute jamais.

On fit monter de la viande, une charrette pleine, et des vétérinaires qui restèrent prudemment à une distance raisonnable ; du regard ils jugèrent que les fauves semblaient en très bon état. Les six lions n'en pouvaient plus de cette caisse plus haute que large où il était impossible de s'allonger. Ils passaient le temps dressés sur leurs pattes de derrière, celles de devant accrochées aux barreaux, ils bavaient et gémissaient avec d'énormes yeux rouges hallucinés. Le soir, ils rugissaient lugubrement avant de s'accroupir maladroitement pour dormir. Léa tournait et se retournait dans le lit de l'hôtel Cosmopolitain. Les six lions venaient s'asseoir sur la carpette, leurs crocs immenses et blancs perçant la nuit. Elle écoutait leur plainte sinistre là-haut sur la colline déserte, six bêtes abandonnées, prisonnières de quatre planches de bois et de huit barreaux de ferraille. Depuis quand ? Pendant combien de temps encore ? A trois heures du matin, elle fit appeler un coche et grimpa jusqu'au chantier. Les bêtes piétinaient, de loin Léa guettait leur souffle, leurs grattements, leurs cris étranglés. Elles ne dormaient donc jamais ? Léa renvoya la voiture, attendant, ombre minuscule parmi les grands arbres, le lever du jour. Elle avait froid et peur mais préférait être là à côté d'eux. Les lions la sentaient, secouaient les barreaux, cognaient les parois inlassablement. Si les cages craquent, pensait Léa, ils se jetteront tous les six sur moi. Une bouchée... Ils étaient si forts, si minces, élégants dans leur malheur.

Parfois ils regardaient avec une vigilance atroce les points noirs qui se mouvaient à bonne distance, ces points noirs qui les retenaient prisonniers. On leur tendait les morceaux de viande saignants au bout de longues perches. Léa avait dû engager deux Piémontais pour leur donner à manger. Deux jeunes garçons frustes incapables de prononcer le moindre mot d'italien et encore moins de français. Sans ces simples que lui avait procurés Robini, les lions seraient morts de faim. Il fallait agir et tout de suite. Léa demanda à l'entrepreneur de lui construire d'urgence un enclos entouré de grillage.

— Ah ! madame, j'y souis pas spécialiste, si grillage pas tenir, qui responsable ?

Robini, pauvre Robini...

— Enfin vous êtes capable de planter un grillage qui tienne, vous faites bien des maisons, des hôtels de plusieurs étages qui ne s'écroulent pas sitôt que vous tournez le dos !

— Robini y tourne jamais dos, casa, hôtels, pas d'histoires, lions du désert autre chose...

Dégoûtée, Léa voulut partir, l'entrepreneur la retint par la manche...

— J'y pense, quand comte revenir ? Moi plus d'argent...

— Vous avez les traites.

— Hi, hi, Robini riche ! vous savoir pourquoi ? parce que Robini jamais travailler avec traites, comte devrait être de retour maintenant, si si stipoulé sur contrat, vous voir ?

— Non, moi pas voir, monsieur Robini, faites ce que vous voulez, adieu.

Bien sûr qu'il devrait être là M. le comte, il n'avait pas tort, Robini, elle en avait assez de tout supporter, le chantier, les intempéries, les doutes, les ironies, la mauvaise volonté générale et maintenant six lions emboîtés dans des caisses trop petites. Après tout, c'était son idée, pas la sienne, elle n'y connaissait rien elle aux animaux, aux chantiers et à ceux qui les réalisent. Comédienne elle était, pas pionnière, épouse d'explorateur ou même femme d'affaires, pas plus que sainte laïque confite dans le devoir. Elle devrait brûler les planches de la capitale, poudrée, parfumée, idolâtrée, connue, admirée par tous : Dame aux camélias, Phèdre, Madame Sans-Gêne... De la loge intime à la scène flamboyante, du divan capitonné au grand lit ombreux, de Bel-Ami en beaux amants, de caresses douces en frissons légers. Une vie à la hauteur de son talent, de son destin.

— Albert, j'ai besoin de vos services !

— Léa, je vous suis entièrement dévoué, vous le savez bien.

— C'est pour mes lions.

— Ah, les lions !

Elle n'avait pas revu l'inventeur depuis la fameuse soirée. Elle n'y avait même jamais pensé. Pas la moindre réminiscence, complètement sorti de sa mémoire. Il avait fallu les animaux.

L'inventeur dut s'extraire de la jungle de fils qui le retenaient couché sous l'avant de sa machine électrique. Ému, il tremblait, incapable de fixer le regard de Léa. Ses mains parcouraient machinalement sa vareuse crasseuse. La jeune femme l'embrassa sur la joue, une joue pas rasée depuis plusieurs jours, couverte de cambouis.

— Il faut m'excuser, Léa, je ne m'attendais pas à votre visite, je ne suis pas présentable..., non non ne protestez pas, j'ai honte..., vraiment.

— J'ai besoin de vous, Albert.

— J'arrive, Léa.

— Mais non, finissez votre travail, vous viendrez demain, enfin quand cela vous sera possible...

— Rien ne presse, répondit avec assurance l'inventeur. (Ses yeux brillaient de joie.) Me permettez-vous d'aller me changer ? j'en ai pour dix minutes et je remonte avec vous.

Il n'avait même pas demandé de quoi il s'agissait. Il revint en velours gris souris, cheveux gominés, moustache empesée, souliers vernis.

— Albert, je dois vous dire...

— Rien, Léa, je suis prêt, taisez-vous et allons.

Léa soupira, dans quel malentendu entrait-elle encore, à cause de ces sacrés lions ! Il fut parfait pendant le voyage. Attentif mais sans servilité, ne prenant la parole que lorsque Léa lui posait une question. Quand il vit les lions, il eut une grimace qui la ravit, elle n'eut besoin que de quelques mots pour lui expliquer ce qu'elle espérait.

— Ça saute haut un lion ? demanda l'inventeur inquiet.

Est-ce qu'elle savait ? Tout lui était parfaitement inconnu, aussi bien la capacité à braver la pesanteur des lions de l'Atlas que l'espace nécessaire à leurs ébats, la quantité de viande quotidienne indispensable. Les questions se pressaient : comment les sortir de leur caisse ? Les traîner dans l'enclos ? Les clôtures seraient-elles suffisamment résistantes ? Faisait-il assez chaud pour les laisser en plein air ? La dignité lui faisait refouler impitoyablement les sanglots qui ne demandaient qu'à s'épanouir. Elle devait donner l'exemple ! L'exemple de quoi, elle ne savait plus très bien, mais il y avait tous ces regards qui n'attendaient que la catastrophe, le sourire sarcastique de Robini, le dédain des banquiers, il y avait aussi la bonne volonté d'Albert, de tous ceux qui travaillaient sans jamais se plaindre ni même lever les yeux, elle ne se sentait pas le droit de les décevoir. Sentiment ridicule de l'exemplarité dont elle ne se serait jamais crue capable, qu'elle aurait jugé avec le plus hautain mépris, et voilà que le filet de la responsabilité se refermait sur elle chaque jour un peu plus. Il aurait fallu rompre, là où elle ne faisait que se révolter silencieusement, attentive à cacher ses sentiments réels. A quoi bon se débattre si la volonté est prisonnière ? Et les bêtes ! Sans elle leur sort serait conclu au bout du fusil de Robini. Personne n'endosserait la responsabilité de six fauves. La solution finale cheminait dans toutes les têtes, on guettait le bon moment : celui où elle baisserait les bras.

Léa dormait dans un hamac installé entre deux piliers du futur salon. Chaque matin elle craignait de découvrir les lions morts ou tués. Pour cette raison elle ne voulait plus quitter le chantier, elle présente, ils n'oseraient pas. Au moindre bruit elle se dressait et Dieu sait s'il y en avait des bruits, des craquements, des glissements. Mais le rugissement des lions venait tout balayer. Un rugissement qu'elle trouvait de plus en plus sinistrement douloureux. Elle se recouchait apeurée, couverte de sueur, tremblante. L'inventeur lui avait proposé de passer la nuit à la Ferme précisant qu'il se contenterait d'accomplir des rondes et de veiller sur les fauves. Elle avait refusé.

Le jour se leva, les montagnes encore empennées de crème miroitaient dans l'air tiède. Premier matin du monde avec des lacs de fraîcheur accrochés aux herbes et des arbres tendant au ciel des bras fragiles corsetés de vent, même la mer semblait toute neuve dans ses reflets d'opale. Léa se surprit à chantonner. Pieds nus, elle sortit sur l'immense terre-plein, les oiseaux ne prirent même pas la peine de se taire. Il fera chaud, il fera beau, elle eut envie de s'étendre dans l'herbe et d'attendre les rayons du soleil, de dormir enfin au calme, au silence...

Au silence !

Les lions se taisaient ! Léa courut, ses pieds trébuchaient contre les mottes de terre, se déchiraient aux racines. Pas un rugissement, pas une plainte, un silence terrible... Ils étaient morts ! Être restée à côté d'eux toutes les nuits ne les avait pas sauvés. Tués, assassinés tous les six. Léa imaginait leur pelage couleur d'automne éclaboussé de sang, le trou aux commissures noires de fumée, en pleine poitrine, les pattes rigides, la gueule ouverte mouillée de salive. Plus vite, plus vite, ses pieds, ses jambes épuisaient en vain leur force, ses cuisses lui entraient dans le ventre à force de marteler la terre nue. Le souffle lui manqua, ses yeux se voilèrent, elle eut envie de vomir et faillit s'écrouler à quelques pas des six prisons de bois. Un grognement ! Majestueux, ample, sonore... Léa s'approcha des caisses, les lions n'y étaient plus... Les six parois grillagées pendouillaient lamentablement : rendues à leurs justes proportions d'emballage renforcé de ferraille. Qui avait ouvert les portes ? Aucune trace de lutte. Léa tourna la tête vers l'emplacement de l'enclos que l'inventeur devait terminer le matin même. Les six lions y trônaient, fastueusement assis sur leur derrière. Et tournant autour, une équipe de colosses, bras nus, luisants de sueur. Elle le vit immédiatement, immense sous son panama blanc, blanc comme le reste de sa personne couverte d'alpaga, à la main il tenait une petite badine dont il se frottait la jambe. Impeccable, M. le comte de Tripier-Lagrange. Légèrement amaigri et curieusement aussi pâle que son costume. Magnifique cependant sous les rayons du soleil naissant. Léa n'eut pas à se poser la moindre question, l'émotion fut plus forte, elle se précipita bras tendus en direction de cette statue éblouissante, elle vacillait, pleurait, bafouillait, complètement défaite, les pieds sanguinolents. Tripier l'accueillit par un éclat de rire simple et direct, exactement comme s'ils s'étaient quittés la veille.

— Bonne idée, ma lumière, que cet enclos.

Elle ne répondit rien, elle retrouvait son odeur luxuriante, sauvage et familière à la fois.

— J'arrive à temps, néanmoins, ces pauvres bêtes allaient crever debout comme des fusillés.

Une seconde vague de costauds débarqua sur le chantier dans un fourmillement de charrois, de chevaux piaffants, de fauves énervés, d'épaules croulant sous les matières vivantes. Par centaines les caisses, des plates, des horizontales, des verticales, des rectangulaires, des carrées, par où jaillissait un concert inouï de rugissements, de soupirs, de glapissements. Le terrain était envahi, les ouvriers médusés restaient immobiles, marteau pendant mollement à la main. Un vacarme de jungle retentissait jusqu'aux collines voisines, des curieux alarmés venaient se rendre compte et devant le spectacle s'enfuyaient en rasant les fossés.

— Je vais frotter les oreilles à ce Robini, moi, hurlait Tripier, plutôt je l'offre au tigre pour son quatre heures, rien n'est prêt sacredieu !...

Les animaux encagés arrivaient encore et encore le long du chemin, traînés par d'immenses Noirs, entassés sur des charrettes qui ployaient sous la charge, juchés sur des chevaux dont les yeux fumaient, jarrets crispés, col tendu, certains s'écroulaient ventre en l'air dans la caillasse surchauffée. La bave fusait à gros jets de naseaux distendus. Une poussière de tremblement de terre s'élevait du zoo, des hommes couraient affolés dans un brouillard opaque criblé de hurlements féroces. Les tigres surtout répandirent une terreur sans nom dès que la bâche qui les protégeait eut été soulevée. Ils étaient énormes, roux avec des petits yeux plissés d'une cruauté farouche. Les plus costauds parmi les costauds faisaient un détour pour éviter de passer trop près des barreaux. Malgré leur position d'infériorité, les fauves imposaient un respect mêlé de crainte, ils tournaient en rond, yeux injectés de sang, queue battant l'air d'un mouvement inlassable. Depuis quand sont-ils emprisonnés ? se demandait Léa, depuis quand ce grillage limitant leur horizon, ce plancher troué, déchiré par leurs griffes, cette sensation d'égarement dans le moindre mouvement de leur corps, depuis quand cet élan brisé du buste, ce vacillement des reins, cette impression d'infinie désolation ? Léa sentait le dégoût monter en elle, l'odeur puissante lui donnait envie de vomir. Elle n'avait pas échangé trois mots avec Tripier. Elle le regardait se propulser comme une locomotive folle d'un bout du terrain à l'autre. Un sentiment d'inutilité la tenait à l'écart de l'agitation, elle errait pieds nus sur la terre brûlante, l'esprit vide, la poitrine douloureuse avec de vagues sanglots au fond de la gorge. Tripier était de retour ! Il était revenu, il ordonnait, il reprenait en main, elle pouvait se reposer, se décharger du poids des responsabilités. Plus personne ne faisait attention à sa présence. Les choses rentraient dans l'ordre. Robini se confondait en excuses au sujet des enclos, oubliant avec la plus belle des bassesses que Tripier lui avait ordonné avant son départ de ne toucher à rien à ce sujet. Elle avait tant veillé à la rapidité des travaux, tant forcé de barrages, tant lutté avec courage, volonté, entêtement... Et Tripier arrivait en compagnie de sa ménagerie, sans prévenir, étonné que les cages ne soient pas dressées avec la nourriture dans les auges et les tuyaux d'arrosage prêts à pulvériser les déjections des pensionnaires.

A midi, Tripier leva les bras, le brouhaha cessa net, on allait manger. Le comte fit aligner des tréteaux, une immense table improvisée. De chaque côté, toujours dans leur emballage, panthères de Java, macaques, chimpanzés, makis de Madagascar, antilopes, zébus, gazelles... Un ours brun de Sibérie, lèvres relevées en un éternel ricanement, agrippait les barreaux comme si cela avait été la principale occupation de toute sa vie. Tripier demanda des nappes, il n'y en avait pas, ni assiettes, ni fourchettes, ni rien.

— La maison sera terminée dans un mois, savez-vous, mon ami ? osa murmurer Léa.

Il lui caressa la joue d'un seul doigt avec une infinie tendresse. Un lent mouvement attentionné et retenu.

— Aucune importance, dit-il en se tournant vers ses sbires qui de près paraissaient aussi effrayants que la plupart des fauves de la jungle. Descendez en ville et revenez avec tout ce qu'il faut pour une collation ; prenez une trentaine de poulets froids, du rosbif, des pommes de terre qu'on fera réchauffer, de la salade, n'oubliez pas l'assaisonnement, pour le vin une centaine de bouteilles suffiront pour la journée, allez vite et ne buvez rien en route, tas de saligauds !

Il fallait des nappes, qu'on les prenne au restaurant Français ainsi que l'argenterie et la verrerie ! Des attelages entiers prenaient le chemin de la ville, dévalant la pente au pas de course, accompagnés par un fracas de ferraille épouvantable.

— Ils ont faim, conclut Tripier en se laissant choir sur une chaise.

Il paraissait essoufflé, ne lâchant pas un mouchoir chiffonné qu'il mâchouillait entre deux passages sur son front dégoulinant.

— Mon Dieu, je suis vanné et pourtant si heureux de vous revoir, ma lumière ! Vous savez, cela a été très dur, oui, très dur.

Son bras, d'une large envolée montrait à Léa l'énormité de la tâche, toutes ces cages à perte de vue.

— Pourquoi m'avez-vous laissée sans nouvelles ? demanda Léa, pourquoi avoir envoyé ces lions dans des caisses où ils auraient pu mourir, pourquoi ne pas m'avoir prévenue de votre retour... Pourquoi ce silence, pourquoi ?

Une rage trop longtemps maîtrisée explosait enfin. Il ferma les yeux comme si ces remarques lui portaient le coup de grâce.

— J'étais loin, madame, j'étais aux prises avec des sauvages, avec la fièvre, avec la dysenterie, avec une chaleur à mourir et certaines personnes en sont mortes effectivement, avec des serpents, des insectes, avec mon ventre qui devait passer là où les Pygmées eux-mêmes ont du mal, avec un tas d'autres choses dont je n'arrive même plus à faire le compte. Voilà pourquoi vous n'avez pas eu de mes nouvelles. Pardonnez-moi, s'il vous plaît.

Il avait enlevé son grand chapeau blanc et s'épongeait de la racine des cheveux jusqu'au cou. La sueur ruisselait sous sa chemise détrempée, si impeccable quelques heures plus tôt lorsque Léa l'avait aperçu frais comme le jour se profilant, impérial, au soleil sucré de l'aube.

— Êtes-vous en bonne santé ? demanda Léa qui ne savait plus quoi dire.

— Je vais à merveille, ma lumière, juste un peu las, c'est bien normal, mais vous-même ? Je n'ai pas encore eu le temps de vous dire combien je trouvais extraordinaire le travail que vous avez accompli durant mon absence. Sincèrement, j'en suis éberlué, non, ému, profondément ému, vous êtes un véritable petit soldat, mon amour.

Léa souriait un peu bêtement, les compliments arrivaient trop tard, tout depuis le retour de Gabriel se déroulait à contretemps comme si entre eux se glissait un décalage.

Albert Sénéchal remontait l'allée, suivi de quatre ouvriers portant des fourches et des pics. Léa l'avait complètement oublié, celui-là !

— J'arrive trop tard, dit-il en éclatant de rire.

Léa présenta l'inventeur à l'explorateur. Les deux hommes se serrèrent la main, Sénéchal timidement, Tripier avec sa fougue habituelle.

— Monsieur, c'est à vous, je crois, que je dois l'enclos pour mes lions, eh bien, je tiens à vous remercier mille fois, grâce à vous j'ai pu libérer mes bêtes ce matin même, elles n'auraient guère supporté leur sort plus longtemps.

— Je ne suis pas mécontent non plus de votre retour, bredouilla Albert, j'avoue n'être guère calé en lions. Voyez-vous, je m'apprêtais à les extraire de leur prison et franchement je m'en faisais toute une affaire.

— Vos armes n'auraient servi à rien, coupa Tripier, sinon à les exciter.

— Désolé, je me doutais bien que ce n'était pas la solution...

Les deux hommes énervaient Léa, la suffisance de Tripier, la modestie appliquée de l'inventeur.

— Arrêtez de vous excuser et de vous remercier, c'est parfaitement ridicule.

Le comte ne releva pas la remarque, l'inventeur ouvrit de grands yeux effarés et son visage s'empourpra. Il y eut un long moment de silence où personne ne regarda personne. Tripier, prostré sur sa chaise, Léa et Albert, debout face à face.

— Eh bien ! je m'en vais, finit par bafouiller l'inventeur, vous avez tellement de travail.

— Restez déjeuner, bougonna sans conviction Tripier.

— Non, non merci, je dois partir maintenant.

— Je vous accompagne, dit Léa en s'engageant le long de l'allée.

Albert lui emboîta le pas en faisant signe à ses ouvriers de le suivre. Sous le soleil roux du début d'après-midi, Léa et l'inventeur longeaient les massifs de fleurs sans prononcer un mot. Arrivés à la poterne qui marquait la fin du zoo, Albert murmura très vite :

— Léa, je vous reverrai, n'est-ce pas, dites-moi que je vous reverrai.

— Bien sûr, voyons, vous connaissez mieux que moi la route, maintenant tout va commencer pour nous et pour vous aussi. Pensez à votre omnibus, ça va être magnifique...

Il la regarda avec une telle intensité désespérée qu'elle se tut.

— Vous savez bien que ce n'est pas ce que je voulais dire.

Il lui saisit la main brusquement, presque brutalement et la porta avec une avidité vorace à sa bouche. Léa fut heureuse de cet élan d'animalité, elle frissonna et serra dans la sienne cette grosse patte aux ongles noirs.

— Je vous aime bien, Sénéchal...

— Moi je vous aime.

Léa fit une grimace gentille et dégagea sa main.

— Albert, si nous devons nous revoir, il ne faudra plus jamais me dire cela.

— Pourquoi ? interrogea l'inventeur de nouveau écarlate, parce qu'il est rentré, c'est lui que vous aimez ?

Léa ne répondit pas immédiatement, il faisait bon à rester là, visage levé, yeux mi-clos, exposé aux rayons d'un soleil qui glissait sur la peau sans insistance comme le souffle d'un animal endormi.

— Je n'aime personne, finit-elle par dire en fixant Albert de ses prunelles que la clarté dorée rendait vertes. Je ne sais pas ce que cela veut dire, aimer. J'aime tellement de choses. Il faut que je retourne maintenant.

Albert s'élança, l'enlaça, l'embrassa, la retint de toute sa puissance, jambes écartées, bras noués autour de la taille de la jeune femme.

— Léa, Léa, supplia-t-il, Léa, je voudrais refaire l'amour avec vous juste une fois.

— Non, répondit-elle d'une voix douce en lui ébouriffant sa coiffure de bellâtre.

D'une secousse, elle se dégagea, partit en courant mais rebroussa chemin et posa deux grosses bises sur les joues de Sénéchal, médusé.

— Albert, vous devriez mettre moins d'huile dans vos cheveux.

— Et vous feriez l'amour avec moi ?

— Qui sait, monsieur l'inventeur ?

CHAPITRE XII

Le convoi des victuailles gravissait la pente laissant derrière lui une orgie olfactive de graisse bouillante, de beurre frétillant, de sauce épaisse, de charcuterie fraîche, de vin renversé, d'oignon pelé, d'ail pilé et, pulvérisant toutes ces douceurs, les réduisant, arôme, pistil, fleurs d'orchidée, le poignard effilé du gorgonzola aux effluves somptueusement morbides. L'immense table jetait une ombre, les verres captaient la lumière et la fragmentaient en légers rayons indécis. Léa était assise à gauche du comte, devant eux l'alignement des victuailles et de chaque côté une constellation de gueules torturées, d'yeux crevés, d'oreilles réduites de moitié, de plaies mal cicatrisées, de nez écrabouillés, de torses et de bras tatoués, de poitrines hachurées de blessures anciennes. Une exhalaison de transpiration s'élevait jusqu'à la pointe des eucalyptus. Blancs et Noirs presque entièrement nus attendaient le signal du maître pour se précipiter sur la nourriture. Même dans ses plus terribles cauchemars, Léa n'avait jamais imaginé une telle réunion de monstres sagement attablés devant des montagnes de poulets aux olives. Les dents déchiquetèrent, les joues se gonflèrent. Les os voltigeaient sur la nappe, directement crachés par des chicots émergeant de gencives épaisses comme du plomb. Les bêtes excitées par les odeurs s'étaient remises à hurler. De sa place Léa pouvait en voir quelques-unes pendues aux barreaux, dressées les unes sur les autres, qui les dévoraient avec leurs yeux injectés de misère et d'humiliation. Un cri atroce, insupportable, retentit, une sorte de ricanement odieux se muant en plainte obscène, le reste de la ménagerie se tut immédiatement.

— La hyène, claironna Tripier.

— La hyène, reprit en chœur l'armada des costauds dont l'estomac commençait à se remplir.

Tripier cessa de disloquer une carcasse de coquelet pour mieux apprécier le sinistre appel.

— Écoutez ça, Léa, nous autres, voilà ce qui berçait nos nuits là-bas, elle rôdait la garce tout autour du campement, attendant que l'un de nous fasse une erreur, comme de mourir par exemple !

Les costauds s'étranglèrent de rire.

— Exact, approuvèrent-ils, et comment qu'elle nous attendait la salope !

— Buvons à la hyène ! proposa Tripier.

— A la hyène, répondit le chœur.

Les hommes rotaient, bâillaient. Tripier ravi se laissa aller sur sa chaise, bouche pleine il fixa toute l'étendue de la propriété puis sa grosse tête vint échouer sur les genoux de Léa.

— Tout est à nous, ma lumière, tout, les arbres, les fleurs, les animaux, à nous, vous comprenez ! Ma vie entière j'ai lutté pour ce moment, depuis mon enfance au château de mon père, depuis mes premiers voyages. Une grande maison au soleil, du vent dans les branches et des fauves accroupis en silence, de beaux fauves qui rêvent de nous tuer, de nous réduire en charpie, des lions, des tigres, des panthères, splendides, chatoyants, cruels, toute leur férocité déployée, quel spectacle ! Léa, toute l'Afrique, la jungle, la brousse, la vie des premiers âges à portée de main.

Tripier se tut bouleversé, des larmes mouillaient ses prunelles, mince filet d'eau claire. Soudain il se redressa, fit tomber la chaise et, debout, entreprit de tourner autour de la table jonchée de détritus, de bouteilles renversées, de carcasses de poulets à demi dévorés.

— Mes amis, clama-t-il, je tiens à vous remercier pour votre courage, votre ténacité, votre volonté. Vous avez su veiller, souffrir de la soif, de la faim, nous sommes allés en enfer ensemble mais nous en sommes revenus, et avec nous des spécimens, rares, uniques. Je pense à cet ours noir de Ceylan, ce prodige de la nature recherché par les plus grands cirques... Et à tant d'autres merveilles.

Les hommes suivaient attentivement les pas de l'explorateur, bouche ouverte, raides comme des piquets. Le soleil se coucha brusquement, libérant un grand ciel délavé et frissonnant.

— C'est pour vous tout ça, Léa, dit le comte d'une voix grave.

Il voulut lui prendre la main, elle la retira doucement... La nuit tombante rendait sinistre la rumeur animale. Tripier d'une voix tranchante sortit la troupe de sa torpeur.

— Allez, secouez-vous, vous croyez que les bêtes vont attendre que votre digestion soit finie, courez chercher des torches, nous allons travailler toute la nuit, je veux que demain les plus grosses pièces puissent être mises à l'air en toute sécurité, faites des enclos en attendant les cages définitives, prévoyez grand, large, qu'elles puissent bouger, respirer, remuer, compris ?

Il leva son verre, les Blancs en firent autant, chancelant sur leurs jambes. Les Noirs eux s'étaient déjà éclipsés.

La colline grésille, on allume des feux aux quatre coins du zoo, de grands feux de branchages secs. Apeurées par toutes ces flammes, ces appels, ces marteaux claquant dans la nuit, les bêtes se ramassent poils hérissés, prêtes à bondir. Léa ne sent ni le froid ni la fatigue. Elle ne voit rien, n'entend rien. Qu'importe toutes les lueurs, les stridences, les cris, l'intensité fiévreuse de l'ombre bouleversée. Il ment. Il a toujours menti... Avec application, impudence, sans respect pour elle, pour son amour. Oui, ils ont raison, pas plus explorateur que noble, ni comte ni Lagrange. Tripier, un nom vulgaire qui lui colle parfaitement à l'âme. L'Afrique, les souffrances, la fièvre, l'aventure, l'héroïsme, la capture des grands fauves, Tripier, l'intrépide coureur de brousse... Il n'avait pas le droit ! Elle le regarde et voit une boule dérisoire, un ridicule bonhomme guidé par la mythomanie, un fou doublé d'un escroc. L'un de ces êtres qu'il faut fuir avant qu'ils vous pervertissent, vous anéantissent.

— Pourquoi ? demande-t-elle d'une voix blanche.

Tripier se tait, enfoui dans ses replis.

— Êtes-vous conscient du discours que vous avez tenu tout à l'heure ? Vous dites revenir d'Afrique et vous évoquez la capture d'un ours de Ceylan, avec le culot, l'inconscience de quelqu'un qu'habite un mépris immense pour les autres...

Les hommes chantent une mélopée cadencée, un chant de gouffre, un chant de bagne. Un sourire sur ses lèvres trop rouges, Tripier consent à répondre.

— Léa, décidément vous me décevez, savez-vous d'où viennent ces hommes, ces hommes-là qui chantent pour mieux travailler ensemble au même rythme ?

— De prison sans doute.

— Oui, de prison. Je les ai fait sortir du bagne sous mon entière responsabilité. L'administration espérait qu'il en crèverait la moitié là-bas. Je n'ai pas tenu parole, voyez-vous, je les ai ramenés tous ! Seulement voilà, ce sont des êtres moins évolués qu'un chimpanzé. Avec eux, il ne s'agit pas de dire la vérité, ils ne savent pas ce que ça veut dire, il ne s'agit pas de leur parler d'Afrique, ils ne savent pas où elle est, il ne s'agit pas d'être précis mais d'être fort, pas plus que d'exercer la justice mais de faire naître la légende. Le réel les intéresse peu, disons qu'ils en sont revenus. L'extraordinaire les passionne beaucoup plus. Aussi je n'ai pas voulu faire vrai tantôt, mais beau.

Suprême mensonge, dernière tentative de sauvetage... Léa hésite, cet accent de sincérité, ces yeux qu'elle retrouve enfin, bons et doux, naïfs et éperdus. Ces yeux mangés d'amour lorsqu'il les lève vers les siens...

Tripier hausse les épaules comme si soudain tout ça le fatiguait énormément.

— Qui peut comprendre ? Je m'aperçois, en vous expliquant, la fatuité de vouloir exprimer l'inexprimable. Eux et moi sommes dans un univers, vous et les autres dans un autre, celui de la société, et apparemment cela n'a rien à voir. Ceylan, l'Afrique, c'est différent pour vous, pas pour eux et à peine pour moi, je dois l'avouer, ce qui vaut c'est le rêve. Bien sûr que la plupart des animaux réunis ici ont été achetés, oui, achetés, exactement comme un lapin de garenne ou un beau poulet bien blanc. Les jardins d'acclimatation du monde entier sont aussi d'excellents marchands avec dans leurs cabas des lions, des zèbres, des jeunes, des moins jeunes, des gras, des maigres, suffit de choisir. Mais c'est si triste, n'est-ce pas, alors que la capture, voilà qui ressemble à de la dignité.

— Êtes-vous allé en Afrique au moins ? demande Léa dans un demi-sourire.

— Évidemment, et nous avons accompli de véritables exploits, je peux vous l'affirmer, plus de la moitié des bêtes ont été chassées, encerclées et capturées par nous. Nous avons maîtrisé des léopards, attrapé des zèbres, jugulé des panthères mangeuses d'hommes, trompé des lynx rouges. Vous voyez, nous avons le droit de nous approprier ce pauvre inoffensif ours de Ceylan.

Elle retrouve la désinvolture du héros se moquant des flammes, cette façon dédaigneuse de traiter le sérieux, cette distance qu'il intercale entre sa personne et les événements. L'homme en ballon continue de planer.

Trop de fatigue, trop de battements de cœur, de joie, de peine, Léa veut oublier au moins jusqu'à demain. Viendra-t-il la rejoindre ? Le hamac lui donne un léger mal de mer. Elle n'ose bouger. Comment feront-ils l'amour ? Et le feront-ils ? Des feux éblouissent la colline jusqu'au plus haut de Cimiez. D'en bas, de la ville, les lueurs doivent faire croire à un brasier. Des odeurs savantes de feuilles mortes, d'herbes brûlées, de bois fumeux, conservant le souvenir des pluies d'automne, rôdent balayées par le vent au-dessus du visage de Léa qui voudrait oublier. Oublier et dormir.

CHAPITRE XIII

L'INAUGURATION eut lieu en mai, la chaleur incommoda fort les petites filles fleuries et chapeautées de paille qui faisaient la haie aux personnalités. On avait lavé les fauves, taillé les roses, ratissé les allées. Un brouillard de chaleur empêchait de voir la mer. Malgré cet inconvénient le tout-Nice s'extasia littéralement. Ils étaient tous là en effet, les sceptiques, les méprisants, ceux que la distance effrayait, les envieux, les jaloux, les édiles, les élus, grande tenue, chapeau haut de forme, gilet rayé, les épouses des édiles, celles des élus trottinant dans des fourreaux fuchsia couverts par la poussière, voilette baissée, éventail en transe, chignon en guerre. Les singes eurent des troubles de la digestion provoqués par l'énervement, les lions dormirent mal et une panthère faillit bouffer un gardien saoul comme un cochon. On félicita. On promit la route et son omnibus à Sénéchal. On promit tout ce qu'on demandait et même plus. Une table avait été dressée sous les arbres, on servit jusqu'à six heures du soir un repas composé par Tripier lui-même. Pas moins de vingt-quatre hors-d'œuvre, des potages de Saigon au blond de veau, des bisques d'écrevisse, suivies par du saumon hollandais, du jambon d'York, des casseroles de ris de veau à la polonaise, du filet de bœuf Richelieu. Madère, saint-émilion, volnay, malaga épuisés, on passa au château-léoville pour attaquer les entrées. Ensuite on attaqua le chambertin et du même coup les rôts chauds : faisan, caille, bécassine, chevreuil sauce poivrade, galantine de volaille accompagnée de truffes croûtonnées. Pour les entremets on fit appel au champagne. En ce qui concerne les fromages, roquefort et brie, les assiettes restèrent à moitié pleines. Heureusement les desserts vinrent satisfaire les gourmandises en éveil avec de délicieux fruits confits de la région, des petits fours comme à Paris et des fruits secs délicatement coloniaux. On but du cognac, de la fine, du champagne à nouveau ; les dames se laissèrent tenter par quelques liqueurs agréablement sucrées. A six heures, en mai, c'est encore midi, le soleil galope toujours aussi fier. Il y avait largement le temps pour se promener dans les allées avant le bal et le feu d'artifice. Les gardiens, recrutés exclusivement chez les rescapés du bagne, balisaient le terrain dans de très coquets costumes vert sombre, parements dorés et casquette élégamment galonnée. Très courtois, leur allure ravissait les amateurs de virilité policée. Léa étonna. Elle était sanglée de rouge vif, rehaussé par un décolleté crevasse qui fit branler le cœur de nombreux jeunes et vieux beaux. Tripier, lui, avait choisi la sobriété ; il reçut son monde dans une djellaba noire qui fit sensation. Au début on cherchait partout le propriétaire, il fallut plusieurs avis concordants avant de se faire à l'idée que ce gros Arabe glabre et le maître des lieux ne faisaient qu'un. Autre petit ennui, ni Tripier ni Léa ne présentait l'autre en disant : mon épouse, ou mon mari. Elle l'appelait comte, il la désignait comme Mme Léa d'Ascot. Les invités s'inclinaient très honorés, mais leur langue fourchait invariablement, il ne fallait pas plus de cinq minutes pour que Léa devienne Mme la comtesse ou comtesse tout court, quant à Tripier, il se voyait pourvu d'une adorable épouse ou encore d'une charmante femme. La force de l'habitude et des convenances prenait le pas sur une réalité somme toute scandaleuse. Mais comme avait tranché le maire

Borréglione avant de répondre affirmativement à l'invitation : « Bon, ils couchent ensemble, ils ne sont pas mariés, d'accord, et alors que faisons-nous, après tout, le XXe siècle est pour demain ! » Et il se rendit à l'inauguration suivi de la plupart des conseillers municipaux. Borréglione régala l'assistance d'un discours fortement charpenté d'allégeance républicaine, où Nice petite dernière-née venait jouer avec ses joues roses le rôle de l'enfant inespéré, doté par la grâce de Dieu de tous les charmes et de toutes les beautés. Et dans cette couronne festonnée, la Ferme bretonne jouait désormais un rôle primordial. Un rôle éducatif, d'ouverture sur les trésors des terres lointaines, terres françaises d'Afrique, l'Afrique de l'empire colonial. Bref, le premier magistrat comme à son habitude n'oublia rien ni personne. Donc, au mois de mai..., les couples avancent tranquilles, plongés dans une digestion parfumée à la rose. Les hommes fument le cigare, ils marchent par trois ou quatre, ventre en avant, haut-de-forme de traviole, moustache humide, heureux d'allonger la jambe dans la tiédeur d'un soir de printemps, de respirer l'air suave, de n'avoir rien à faire sinon de se soucier d'alimenter la conversation. Les enfants essaient d'être aussi laids que les chimpanzés mais ils n'arrivent à faire que des grimaces grotesques. On jette des bonbons, des fruits, des cacahuètes à l'ours malgré le panneau d'interdiction, mais les interdits, ce sera pour les vrais visiteurs le lendemain. L'ours avale tout, ce qui fait que les dames le trouvent goinfre. Les panthères sont beaucoup plus nobles, plus inquiétantes aussi, félines quoi, ce qui veut bien dire ce que cela veut dire. Devant les lions il y a attroupement, des lions ! qui rugissent, montrent les dents, bâillent, bavent, de sacrées bêtes pesant leurs deux cents kilos de muscles avec ou sans crinière, c'est la première fois qu'on en voit pour de bon, que presque on pourrait les toucher ! surtout que certains ressemblent à de beaux gros toutous endormis. De braves gueules ! Dommage qu'il y ait les crocs... et quels crocs ! Les oiseaux parce qu'il fait bon oublient leur captivité. Ils rigolent et chantent quelque chose qui ressemble à l'air du soir. Albert Sénéchal regarde les colombes qui se dandinent, les perruches vertes qui ne font rien et les cacatoès à huppe jaune très fiers d'être ce qu'ils sont ; il est triste, Albert, malgré les bonnes nouvelles pour sa machine électrique. La fin du jour l'angoisse toujours, il a envie de mourir soudain et il ne sait au juste pourquoi. Léa ? Non, plutôt un dégoût de lui-même, de sa maladresse, de sa grossièreté, de toutes ces entraves qui l'empêchent de vivre à sa juste mesure. Il pense à son père, superbe au bout de sa corde, et évidemment cela n'arrange pas son cafard. Qu'elle est belle pourtant dans son drapé écarlate, pleine et souple, altière et tendre, dire qu'il l'a tenue dans ses bras, ces bras-là, trop courts, trop rustres. Tout à l'heure il la fera danser. Au moins une fois...

Des gardiens galonnés passent à travers les groupes avec d'immenses plateaux chargés de champagne glacé. Majestueux ils glissent dans la foule avec la prestance, l'allure, le style de vieux serviteurs royaux. Et soudain l'illumination, des dentelles de feux follets d'un arbre à l'autre scintillant dans le bleu nuit du soir. Des cascades de lumière, des chapelets de torches accrochées aux barreaux des cages, on est obligé de cligner des yeux, ébloui par tant d'effervescence. Tripier n'a pas lésiné sur l'éclairage, le moindre bosquet possède son lumignon coloré. De son lit il n'a qu'à se pencher pour juger de l'effet mais il préfère rester couché de tout son long sur le dos et suivre le combat des ombres sur les murs, au plafond, sur son propre corps. Depuis le matin il a rêvé de cet instant où il s'allongerait seul et nu à travers le grand lit. Les jambes et son dos le font souffrir mais il n'y pense pas, il revit la journée, le triomphe, l'accomplissement... Quelle sensation de vide brusquement !... Tant d'années de tourments, d'affres pour un discours, des poignées de main, quelques sourires hypocrites... Et Léa si parfaite dans sa tâche, si étrangère aussi ! Et lui-même ? Curieux cette impression d'absence, de tourbillons cotonneux qui s'installent lentement et noient les perceptions comme si son être entier cherchait un moyen de s'échapper. Tripier ne peut s'empêcher d'enfoncer les ongles dans l'épaisseur de son ventre jusqu'à la douleur, jusqu'à la preuve d'une présence physique.

L'orchestre s'accorde, les violons miaulent, le chef lève sa baguette à hauteur de cravate et la laisse tomber. C'est une valse qui galope sur les cordes, qui grille l'obscurité de picotements allègres, une bien belle valse à quatre temps avec la montée de l'arpège et le trémolo des archers. Immédiatement, les plus endiablés se sont lancés au centre de l'espace cendré. Les pieds des danseurs soulèvent un vernis blanchâtre qui volette autour de la piste improvisée. La voltige, le vertige, les couples s'envolent, les joues des femmes prennent les couleurs du ravissement, les paupières se joignent, les mains des hommes se referment sur les tailles défaillantes, des bustes s'abandonnent, fleurs ramollies au bord de l'évanouissement. Lorsque l'orchestre se tait, des applaudissements éclatent, l'univers retrouve ses deux pieds sur terre et la lune cesse de ressembler à une étoile renversée. Les toupies continuent un moment, suspendues dans le silence, à faire crisser le gravier comme dans un rêve muet. Des limonades refroidies viennent tempérer les vapeurs, des gilets se déboutonnent, des enfants assoiffés courent à bout de fatigue. Les joues des messieurs bleuissent, la poudre de riz se cartonne, les coiffures de parade s'écroulent avec un soupir d'épuisement. Le ciel lance toutes ses étoiles dans un pétillement de commencement du monde.

Léa retrouve ce murmure incandescent des astres qui l'angoisse et la protège, la bouleverse et l'émeut, ce prodige qui la pénètre depuis toujours, depuis la première escapade, le premier pas de liberté, la première errance. Quel trajet jusqu'à ce soir, ce bal dont elle est la prêtresse, l'âme, la protagoniste indispensable ! Mais existe-t-il un lien, une ligne de destin ou simplement l'effet d'une succession de hasards placés bout à bout ? Aucune prédestination, aucun rêve même le moins formulé pour annoncer cette consécration, ces bras qui la saisissent respectueusement, ces hommes dignes, un peu lourds, qui l'entraînent dans la danse. Elle a l'impression de voler les pas d'une autre, les alanguissements, les émois d'une autre, ces mains furtives qui effleurent sa colonne vertébrale, ces frissons mystérieux que la vitesse propulse au plexus, ces battements de cœur fous, toute cette acrobatie du désir de la conquête, du charme éperdu. Passer d'une invite à une autre, de soutien ferme en brancard mou, le corps en feu, les yeux en fusion. Tripier la contemple, sa djellaba flotte autour de ses jambes, il prend à peine le temps de répondre aux félicitations, aux mille histoires de ceux qui n'ont rien à dire. Il se tient à la limite du cercle des valseurs, idole géante échappée d'un temple antique. De nouveau comme au matin les invités s'étonnent. L'obscurité fait surgir un Tripier inconnu, légèrement menaçant, ayant récupéré tous ses attributs d'être hors mesure, hors commun, d'individu venu d'un autre âge, d'une autre humanité. Le feu d'artifice est tiré d'un terrain à découvert situé loin des cages mais le vent apporte de grosses étoiles de cendres incandescentes qui se dispersent un peu partout sur le zoo. Les spectateurs n'en mènent pas large, partagés entre la peur de l'incendie et celle d'être dévorés par des fauves rendus fous par le bruit et les flammes. Et c'est vrai qu'une vaste rumeur de panique monte des enclos. Des grands coups ébranlent les grilles, les crocs heurtent le fer froid des barreaux. Mauvaise idée que ce feu d'artifice destiné à clore magnifiquement une grande journée, pense Tripier. Harassés, les enfants hurlent, les mères méfiantes ouvrent à tout hasard leur ombrelle. Les gardiens sur un signe du comte quittent leurs plateaux de coupes précieuses et leur allure stylée pour se rendre le plus vite possible sans avoir l'air de courir auprès des cages les plus menacées. Plus ils approchent et plus le ramdam s'amplifie, non seulement les coups de boutoir, mais des grognements rauques terrifiants qui les clouent sur place. Une main de glace paralyse les colonnes vertébrales, momifie les volontés, les jambes ne répondent plus, se liquéfient. Les fontaines lumineuses, les cascades ruisselantes, les motifs épiques se succèdent à une cadence de combat d'enfer. Les lions, les panthères, les léopards reculent au fin fond des cages pour échapper au tonnerre. Mais la lumière vibrante vient fouiller les refuges les plus reculés mettant en évidence des regards d'une sauvagerie extrême, d'une cruauté brutale. Les griffes déchirent l'air, s'enfoncent dans la terre, agrippent les barreaux, les secouent, les descellent. Le vacarme ajoute à la panique. Toute la ménagerie se déchaîne, vocalises de l'apocalypse, concert de gosiers luttant à mort pour dominer, faire entendre son propre cri. Les singes surtout y vont de leur musique, hystérique, entrecoupée de ricanements rageurs. Il y a aussi tous ceux qui ne peuvent se faire entendre et dont les fuites, les courses martèlent le sol, zèbres, antilopes, autruches. Plumes hérissées, les perroquets roucoulent avant de prendre leur envol pour une course ridicule de brièveté. L'ours de Ceylan dans sa fosse ne dit rien, ne se déplace même pas. Il observe avec un œil jaune tout petit et comme amusé. Le bouquet final arrose l'assistance, l'orchestre, les cages d'une pluie de flammèches. Les dames poussent des couinements perçants, les messieurs pensent que ça commence à bien faire de recevoir sur le coin de la gueule des choses enflammées. Les bêtes galvanisent leurs forces pour échapper au danger. Les installations les plus solides se disloquent, fétus de paille.

« Jouez... jouez ! » crie Tripier à l'orchestre tapi derrière les instruments. Le comte s'avance au-devant des lions. Il parle doucement comme s'il s'adressait à des malades, une voix atone, monocorde, distillant une paix profonde. Il emploie des mots de tous les jours, des mots de réconfort. Il s'assoit même, au milieu de l'allée à quelques centimètres des deux rangées de cages, allume un cigare avec des gestes précis et en faisant bien attention de cacher la flamme de son briquet. Il n'arrête pas de parler. Une litanie. Un concerto légèrement soporifique reproduisant inéluctablement le même son.

— Bon, mes enfants, c'est pas tout mais vous voyez j'ai des invités, ils sont fatigués et il faut que je leur dise au revoir, vous savez ce que c'est les mondanités... Alors vous allez vous calmer et roupiller un bon coup parce que demain les choses sérieuses commencent, s'agira d'être beaux, fiers, nobles à la hauteur de votre réputation, la plupart des gens qui viendront vous admirer ne vous connaissent que d'après des dessins, des gravures, des peintures, rien que des positions figées. Pensez à leur étonnement quand ils vous verront bouger, quand ils s'apercevront de votre beauté musclée, de votre allure de princes dédaigneux ! Ah ! vous m'en direz des nouvelles... Attention il faudra rester simple. Du moins avec moi sans qui vous seriez toujours en train de croupir dans votre jungle pourrie, bouffés par les moustiques et vous tapant des charognes puantes comme repas. Très bien, nous sommes d'accord, allongez-vous, reprenez des forces, détendez-vous, endormez-vous. Là, doucement, vous entendez, c'est fini, complètement fini... D'accord, j'ai eu tort de vous déranger avec ces pétards, c'est une erreur. Je le reconnais. Veuillez m'excuser. Parole de gentleman, je ne recommencerai plus, la leçon a été profitable. Bonne nuit mes amis, bonne nuit...

Il se relève prudemment, répétant inlassablement la même petite phrase : « Bonne nuit mes amis, bonne nuit... » Les gardiens n'en reviennent pas, ils ont peine à croire au miracle. Tripier poursuit son voyage d'une cage à l'autre, toujours aussi placide, mains nouées derrière le dos, distillant sa médecine verbale sur le même ton. L'effet n'est pas instantané mais peu à peu les lions cessent leurs rugissements, comme apaisés, rassurés, remis en confiance. Ils grattent encore la terre mais moins pour chercher un moyen d'en finir avec la violence que pour réellement manifester leur force. Brusquement l'un d'eux se couche complètement et bâille un grand coup, babines dédaigneuses, regard absent, dos tourné à la foule. C'est fini. Les autres l'imitent, queue balayant le sol, mâchoire tombante. Quel soupir de soulagement dans les allées et du côté de la piste où la foule s'est massée instinctivement ! L'orchestre retrouve sa vigueur, ses vibratos. Mais le cœur n'y est plus, les invités prennent congé, un peu pâles d'avoir frôlé de si près la catastrophe. La ruée aux attelages ! Vite, la civilisation, le gaz de ville, les pavés usés par la patience. La barbarie, les bêtes fauves, le grand air, point trop n'en faut. Tout cela fouette le sang de manière inconvenante. On risque des maladies, des accidents, bref, ni la santé ni la morale n'y trouvent leur compte.

Il ose ! Il la prend dans ses bras et la fait tourner aussi vite que ses larges cuisses le permettent : Albert Sénéchal attend depuis des heures l'occasion, la piste vide, une langueur qui passe. Il la saisit, la transporte, cœur débordant, jambes alertes. Comme elle est légère, impalpable !... Le rêve prend corps, le rêve palpite, glisse, plie, liquide comme la flamme des torches, troublant comme la musique, plus enivrant que la nuit. Léa se laisse envoûter par le tourbillon des valses qui se succèdent. C'est donc vrai qu'il a réussi à calmer les fauves seulement en leur parlant ! Un sorcier, un démon... Les épithètes n'ont pas manqué. Mais quel homme est-il en vérité ? Léa préfère valser, tournoyer dans les bras d'Albert Sénéchal. Elle se posera la question plus tard. Question sans réponse, question aux mille réponses. Elle ne sait plus. Elle ne veut plus savoir. La journée se termine, la représentation s'achève. Les lumières de la scène vont s'éteindre, le rideau va être tiré. Enfin elle va pouvoir arracher sa livrée de femme charmante, efficace, ingénieuse, originale, spirituelle. Dans quelques minutes elle laissera tomber ses épaules, son visage redeviendra lui-même, ses traits se reposeront. Sénéchal lui souffle dans le cou, lui parle à l'oreille, lui caresse les hanches. Pas le courage d'écouter, encore moins de répondre. Tourner, juste tourner, tourner jusqu'au moment où l'orchestre déposera ses violons. Les couples ont disparu, Léa et l'inventeur sont seuls au milieu de la piste. Les gardiens font la haie, passionnés par les jambes suffoquantes de leur patronne. Les torches meurent, lapées par une langue de vent un peu plus forte que les autres. L'ombre retrouve son territoire, les arbres le reflet de la lune.

On ne l'a ni vu ni entendu, il est au pied de l'orchestre, immobile, sa figure ronde parfaitement impassible : enfoncé dans sa djellaba il ne semble même pas attendre. Des rafales de plus en plus froides traversent la piste, faisant trembler les doigts des violonistes. Dans la nuit et le silence alentour, la musique résonne lugubrement comme si elle émanait de la cave d'un palais hanté.

Vont-ils s'arrêter ces deux-là? se demande l'orchestre. Même les gardiens en ont assez, ils s'éloignent sur la pointe des pieds dans les allées obscures. A bout de souffle, mâchoires serrées par l'effort, les jambes floconneuses, Albert est au bord du malaise. Depuis un bon moment il ne conduit plus, il s'accroche. A l'instant où il croit que sa cervelle va éclater il lui semble enfin que la musique s'efface. Il hésite, saisi de vertige, s'agrippe une fois de plus à Léa avant de trouver un semblant d'équilibre.

L'orchestre a cessé de jouer, les musiciens rangent leurs instruments avec des gestes de fantômes. Une ombre s'approche. Albert réprime difficilement une nausée. Léa fait quelques pas au-devant du comte. L'absence de lumière protège l'expression des visages, on ne distingue que des taches blêmes dans la pénombre. La voix de Tripier paraît rocailleuse tout à coup. Léa en est si surprise qu'elle ne peut s'empêcher d'effectuer un mouvement de recul.

— Vous avez peur de moi à présent?

— C'est votre voix.

— Qu'est-ce qu'elle a ma voix?

— Je la trouve drôle, c'est tout.

Tripier se dirige vers Albert qui n'a pas bougé, incapable de faire fonctionner ses jambes flageolantes.

— Alors, mon cher, on a le tournis, je suis désolé d'avoir interrompu votre danse mais il arrive une heure où il faut laisser reposer les bêtes. Elles n'ont pas comme nous de bonnes raisons pour se passer de sommeil. Les animaux n'ont pas d'amour-propre. Quel soulagement dans le fond! Si nous pouvions nous en passer...

Avant que l'inventeur ait trouvé une réponse, le comte lui tourne le dos. L'orchestre est parti. Les dernières torches sont mouchées. Il n'y a plus que la lune et derrière les fenêtres de la villa à moitié cachées par les arbres quelques lueurs jaunes et frêles.

Léa serre la main d'Albert.

— Au revoir monsieur l'inventeur, dormez bien...

— Léa... Léa..., c'est impossible.

Il bafouille, s'emmêle...

— Quoi donc ?

— Vous et cet homme. Vous êtes une fleur, c'est une brute.

— Vous ne le connaissez pas.

— Je le vois, ça suffit.

Léa soupire puis sur un ton plus ferme :

— Il faudra vous acheter des lunettes qui distinguent aussi l'intérieur. Décidément vous ne comprendrez jamais rien !

— Mais vous l'aimez !

— Oui, je l'aime. Au revoir, monsieur l'inventeur.

Sénéchal serre une dernière fois la main que lui tend Léa. Maintenant en plus de la nausée il a envie de pleurer.

Quelque chose a changé. La générosité s'est fêlée, laissant la place à l'ironie et à une certaine amertume. Tripier parle moins, mange moins, boit moins. Le géant se recroqueville, comme dévoré de l'intérieur, malgré l'apparence placide qui tente encore de tromper le rongement du tourment. Des espaces étrangement vides se partagent l'immense villa déguisée en ferme avec sa toiture de chaume. Pour accentuer l'illusion, des poules en liberté se promènent sur la terrasse, des canards pataugent dans de fausses mares tandis que des tas de fumier factices complètent le tableau. A l'intérieur, les tables, les chaises, les armoires, les buffets sont tous d'un rustique flambant neuf. Il y a deux chambres à chaque bout d'un couloir, deux grandes pièces mansardées où la clarté du jour s'incline devant la surcharge des rideaux doubles et simples. Tripier a décidé de la décoration, du choix des meubles, de la lingerie, pas un détail auquel il n'ait donné l'investiture. La salle à manger imite à souhait la chaleureuse atmosphère d'une caserne par temps de pluie. Il fallait du fruste, Robini n'a pas hésité. L'explorateur a surenchéri. La maison ignore le soleil, le paysage, la proximité de la mer, tout ce qui pourrait rappeler la civilisation du Midi. D'un bout du couloir à l'autre la distance n'est pas très grande, elle serait de plusieurs dizaines de milliers de kilomètres, ce serait pourtant la même absence, les mêmes deux grands lits occupés par une seule personne. Tripier ne vient plus poser sa tête sur les cuisses de Léa, plus de bercements basculant insensiblement vers l'amour, plus de ces caresses réinventant le langage des corps. Depuis le retour du comte, une politesse gênée régit les rapports de la jeune femme et du gros homme. Des frôlements, des doigts entrecroisés, le désir est vite rassasié ! Bien sûr, les bêtes prennent du temps, il y a l'organisation, la fin des travaux, l'affolement des premiers jours. Léa croule sous les lettres, les paperasses, les bordereaux, tout le secrétariat pléthorique d'une affaire dont naturellement elle a pris à son compte la charge. On ne lui a rien demandé, elle n'a rien dit, elle s'est retrouvée assise devant un bureau, dans une petite remise à l'écart de la ville. Tripier court d'une cage à l'autre, s'occupe de la nourriture des lions, d'un tigre malade, de l'organisation des équipes de gardiennage. Chaque jour, dix, cent, mille problèmes... Bien sûr ! Le soir cependant il n'y a pas de secrétariat, pas de léopard fiévreux, seulement eux deux qui dînent silencieusement, épuisés, sans appétit. Tripier se contente de cinq ou six plats et son entrain sérieusement diminué ne suffit plus à galvaniser Léa. La jouissance de l'un ne donne plus envie de manger à l'autre. Les repas, ces moments sublimes qui, avant le départ pour l'Afrique, déterminaient, codifiaient leur passion, se cristallisent dans un cérémonial terne et neutre. On se quitte après les desserts, chacun muni d'une lampe, on s'embrasse et on se retire dans ses appartements. Léa essaie de lire Jean Lorrain mais les phrases se dérobent, les mots sans signification se chevauchent. Elle pose le livre, éteint la lampe, demain il faudra s'expliquer.

Le lendemain, quand elle se réveille, Tripier se promène au milieu des fauves depuis des heures. Il ne porte plus guère que des djellabas rêches, misérables, qui semblent avoir été portées des années par un mendiant de la casbah. La chaleur est arrivée, les singes font un boucan du diable, surtout à l'heure de la sieste quand le zoo s'étale dans une léthargie comateuse, que les aiguilles des pins s'enfoncent dans l'épaisseur de l'air comme des lances couvertes de mousse verte. La rumeur des animaux, leurs cris de plaisir, de faim, cette litanie incessante balaie tout le reste, annihile les esprits, les transformant en vastes réceptacles dépourvus de pensées propres. Par moments, Léa se redresse, cœur battant, existe-t-elle encore ou n'est-elle plus que cette figurine remplissant un rôle automatique ? Elle se met à haïr toute cette ménagerie puante dont les effluves le soir venu se déversent jusque dans le jardin de la villa. Odeur de viande crue, de pisse chaude, d'excréments pourrissants, se propageant avec une alacrité débordante, empestant la colline entière. Le matin, les charrettes bourrées à ras bord déversent des quartiers de bœuf sanguinolents aux nerfs desséchés dessinant des cartes géographiques, aux artères sectionnées dont la cavité meurtrie ressemble à l'entrée d'un souterrain opaque. Les lions dorment toute la journée réfugiés sous l'ombre maigre des arbres rachitiques. La soif fait des ravages, les bagnards font la chaîne traînant des seaux d'eau tiédasse. Derrière les barreaux les langues pendent lamentablement sur le sol couvert d'une poussière grumeleuse. La terre se fendille, des insectes habitués aux touffeurs telluriques hissent à la surface des formes hideuses. Le sommeil de Léa se peuple de viande grenat, sillonnée par des colonies de vers grouillants.

CHAPITRE XIV

UN soir, Tripier laisse passer l'heure du dîner et les heures qui suivent. Le lendemain, la rumeur ne tarde pas à débouler d'une cage à l'autre : le maître repose avec sa lionne préférée, il dort dans un immense rocking-chair, Incendie allongée à ses pieds. Pas rasé, le comte se fait servir une collation à travers les barreaux. Habitués à ne poser aucune question, les gardiens accomplissent leurs tâches comme si de rien n'était. Sa bouteille de vin blanc lampée, Tripier s'ébroue, trempe ses doigts dans l'abreuvoir, les passe sur ses tempes, prend congé du fauve, ouvre la grille et s'éloigne pieds nus à travers les allées. A midi, il revient prendre sa place dans la cage. Incendie accueille sans déplaisir son invité, elle s'installe, bien calée sur son arrière-train et assiste, yeux mi-clos, au repas. Tripier parle peu, sauf de temps à autre un commentaire sur les mets : « Le poisson est trop cuit », « Dans le poulet ce que je préfère, c'est la peau bien grillée ». A la fin, Tripier sommeille, bras ballants, recroquevillé, tout au fond du rocking-chair. Il bâille, tête dodelinante, avant de sombrer carrément. La lionne en fait autant après avoir poussé un mugissement mollasson. Groupés sur la terrasse, les bagnards n'en perdent pas une miette. Sidérés. Et légèrement admiratifs. Léa grignote du gruyère sur une tranche de pain bis. On lui racontera. On lui raconte toujours tout. Le comte termine sa sieste juste avant l'ouverture des portes du zoo. Il débarrasse lui-même table et vaisselle en prenant bien garde de ne pas déranger Incendie. Après avoir soigneusement nettoyé, il referme la cage avec des gestes de vieux locataire, son rocking-chair sous le bras.

Incendie n'accorde pas beaucoup d'intérêt aux visiteurs qui défilent devant les barreaux tout l'après-midi. De temps à autre, elle ouvre grand la gueule histoire de leur flanquer une bonne trouille, mais sans insister. Elle attend la tombée de la nuit, et avec elle, la venue de son compagnon de cellule. Il arrive, traînant la jambe, défait, bougonnant, abruti de fatigue. Mais il suffit d'un regard jaune de la lionne pour que Gabriel retrouve un semblant de sourire. Il s'affale, chemise défaite, cuisses écartées : « Dure journée ma belle, dure journée. »

De la terre monte une chaleur oppressante, gluante, qui colle à la peau. Le service du soir est plus élaboré que celui du midi. Des torches sont placées tout autour de la cage en arc de cercle parfait. Les serveurs en frac suivent le rituel d'un repas classique. Les assiettes fumantes glissent lentement en équilibre sur des spatules. Le sommelier verse le bordeaux au fur et à mesure que le comte vide son verre. Le goulot de la bouteille coincé dans un anneau ancré au bout d'une longue tige de bois fin suit l'inclinaison que lui fait prendre de loin le poignet de l'homme. Il faut être adroit dans le mouvement, précis dans l'estimation et la distance. Mis à part deux ou trois larmes versées à côté la première fois, l'incident ne se renouvela pas. Le seul problème, ce sont les miettes de pain que Tripier doit enlever lui-même. Les serveurs ont dressé des consoles dans l'allée avec toute l'argenterie nécessaire et des réchauds pour maintenir les assiettes chaudes. Des cuisines à la cage, une chaîne ininterrompue amène les victuailles et retourne les plats vides. Des flambeaux balisent le trajet, mêlant leurs fumées graisseuses à celles, onctueuses, des rôtis. Les odeurs de viandes cuites ne dérangent pas Incendie. Ses narines palpitent doucement mais les flancs et les pattes demeurent impassibles. Ses pupilles ne quittent pas le fantastique ballet des couteaux et des fourchettes, le mouvement des mâchoires, les aliments engloutis que l'homme triture, réduit en bouillie, puis finit par avaler, bouchée après bouchée. Après la fine et le cigare tétés à petites goulées, le comte renvoie son monde d'un claquement de doigts. A la lueur d'une unique torche, il pousse la table le long des barreaux et dans l'espace libéré étend une grosse couverture de laine. Avec un soupir il se roule à l'intérieur à quelques centimètres du fauve. Le souffle de la bête soulève ses cheveux. Le cœur est là, tout près, contre son oreille, derrière cette fourrure rousse, parcourue de légères secousses. Il voudrait s'endormir le premier, en toute confiance, d'une masse, comme l'enfant que sa maman accueille en fraude dans le lit. Mais ses yeux n'arrivent pas à rester fermés plus de quelques secondes. Des tressaillements le font sursauter si fort qu'il craint d'effrayer la lionne pour de bon. Non, il faut qu'elle s'endorme d'abord. Après seulement, il pourra s'abandonner... Et s'il la bouscule dans son sommeil, l'écrase, la coince ? La nuit précédente, il s'est pelotonné dans le fauteuil. Aujourd'hui, il effectue un important pas en avant en s'allongeant près de la bête. Sombrer, s'anéantir ? Impossible..., encore impossible... Demain, il dominera cette nervosité ridicule. Demain, c'est sûr.

— Vous comptez passer toutes vos nuits ici ?

Il ne l'a pas entendue s'approcher. Maintenant il devine sa silhouette de l'autre côté des barreaux. Ne pas répondre, s'enfoncer sous les couvertures et au diable les questions ! Incendie, sur ses gardes, se redresse.

Tout sera à refaire ! Avec un râle d'hippopotame, Tripier se traîne jusqu'aux barreaux.

— Que vous arrive-t-il, Gabriel, êtes-vous malade ? Vous avez sans doute de bonnes raisons, je ne viens pas vous accabler mais comprendre.

Il devrait se lever, c'est certain, mais il n'en a aucune envie, vraiment, ses jambes sont trop lourdes... Après il faudra de nouveau se coucher et ainsi de suite, ainsi de suite...

— Excusez-moi si je vous reçois allongé mais la fatigue m'accable...

— Où avez-vous mal ?

— Mal ? Nulle part, fatigué, las si vous préférez.

— Vous tentez une expérience ?

Tripier hésite.

— Oui, on peut dire comme ça, une expérience.

— Laquelle ? Vous auriez pu me prévenir...

— Je ne pouvais pas. Ça fait partie aussi de l'expérience.

— Que je ne sache rien ?

— Oui, ni vous ni personne.

— Qui suis-je en cet instant pour vous, Gabriel ? c'est très important pour moi de le savoir.

Si au moins Léa avait attendu le jour, un moment ridicule dans l'après-midi, l'heure du thé, par exemple, mais la nuit, la nuit où tout se joue !

— En vérité, je ne comprends pas votre question.

— Si, répondez.

— Je ne sais pas.

— Ce que je suis pour vous, c'est cela que vous ne savez pas ?

— Arrêtez toutes ces questions. Il faut que je réfléchisse. Demain nous reparlerons de tout ça, demain, d'accord ?

— Vous voulez devenir un animal, Gabriel, n'est-ce pas ?

— Exactement, vous avez compris.

— Tripier-Lagrange, je ne resterai pas une minute de plus dans ce trou puant si je ne sais pas à quoi m'en tenir. Levez-vous d'abord, levez-vous, bon sang, qu'êtes-vous devenu, une loque, une larve, une épave ? Vous imaginez l'effet que vous faites, et pas seulement sur le personnel, mais sur nos visiteurs, ceux qui ont le courage de grimper admirer vos sacrées bestioles...

— Je ne vois pas le rapport.

— Ah ! non ? Ils ont peur, mon cher, rien que de vous croiser, sale, à moitié nu, avec vos yeux de fou, vos cheveux jamais coiffés qui vous tombent sur les épaules, votre tripaille que vous ne vous donnez plus la peine de cacher aux regards ! Vous êtes un monstre, Gabriel, un véritable monstre...

— C'est vrai ?

La révélation semble le ravir. Ses lèvres s'ouvrent sur un large sourire de contentement.

— C'est ce que vous désirez ? C'est ce que vous voulez, j'en suis certaine. Mais pourquoi, pourquoi maintenant ? Il fallait rester là-bas dans la brousse.

— Justement !

La réponse claque dans l'air humide. Léa recule comme fouettée par la voix du comte.

— C'est pour moi que vous êtes revenu, Gabriel ?

— Laissez-moi, ma lumière, c'est important pour moi, pour nous.

— Répondez, Gabriel, répondez d'abord.

— J'ai un certain point à atteindre, Léa, il faut que j'y arrive...

— Vous n'êtes plus un enfant, vous avez des responsabilités, pas seulement envers moi, il y a tout ça autour de nous...

— Je n'abandonne rien, je travaillerai autant qu'il le faudra, mais il faut me laisser vivre cette aventure, vous seule pouvez comprendre. Il y a des choses en moi, Léa, des choses énormes, comme des crevasses, et dans le fond, ça bouillonne. J'ai peur parfois. Oui, peur...

— Moi aussi j'ai peur, Gabriel, pour vous, pour moi...

— Il ne faut pas, ma lumière...

— Ne m'appelez plus comme ça !

— Bon Dieu, il y a une partie de moi qui a besoin de rugir, de se rouler dans la paille avec les lions, de gratter la terre avec eux, c'est comme ça ! Vous entendez, Léa ? Vous saisissez ? Faites ce que vous voulez, partez, restez, je m'en moque. J'aimerais pourtant que vous ayez de la patience, que vous sachiez attendre. Je sais que vous avez déjà attendu beaucoup ! Cette fois-ci, c'est différent, ma lumière. Cette fois-ci, il s'agit d'un voyage autrement important pour moi. Vous n'êtes pas obligée d'en subir les conséquences, je le sais...

— Et si vous ne revenez pas, Gabriel, si le voyage dure trop longtemps pour vos forces... Si un accident arrive ?

— Comme de me faire dévorer, par exemple ? Eh bien, tout sera terminé...

Léa décolle des barreaux ses doigts paralysés par l'angoisse, ses pieds, ses jambes sont roides, enfoncés dans la terre comme des piquets.

— Vous auriez pu ouvrir la cage, venir me rejoindre, nous aurions discuté assis au chaud.

— Vous savez bien que c'est impossible. A partir de demain, je serai disponible seulement aux heures d'ouverture du zoo. Inutile de revenir comme ce soir, je ne vous répondrai plus. J'ai besoin de solitude et de concentration.

D'un mouvement de tout le corps, Tripier se met à rouler doucement sur lui-même.

— Ne restez pas là...

Le lendemain, le comte ne sortit de la cage qu'après

le déjeuner. Le soir au dîner, il ne conserva que deux hommes pour le service. Les plats furent réduits de moitié.

Par la suite, Tripier supprima complètement le service. Il mangea à même le sol. Avec ses doigts.

CHAPITRE XV

LÉA ne pensait plus à elle, trop d'événements, trop de travail, trop de décisions à prendre. Elle se couchait harassée sans prendre le temps de songer au comte endormi dans la cage d'Incendie, partageant la même litière, avalant des morceaux de viande rouge qu'il prenait à peine le temps de mâcher. Trop épuisée pour y réfléchir. A peine éveillée, il fallait donner les instructions à une armée de moitiés d'idiots, toujours prêts à ne rien faire, rien comprendre. On l'appelait au moindre incident : le rhinocéros avait mauvaise mine, l'ours ne mangeait plus, un tigre voulait en dévorer un autre. Et Léa ne pouvait qu'enregistrer et attendre patiemment le lever du comte. Il ne paraissait plus avant midi, « l'urgence ça n'existe pas », avait-il l'habitude de répéter avec lassitude. Si une bête était souffrante à neuf heures, on s'apercevrait bien mieux à midi de la gravité de la maladie. Tripier ne se déplaçait plus qu'avec une extrême lenteur, le visage empreint d'un calme imperturbable, flottant au-dessus des problèmes plutôt que les affrontant. Malgré cette nonchalance, son apparition suffisait la plupart du temps à tout arranger. Là où Léa avait couru, pesté, s'était affolée, il s'amenait tranquille, jetait un regard, faisait un geste, prononçait une parole ou deux et la querelle cessait, la situation s'éclaircissait. Avec les bêtes, ça prenait un côté magique, à peine sa silhouette se découpait-elle à travers les barreaux de la cage que la colère des tigres tombait, la mauvaise humeur de l'ours s'envolait, les lions retrouvaient un comportement normal. Léa doutait parfois des miracles. Pourtant elle savait, elle savait que cette aura existait, que les anecdotes invraisemblables qu'on lui chuchotait étaient vraies. On l'avait vu la nuit dans la colline marcher à côté d'Incendie, rugir comme elle, bâiller comme elle et surtout se déplacer à quatre pattes comme elle ! Des histoires circulaient, de plus en plus incroyables, de plus en plus inquiétantes aussi... Certains des bagnards amenés par le comte avaient fui sans demander leur reste en emportant simplement leur magnifique costume pour le vendre au plus vite. Chaque matin, il y avait des défections. On avait peur. Pas question de travailler avec un fou qui se prenait pour un lion. Pourtant, le succès était là, comme prévu par le comte. Dès l'ouverture des portes, c'était la ruée, une foule de petits commerçants et d'employés pourvus d'une marmaille innombrable. Les enfants se précipitaient en hurlant aux barreaux des cages, saccageant les massifs de roses, pissant derrière les arbres, pleurant à l'unisson, cordes vocales déployées... La terrasse ne désemplissait pas, on servait des glaces et de la limonade, de la grenadine et de la menthe. Les hommes se laissaient aller à prendre un bock, la mousse fraîche mouillait leur moustache soigneusement cirée. Pas peu fiers, estomac rentré, torse bombé, regard conquérant, cigarette aux lèvres, ils portaient des gilets pointus et des guêtres impeccables, col amidonné, bottines vernies, veste d'alpaga, pantalon tombant au rasoir sur la semelle. Jambes écartées, le monde leur appartenait, leur monde de gratte-papier, de coursier chef, de commis aux écritures. Tous, insensiblement, accédaient à la bourgeoisie, cette bourgeoisie chérie dont il fallait faire partie pour réussir sa vie d'homme sur cette terre, même si l'ascension prenait le temps d'une existence entière. Les enfants, les garçons surtout, avec leur culotte noire descendant jusqu'aux genoux, leur casquette à gros pois, leur béret rond, leurs manchettes précautionneusement relevées sur les coudes pour éviter la poussière, portaient déjà les stigmates de l'honorabilité. Dans leurs gestes, la façon de poser les yeux sans rien voir de ce qui les entourait, on pouvait lire le portrait de leur père. En miniature. Les mères, vues de loin, ressemblaient à des plantes en pot, courtes sur pattes, elles se dandinaient, essayant de marcher normalement avec ces sortes de prothèses disgracieuses qu'elles appelaient chaussures. Beau monde que les fauves faisaient rire, que les singes poussaient à la grimace mimétique. Étaient-elles bêtes, ces bêtes ! Les enfants s'entassaient là où ce n'était pas trop dangereux, du sucre et des cacahuètes, en veux-tu en voilà... Si une modeste autruche refusait, quel scandale ! Un affront. L'Afrique, d'où toutes ces saloperies nous arrivaient, méritait pas un clou. Nègres et bestioles, pas étonnant que ça vive dans le même coin de brousse. Les tigres, les lions, les panthères, on les bravait de loin, on les insultait en douce, bras d'honneur et langues tirées. Et ces salopards de chimpanzés qui osaient devant les femmes se livrer à leurs cochonneries.

Comment permettait-on un tel spectacle ? On demandait le directeur, on exigeait des explications. Et face à Tripier, traînant les pieds, djellaba délavée, cheveux dans le cou, gueule fermée, on reculait d'effroi. Un sauvage ! Quelle langue parlait-il ? L'honorable comprenait vite qu'il avait intérêt à composer s'il voulait éviter l'affront devant sa nichée. C'est qu'il avait l'air costaud, le zoulou. Tripier grognait, secouait son ventre, rotait bruyamment... Finalement, son comportement était encore plus indécent que celui du chimpanzé. Les petits chefs se vengeaient en pissant sur les flamants roses, en maculant de caca les perruches vertes, en jetant des lames de rasoir dans le bassin des loutres et des otaries, d'autres volaient des faisans, et arrachaient les plumes sur place ; le soir dans les allées, on retrouvait des cadavres de pies des Indes à moitié dévorés ! On creva l'œil d'un renard bleu d'un coup de parapluie.

Ces exactions assombrissaient chaque jour un peu plus le comte. Il ne courait plus les allées une fois les indispensables corvées expédiées, il partait seul dans la campagne le plus loin possible du zoo, il marchait sans répit, pieds et chevilles en sang, des paysans l'apercevaient, ombre démesurée se découpant contre le soleil, fonçant droit devant lui à travers ronces et orties, bélier effrayant. Jamais il ne s'arrêtait, jamais il ne parlait, les femmes appelaient les enfants par prudence. On l'observait jusqu'à ce qu'il disparaisse dans la profondeur d'un massif, absorbé par les branchages. Il ne rentrait qu'après le départ des macaques, comme il disait. Son corps amaigri flottait autour de sa carcasse, des plis de chair noircie par le soleil effritaient son cou, le cerne des yeux s'agrandissait. « Je ressemble à un gorille grippé », confia-t-il un soir de méditation taciturne à Léa. Il venait s'asseoir à ses côtés quelques minutes au retour de ces longues déambulations. L'humidité montant de la mer transformait le ciel en rideau de métal. Il faisait si chaud dans ces instants que Léa supportait à grand-peine une légère chemise de batiste. Elle aurait pu lui raconter la journée, lui donner le chiffre des entrées, lui dire ses tracas, ses craintes, ses angoisses. Elle se taisait, souriante, prenant bien garde à ne rompre sous aucun prétexte ce semblant d'échange. Elle mesurait ses gestes, prononçait quelques mots d'une voix dépourvue d'expression. Écroulé, les traits figés par la fatigue ou l'amertume, peut-être les deux, Tripier sombrait dans une immobilité complète. Léa, avec des gestes aériens, essuyait la transpiration sur le front du colosse, sa main parfumée se posait sur les lèvres, glissait du menton à la poitrine à travers l'échancrure de la djellaba. « Vous allez attraper froid, idiot. » Elle répétait la phrase plusieurs fois jusqu'à ce que celle-ci perce la muraille d'imperméabilité que Tripier avait élevée entre son esprit et la réalité. Alors il acquiesçait avec un sourire de bébé. Le temps d'un plissement des joues, d'une connivence des paupières, Léa retrouvait l'expression d'une innocence sereine.

Tripier partageait le repas du soir d'Incendie. Les gardiens blasés présentaient indifféremment des gros morceaux de viande dégoulinants de sang à l'un ou à l'autre. La bête grognait, dévoilant d'immenses crocs noircis à l'approche des gencives. Elle tournait autour de la nourriture posée à même le sol puis se précipitait d'un bond, la déchiquetait entre ses mâchoires. De ses pattes, elle coinçait l'autre extrémité. Le comte attendait la fin du carnage, couché en rond à distance respectueuse. Quand Incendie, repue, se détournait, Tripier commençait un mouvement de rotation en direction des reliefs. La lionne le regardait d'un œil morne. Tripier grignotait, centimètre par centimètre, la distance le séparant de la pitance. Le sable incrusté dans la viande se diluait sous la langue, crissait entre les dents. Tripier s'asseyait, saisissant les blocs de viande avec ses ongles, puis les portait goulûment à sa bouche. Soudain, il cessait de mastiquer, sa tête s'enfonçait, ses yeux tournaient, pupilles dilatées, regard féroce. Après avoir tout engouffré, il rampait, ventre pendant jusque sur un coin de litière humide. Allongé contre le pelage gluant d'Incendie, il se lovait, se pressait, posant ses bras sur les flancs de la bête endormie. La tête lui tournait, un remugle de graillon lui empuantissait l'haleine. Une salive épaisse se collait à son palais, porteuse de filaments qui restaient incrustés dans la gorge. Il se détournait... Et avec le moins de bruit possible vomissait.

CHAPITRE XVI

L'ÉTÉ s'écroule dans les orages, l'électricité transperce les bêtes qui rongent la terre, lèvent au ciel des prunelles de lave bouillonnante. On tend des bâches, la pluie les transforme en lacs boursouflés. L'eau pénètre, s'insinue, les singes pleurent. Tripier rugit, ses quatre pattes enfoncées dans la boue noire et mousseuse. Un sanglot lugubre. Le rire de l'ours éclate comme une ponctuation ironique, un rire strident qui déclenche la houle rauque des tigres et les feulements morbides de la hyène. Léa ne peut s'empêcher de frissonner. Elle ne s'y habituera jamais. On croirait un mort, un mort qui appelle depuis les tréfonds avec de la colère et de la haine dans la voix. Si seulement la pluie arrivait à rafraîchir l'air !... S'éponger ! Elle ne fait que ça depuis le début de la soirée. Irrémédiablement, les gouttes de sueur se reforment sitôt après le passage du tissu détrempé. S'essuyer et replonger dans les images obsédantes, toujours les mêmes, qu'elle n'arrive pas à s'arracher de l'esprit. Des images de sang et de puanteur avec, trônant au milieu, Tripier balbutiant. Son visage baignant dans la stupeur. Et les yeux... Oh ! les yeux ! Des coquillages visqueux au regard envolé. Les images défilent, s'estompent, le sommeil va les remplacer, mais au dernier moment, elles reviennent encore plus précises, plus cruelles ! « Il faut que je comprenne jusqu'au bout, jusqu'au bout ! » Douleur encerclant le crâne, étau broyant les méninges, les images se cristallisent, les mouvements ralentissent, les dents du comte s'éternisent dans la charogne, il n'en finit plus de mâcher, de déglutir, d'avaler... La barbaque soulevée du sol s'élève... Ces mâchoires mastiquent l'immonde tranquillement, régulièrement, voluptueusement. D'autres images encore... Dans un tourbillon. Le pipi rebondissant sur la djellaba, s'y enfonçant, creusant des cratères jaunâtres. Le comte pisse, mange, dort comme une bête. N'importe laquelle de ces bêtes enfermées ici. Enfermées par lui. Oui, n'importe laquelle, crasseuse, poilue, rampante... Croit-il s'identifier à un fauve ?... Voilà la vérité. Les fauves !... Les fauves... Ça pue, les fauves. Pas plus passionnants, nobles que les autres.

« Je hais les lions et tous ces foutus animaux », pense Léa en saisissant un gant mouillé qu'elle promène le long de son cou puis entre ses seins. A cause de la pluie, l'aube sera longue à venir. Combien d'heures d'insomnie encore avant un peu de répit ? Le cœur de la nuit, le milieu de la nuit, Léa se répète ces mots jusqu'à ce qu'ils ne signifient plus rien, que leur poids d'angoisse se dilue dans la monotonie du lieu commun. Mais comment tricher avec la peur, une peur irraisonnée, imprécise, constante ? Si seulement ces grandes gueules de singes se taisaient, peut-être que les autres s'endormiraient ? Et lui, dort-il ? Au creux des pattes de sa chérie, blotti au chaud du poitrail. Pense-t-il ? A-t-il encore la force, la raison suffisantes pour élaborer quelque chose qui ressemble à une pensée intelligente ? Non, il ne dort pas. Mort de trouille lui aussi. Mais lui a choisi. Pas elle. Non, certainement non. Fuir. Rêver de fuite comme chaque nuit, chaque heure de veille... Vite, les bagages, une valise suffirait, le minimum d'embarras... Descendre l'allée, avec tout ce boucan qui l'entendrait, qui s'inquiéterait, qui se préoccuperait ? De l'argent, elle en a plus qu'il ne lui en faut. N'est-elle pas la grande responsable de la caisse ? La clé est là à

157portée de main. On lui doit bien ça... Qui oserait l'accuser de vol ? Elle prendrait juste ce qu'elle estime que le zoo lui doit depuis qu'elle y travaille, se sacrifie serait plus juste. Le train de Paris. La capitale, les théâtres tapissés de velours rouge, la nuit si électrique qu'elle n'y est jamais tout à fait la nuit. La civilisation. Les hommes parfumés, minces, beaux, astiqués, épilés, habillés. Retrouver le contact des vêtements somptueux, confortables. S'asseoir à une terrasse des boulevards et regarder les gens, la foule. Rien que des hommes et des femmes, et plus de fauves, plus de hyènes... Des hommes et des femmes qui n'ont jamais mis les pieds dans un zoo et qui n'ont pas envie de le faire ! Des hommes heureux d'être des hommes, fiers de leur espèce, de leur supériorité, de leur langage, de leur cerveau, de leur verticalité. Oui, ce serait facile, si facile... L'abandonner... L'abandonner ! Le quitter lâchement parce qu'il ne croit plus avoir besoin d'elle. Le quitter par égoïsme au moment où elle n'est plus la seule, l'unique, le quitter par vanité froissée. Elle restera. Jusqu'à la fin. Quelle que soit cette fin. Elle doit l'aider à accomplir son rêve, ce rêve en forme de cauchemar. Être là. Il ne lui a jamais demandé plus, seulement être là.

Des coups à la porte. Légers, timides. Léa s'approche, pieds nus, les battements de son cœur la secouent tout entière. Un fauve ne frapperait pas... Ni même un singe. C'est un homme qui se trouve derrière la porte. Peut-être un des bagnards, peut-être un nègre... Quelle idée ! Elle s'en veut de réagir comme ces petites bourgeoises couardes, la tête pleine de frayeurs apprises. Elle n'en tremble pas moins. Les bagnards ne sont pas tous des saints. Et les nègres ont parfois des envies. Elle n'a pas le temps de se demander ce qu'elle préfère, du bagnard ou du sauvage. Un murmure traverse la cloison. Quelqu'un chuchote son nom.

— Léa, Léa...

— Qui est là ?

— Moi.

C'est bien lui ! Là, derrière la porte...

La puanteur, avant même qu'il ne passe le seuil, mélange de suri et de putréfaction. Tripier avance, bras rejetés à l'avant, dos courbé, tête enfoncée dans les épaules, la bouche est large ouverte, les lèvres pendouillent, humectées de salive terreuse. Ses pieds laissent de longues traces de mouillé sur le tapis. Un moment il reste immobile, se balançant sur ses jambes découvertes jusqu'au genou.

— Viens, bredouille-t-il.

La langue roule, s'accroche, heurte le palais, comme si former un mot représentait un effort particulièrement douloureux.

— Où, s'inquiète Léa en ramassant instinctivement les pans de sa chemise de nuit.

Tripier bougonne des sons vaguement articulés. Léa cherche à saisir une lueur de connivence, un peu de lumière dans ses yeux au regard enfui. Impossible, le comte est absent, ne subsiste qu'une masse inerte, un bloc de vie lunaire lovée sur elle-même. Une main ravinée, que terminent des ongles si arc-boutés qu'ils ressemblent à des griffes, vient s'incruster dans la gaze légère de la chemise. Les doigts crochus tirent, le tissu se déchire. Déséquilibrée, Léa se retrouve projetée contre le mur. Il veut qu'elle le suive, son bras désigne le couloir, la grosse tête toujours rivée dans les épaules est prise de tremblements nerveux. Léa doit aller. Il l'exige par gestes. Des éclairs violacés trouent le drapé charbonneux du ciel, l'eau s'évapore du sol en gouttelettes de vapeur. Tripier galope, les bras de plus en plus projetés vers l'avant, le dos arrondi. Un gorille pressé. A l'intérieur des cages, ça grouille, vrombit, se déplace par bonds. La ménagerie, sur le qui-vive, attend. Une attente inquiète. Plus de déchaînement, de hurlement, mais un souffle rauque, lourd, pressant. Léa sait où l'amène le comte. La cage d'Incendie. La fameuse cage, château précieux, trésor incomparable. Véloce, Tripier ouvre la grille, pousse les verrous de sécurité puis, plus lentement, pénètre le premier. Léa ne distingue rien, il lui faut du temps pour apercevoir la lionne gisante au fond. Immobile. Cette immobilité terrorise encore plus la jeune femme que si la bête les avait accueillis en rugissant. Léa découvre que l'on peut en vérité claquer des dents. Elle a beau vouloir serrer les mâchoires, elle entend parfaitement l'émail qui crisse, un grincement lancinant qui lui perce les oreilles après avoir parcouru toutes les nervures internes des joues. La peur l'empêche de réfléchir sur les intentions de Tripier, la présence de cette bête, enfouie dans l'ombre, prête à sauter sur eux, à les dévorer, l'accapare entière. Depuis le milieu de la cage, les mains de Tripier lui ordonnent d'avancer, de le rejoindre.

— Non...

Elle croit avoir crié comme une folle mais ses lèvres se sont à peine entrouvertes pour laisser échapper ce dérisoire non, à peine audible. Voudrait-elle bouger que ses jambes resteraient clouées au sol, paralysées par la frayeur. Tripier la rejoint et referme la grille, le bruit de la ferraille la fait sursauter. Maintenant toutes les issues sont coupées... Un irrésistible désir de fuite la brûle...

— Ouvre, dit-elle d'une voix assurée.

L'a-t-il seulement entendue ? Il est tout près d'elle, respiration saccadée. L'espace d'un éclair qui inonde la scène d'une lumière blanche, elle aperçoit ses paupières baissées, la bave sur son menton, le visage qui n'est plus visage mais sauvagerie, cruauté, brutalité. Elle effectue un bond en arrière sans même se rendre compte qu'elle occupe ainsi le milieu de la cage, dos tourné à la lionne.

— Ne me touche pas !

Pourquoi ces mots se sont-ils échappés d'elle ? Pas le temps de s'interroger, déjà il l'agrippe avec ses deux battoirs. Léa voit la terre, le fumier, l'urine venir à sa rencontre, ses reins sont pris dans un étau, sa poitrine bascule en direction des flaques, pour se protéger elle envoie ses mains en direction du sol. D'un coup sec du poignet, Tripier l'oblige à se pencher encore plus, à ployer complètement, cheveux retournés flottant dans la gadoue. Un crissement, c'est la chemise qu'il arrache de haut en bas. Léa voudrait pleurer, hurler mais les sanglots s'accumulent dans sa gorge sans pouvoir s'extirper. La poigne qui la maintient immobilise aussi son énergie, son être ultime dépossédé d'elle-même par cette patte à la puissance inhumaine, elle sent sa révolte se liquéfier comme un muscle fondu. Une pression l'oblige à écarter les cuisses, une seconde pression la fait s'écarteler complètement. Un grondement le long de son cou comme le bruit d'un torrent lointain, un roulement de granit, l'explosion tellurique d'un tonnerre faisant éruption à l'air libre, percutant les montagnes, se perpétuant en un interminable han rageur de victoire. Un boutoir s'enfonce en elle, son ventre percuté par une force herculéenne. Tout là-haut derrière elle, à l'autre bout de cette chair qui la ravage, une vague hurleuse s'amplifie au-delà des limites d'un gosier humain. La houle gonfle dans son ventre chaviré, labouré. Le boutoir grossit, grossit encore, à chaque propulsion en elle, un tisonnier gigantesque aussi large et épais qu'un tronc d'arbre de la jungle. Elle pousse un cri de souffrance... Supplie que ce scalpel monstrueux cesse son va-et-vient d'enfer... Un mugissement soulève la terre... Elle ouvre les yeux. Incendie la fixe de son regard d'or. Léa s'écroule dans un râle... Deux bras de fer la soulèvent, la maintiennent suspendue, vagissante, tandis que dans ses entrailles enfoncé comme un pieu le boutoir implacable poursuit son ravinement.

« Regarde... Regarde ! » glapit Tripier en direction d'Incendie. Il la veut plus près. Qu'elle s'approche, vienne les flairer, les lécher, participer au tournis, qu'elle enfonce dans la mêlée, toute sa musculature déployée, la puissance de ses jarrets, l'ondoyante encolure, l'ivresse de ses babines retroussées jusqu'au fin fond de la ligne de crocs, la perle sanguine des gencives... Plus encore... La superbe fente empennée d'un roulis de poils clairs. Désarticulée, oscillante, Léa gigote dans le vide, toujours suspendue par son ventre embroché. Incertaine, la bête renifle, éclaboussant de bave les pieds du comte et la chevelure de Léa. Tripier oscille, l'énorme masse semble s'envoler, les pans de la djellaba sont comme deux ailes immenses. La bête se couche étonnée, une série de grognements soulèvent son poitrail de battements saccadés. Précédée d'un craquement horrible du ciel, la pluie s'abat comme une gifle.

« Lève-toi, lève-toi, Incendie... » Il l'implore d'une petite voix d'enfant boudeur. La lionne de sa queue soulève un tourbillon de grosses gouttes d'eau. Un nuage âcre envahit l'espace. « Incendie, ma belle, mon amour, regarde comme c'est beau, comme c'est bon... » Il s'étouffe, s'étrangle, se trémousse, cogne de plus belle dans Léa, s'enfonce, s'engouffre toujours plus avant jusqu'à ce que le ventre éclate, se fende en deux... Être absorbé, avalé, gobé par les entrailles de la femme... Les cris meurtris de Léa excitent sa cadence, il redouble d'assauts, un râle hystérique dans la gorge. Incendie se relève, poil hérissé. Léa valdingue abattue sur le sol. Elle essaie de ramper mais Tripier l'a déjà entièrement recouverte. « Laissez-moi, laissez-moi... », trouve-t-elle la force de geindre. Deux poings tenailles s'arc-boutent contre ses reins, la tenant entièrement immobile. Un vagissement se terminant dans un bâillement interminable secoue Incendie d'un long frisson. Les hanches de Tripier s'affolent en secousses courtes et zigzagantes, les poumons émettent un halètement exténué. Incendie se détourne, fatiguée elle repart de l'autre côté de la cage et se laisse tomber lourdement, yeux mi-clos. Un appel déchirant couvre la pluie déchaînée, un hurlement de détresse, de rage : « Incendie... Incendie... » Articulé sur l'élan du désespoir, des trous d'air séparent les deux misérables suppliques. La lionne reste impassible, le mufle enfoui dans la tiédeur de son pelage. La transe cesse d'un seul coup, la chair de Tripier se répand, les membres s'égouttent, vieux linges pendus à l'envers. Le boutoir fond à même les entrailles. Léa bouge doucement, précautionneusement. Comme d'un vase fêlé, les larmes du comte fuient du nez, des yeux, de la bouche, par tout le corps, tout l'être. A l'aide de ses avant-bras, Léa se redresse. Elle a cent ans, mille ans, plus d'âge, beaucoup trop de douleur, de honte.

« Elle ne m'aime pas ! »

Tripier ne cherche pas de réponse. Sait-il seulement si Léa existe, vivante, morte, blessée, étranglée ? Que lui importe ! Ce n'est pas elle qu'il a transpercée, fouillée, éventrée de son sexe, mais le substitut facile, ouvert, prenable, perméable du ventre interdit de la lionne. En refermant la porte de la cage, ce n'est pas un homme et un fauve que Léa laisse derrière elle, ni même deux bêtes ou deux monstres étrangement androgynes, mais le vide.

CHAPITRE XVII

Tarara ! Le valet de pied à la livrée du Régina Palace, du haut du mail-coach, signale son passage. C'est l'heure du retour aux hôtels. Le son du tuba retentit sur la place Masséna. La longue trompette du groom de l'Excelsior répond sur un ton plus gaillard. La cacophonie, un vrai déluge de notes alertes, criardes, pressantes. Les impériales croulent sous le gibier à fourrure qui vient de faire son petit tour en ville. On s'est salué, on s'est détaillé, on est heureux. On peut rentrer là-haut où l'on se retrouvera entre soi. Là-haut où une soirée douce les attend avec des théâtres, des comédiens, de la musique, des salons où se rencontrer et parler, parler et parler... Les voitures des hôtels débordent. Les valets poussent un peu aux fesses, précautionneusement mais fermement. Il s'agit de remonter le troupeau au complet, de ne pas en oublier au milieu du vulgaire. Chaque jour, ils descendent la volaille vers les trois heures et, dès cinq heures, la rassemblent pour le retour au bercail. Le bain de foule populaire a assez duré. Ah ! ces splendides après-midi de décembre, ces rues grouillantes du galop des fiacres, gorgées de tumulte allègre, ensoleillé, vibrant. La saison est commencée. Il y a des sourires partout, même sous les portes cochères. Tout va se vendre, s'acheter, se revendre, se négocier. La nourriture des grands laissera des restes pour les petits. On a bien raison par conséquent de jubiler, surtout avec cet air vif presque chaud qui s'insinue par-dessous les costumes sévères et engoncés. Les chevaux s'ébrouent, ils ont bien du mal avec cette charge de beaux masques entassés genoux contre fesses. Les grosses caisses vacillantes, arc-boutées par l'effort, bringuebalées entament la féroce montée. Ce n'est pas rien de grimper au paradis. Les chevaux n'osent pas regarder la succession de lacets qu'il leur faudra avaler coûte que coûte. Les cochers redoublent du fouet et de la voix, que les bêtes ne s'imaginent pas qu'elles vont pouvoir dételer en route. Monter ce n'est pas l'affaire. Faut-il encore que ce soit dans les temps. Il y a un horaire pour chaque hôtel. Il doit être respecté à la minute, que dirait la clientèle du Régina si le coach qui doit être rentré pour 17 h 15 s'était vu passer sous le nez la voiture du Grand Hôtel qui, elle, ne doit arriver à bon port qu'à 17 h 30 ?

Les voitures peinent, souffrent, s'étirent comme de la réglisse, à la limite de verser. Les chevaux sont là pour tirer, empêcher la catastrophe, de leur encolure dépendent l'harmonie, le confort et, qui sait, l'existence d'un tas de nobles plus ou moins authentiques, de dames plus ou moins putes, de grands bourgeois plus ou moins nouveaux riches. C'est dire s'ils doivent en avoir du courage dans les jambes, les reins, les flancs. De souffles en soupirs, de cahots en ruades, de hennissements en hoquets, ils y arrivent... La cravache fourrage jusqu'au sang leur échine. Dans les jardins d'hiver, sur les terrasses bien exposées, les théières brûlantes attendent les intrépides explorateurs, les gâteaux secs sont recouverts de serviettes immaculées, les orchestres de violons fourbissent leurs cordes, les maîtres d'hôtel dansent dans la lumière, les serveurs rectifient l'ordonnance de leur tablier. Des nuées de valets gravissent les escaliers quatre à quatre, on les attrape au passage, ils repartent, de la sueur ruisselant le long du cou. Il y en a tant, des petits, des gros, des vieux, des qui ne prennent plus la peine de se redresser, ils vont tout courbés, coulant leur carcasse fatiguée à travers salons et couloirs. La soirée allume les feux dans les cheminées, les laines bercent les épaules fragiles, le gaz crépite, les ombres rétrécissent, les parties de cartes s'entament dans les fumées des premiers cigares. Le porto succède au thé.

Dehors, c'est le désert, la nuit biblique, le ventre bruyant d'une nature indomptée, dehors l'âge des premiers temps n'a pas dit son dernier mot. Des bêtes glissent et rampent, des gueules se referment sur des proies, du sang gicle silencieusement, des yeux s'éteignent à jamais, des colonnes vertébrales sont brisées dans un souffle, des corps entiers disparaissent dans un lapement. Dehors, la vie immémoriale, intangible. Plus loin dans les collines, plongées dans l'obscurité, des fauves venus d'ailleurs, de si loin que le voyage dépasse l'imagination, égrènent la pénombre de leurs cris de jungle.

Dans le grand salon de la Ferme bretonne, toutes les lampes brillent, Léa tourne lentement sur elle-même comme pour une valse très lente, très sensuelle, mais il n'y a pas de musique, seulement la rumeur, l'éternelle rumeur du zoo. Elle a conservé son collant de dompteuse qui la moule de si près que les hommes manquent en tomber à la renverse. Pourquoi se déshabiller ? Cette tenue n'est-elle pas devenue sa seconde peau, l'habit miracle dans lequel elle a conquis Nice en quelques semaines ? Les hivernants les plus huppés, les plus titrés, les plus fortunés affluent, l'œil allumé, la langue pendante, pour admirer cette grande flamme rousse drapée de pourpre qui, fouet à la main, dirige le repas des fauves, les dominant de la voix et du geste.

La cérémonie commence à seize heures, la foule est arrivée par vagues dans des breaks trop petits. Il en part toutes les demi-heures du centre de la ville. Les résidents de Cimiez, en voisins, s'installent les derniers,

Léa leur a réservé une série de fauteuils juste en face des cages. Les dames s'éventent, les messieurs sortent des mouchoirs parfumés. Des rires nerveux fusent, les cœurs battent plus fort. Derrière, la populace s'agglutine, les enfants perchés sur le dos des pères, les mères dressées sur leurs talons. Au remugle de ménagerie, se mêlent des effluves de pistache, de vanille, de beignets, de cidre frais, de bière renversée, c'est l'hiver mais cela n'empêche pas le soleil de taper sur les têtes. Comme elles vont et viennent, ces grosses bêtes ! La faim sans doute. Les crinières noires des lions de l'Atlas font pousser des ah ! d'admiration, les tigres royaux des Indes glacent le sang dans les veines. L'un d'eux qui vient du Bengale a une réputation de férocité indomptable. On l'appelle Cambodge, ses frères qui s'en méfient le laissent tranquille et fier dans son coin. Un prospectus distribué à l'entrée annonce que Cambodge un soir de folie a tué la tigresse Fanny après un combat des plus émouvants. Le danger et la violence rôdent malgré la clarté du jour et les énormes barreaux noirs et luisants. Lorsque l'assistance luxueuse a fini de s'asseoir, que le battement des éventails domine les conversations, qu'une fébrilité curieuse parcourt les rangs, un orchestre enrubanné surgit sur une estrade placée en retrait des cages. Un orchestre avec cymbales, violons, cuivres et chef rubicond, longue chevelure blanche, baguette tournoyante. Les roulements de grosse caisse déversent des torrents de cailloux, la tension monte, les trompettes s'ajoutent aux tambours, un dernier trémolo et elle apparaît... Magnifique, foudroyante, impressionnante. Elle arrive dans un grand claquement de fouet, saute sur un tabouret dans l'alignement des cages, bien droite, amazone cinglante et superbe. Les spectateurs, bouche bée, n'en reviennent pas. Si belle..., poitrine découverte, coiffure de flamme et cette voix de rocaille, autoritaire, insistante, orageuse.

Soudain le silence ponctué par le chant indifférent des oiseaux dans les volières. Des aides d'un noir crépusculaire, aux muscles saillants, les poignets cerclés de métal, torse nu, cuisses prises dans des étaux de cuir, font glisser aux pieds de la vestale des bouquets de viande rutilante. Deux Noirs, encore plus costauds que les autres, saisissent des pics et d'un coup sec les plongent dans l'amas de victuailles à leurs pieds. Lentement, cérémonieusement, les pics remontent à la surface avec, enfilée en plein cœur, l'offrande sanglante. Quelques instants, les deux sacrificateurs maintiennent dressée dans l'air la hampe de leur arme. Léa, à cet instant, lève le bras gauche, une armée de gardes se précipite aux portes verrouillées des cages, le bras se baisse avec emphase, les gonds crissent, les barreaux s'écartent et les premières bêtes, un peu ébahies, sortent hésitantes sur leurs pattes indociles. Un violon, un seul, entonne une mélodie langoureuse, pleine de détours et de chatouillis. Ce sont les lions les premiers qui s'avancent, procession majestueuse, cadencée. Léa s'empare d'un des pics tandis qu'avec sa bouche elle émet un curieux bruit, sorte d'excitation modulée avec suffisamment de tonalité pour être entendue, non seulement des fauves, mais de l'assistance entière. Pétrifiés dans un même hypnotisme, hivernants et indigènes retiennent leur souffle, terrorisés et sournoisement dans l'expectative. Le premier lion s'empare du bloc de chair et après avoir vérifié qu'aucun danger ne le menace, se laisse tomber, sa proie coincée entre les pattes de devant. Léa, impériale, fait de temps à autre claquer son fouet. Les bêtes sagement attendent leur tour, celles qui ont fini se pourlèchent, puis dans un bâillement se représentent, mâchoires grandes ouvertes devant Léa qui, immédiatement, leur enfourne un second quartier. Les servants apportent d'autres bacs ; des dames défaillent, des enfants se détournent avec un haut-le-cœur, mais personne ne quitte sa place. Et si c'était aujourd'hui que l'un de ces gros patapoufs sautait au cou de la donzelle avec son pic et ses roucoulades de colombe ? On a déjà vu ça dans les cirques. Un accident courant. Elle doit les droguer, les endormir, les saouler. Mais quand même... Surtout qu'avec les tigres et les panthères qui succèdent aux lions, la peur grimpe d'un cran.

Indociles, les félins se précipitent, précédés par une série de grognements, de sifflements, de chuintements terrifiants. Léa se déchaîne, le fouet crépite accomplissant un véritable cercle défensif autour d'un espace réduit. La lanière se détend d'un claquement sinistre. Les tigres plient les pattes de devant, l'arrière-train s'immobilise, l'échine se courbe mais les crocs continuent de mordre l'air, les yeux se fendillent laissant juste percer une lueur meurtrière, d'une férocité totale. Insensiblement, la grosse caisse et une trompette, en sourdine, viennent soutenir le violon qui n'en finit pas de pleurer. La musique devient solennelle, les cuivres s'envolent et retombent comme des oiseaux trop lourds pour voler.

Soudain, il fait plus froid, pourtant le ciel est toujours identiquement bleu et le soleil aussi pétillant. Les sacrificateurs sont quatre maintenant, deux aux pics et deux autres vigilants, placés juste derrière l'escabeau de Léa. Les tigres flairent un bon moment la nourriture avant de s'en emparer du bout des gencives. Pour la dévorer, ils s'éloignent de quelques pas mais conservent leur regard en alerte, sursautant à des rumeurs qu'eux seuls perçoivent. Les panthères restent résolument à l'écart, les sacrificateurs sont obligés d'aller vers elles, le pic bien en évidence ; alléchées elles glissent plus qu'elles ne s'avancent, puis se propulsent d'une détente stupéfiante sur la viande, leurs pattes de devant effleurant les hampes qui balancent un bon moment dans le vide. Les sacrificateurs maîtrisent difficilement ces secousses qui se prolongent le long de leur bras jusqu'à l'épaule. Un cri de frayeur, d'admiration s'échappe du gosier des spectateurs. Léa quitte son perchoir et, sculpturale, descend au milieu des fauves. Ni hésitation ni faux pas. Aucun tremblement, une impassibilité de statue. Les bêtes s'écartent.

« Bravo, bravo... », crient les pères, les mères, les rejetons, peuple et bourgeois, tous subjugués. Les sacrificateurs, ramassés comme les tigres eux-mêmes, suivent la prêtresse, prêts à bondir avec leurs pics constellés de gouttelettes sanglantes pointés en direction des flancs louvoyants. D'une voix nette et froide, Léa lance : « Suivez-moi, les petits, allez, il faut rentrer à la maison, allez. » L'orchestre s'enflamme, un tintamarre en forme de marche. Les applaudissements redoublent surtout lorsque tigres et panthères emboîtent le pas à Léa. Les épaules soyeuses ondulent, un tapis mouvant, souple comme un nuage, s'éloigne en direction des cages. Le martèlement des verrous, le grincement des chaînes, l'alignement rectiligne des barreaux : le spectacle est terminé.

Le froid descend des collines accompagné d'un vent d'est qui transperce les épidermes. Les musiciens accompagnent les raclements de chaises sur le gravillon, le bruissement maussade d'une assemblée dispersée, d'un galop preste où le clairon l'emporte de loin. Les sacrificateurs et les servants remportent les baquets où végètent quelques déchets dédaignés. Au bout de l'allée, Léa s'arrête épuisée, genoux vacillants... Elle y est arrivée ! Aujourd'hui encore. Elle ferme les yeux pour tenter de calmer les tremblements qui la paralysent. Lors des premières séances, ni ses gestes ni ses paroles ne lui appartenaient. Un mannequin agissait à sa place. C'est plus tard que vint la peur. Quand elle comprit que les bêtes lui obéissaient ! Que le mouvement de son bras prolongé par le fouet revêtait une signification impérieuse. Et qu'il en était de même pour chaque expression, parole, simple mouvement des lèvres. Elle entrait dans un ordre supérieur où l'erreur et l'imprécision étaient proscrites. Ce qui n'était qu'instinct, secrète mortification se transmuait en un combat absolu. La conscience d'une faille possible ôtait à Léa cette aisance naturelle qui lui avait fait affronter les fauves avec la plus parfaite innocence. De spontanée et irréfléchie, son attitude dut se convertir à la rigueur. Depuis, elle avait peur. Comment arriver à restituer sans effort apparent ce qui n'avait été que défi inconscient ? Comment conserver une démarche allègre, un port de tête souverain, une main et un bras infaillibles alors que tout l'être est plein d'une immanence fatale ? Ces questions, Léa se les posait à tout instant de la journée. Sans trouver de réponse. Mais le doute cessait une fois que, perchée sur son escabeau, elle ordonnait d'ouvrir les cages. Il y avait alors comme un éblouissement de certitude et de violence à la fois. Elle retrouvait les gestes de la scène, la volonté de gagner, d'éblouir, de juguler les impondérables. La présence du public, son désir morbide, le sens du drame qui l'habitait lui apportaient l'excitation suffisante pour que l'illusion fût complète. Les applaudissements, les hourras, rien ne manquait. Léa avait retrouvé le théâtre.

Cette fascination, que les gens du zoo et le public prenaient pour du courage, auréola Léa d'une légende. En quelques semaines, le repas des fauves de la Ferme bretonne devint célèbre, tout Nice voulait voir l'insensée offerte aux lions et aux tigres. On admirait sa beauté hiératique, sa présence autoritaire. Les recettes doublaient, triplaient, tous les pronostics se retrouvaient cul par terre. Léa avait quitté son petit bureau de comptable pour emménager dans la villa. Elle dirigeait, assise derrière une immense table de bois ouvragé. Les rescapés de l'expédition et les campagnards engagés comme gardiens venaient chercher ses ordres. A qui donc désormais, à part elle, pouvait-on obéir ? Le succès, l'effervescence illuminaient sa vie, il n'y avait plus le temps pour réfléchir, s'intéresser à un quelconque événement qui ne fût pas rattaché directement au zoo. L'identification entre elle et lui ne souffrait aucun intermédiaire. Les litières crasseuses, les excréments, le tapage incessant, non seulement ne la gênaient plus, mais devenaient indispensables. Elle prenait à cœur le moindre bobo de l'otarie, l'indigestion d'une panthère fragile de l'estomac, la diarrhée de l'ours de Sibérie, les hoquets d'une gazelle, elle lisait toute la littérature concernant les animaux en captivité et les meilleures façons de les conserver en bonne forme. L'idée de la liberté lui semblait farfelue, toutes ces bêtes étaient bien mieux ici avec elle. Comble de joie, il y eut la naissance de deux lionceaux, on les baptisa au champagne, c'est Léa qui entra dans la cage, bouteille à la main, la mère et les deux enfants se portaient à merveille. Les premières naissances de la Ferme bretonne ! Des spécialistes de Zurich et du zoo de Londres s'adressèrent à elle comme à un confrère, il la félicitèrent pour l'organisation, la propreté, les conditions d'hébergement des animaux : des messieurs en redingote vraiment charmants, qui ne prononçaient jamais le mot de cage ou de barreau. Ils demandèrent des nouvelles du comte qu'ils connaissaient un peu et qui, après tout, était le créateur de ce splendide ensemble. Léa leur répondit que le comte venait de repartir en expédition. « Déjà ! » s'exclamèrent les spécialistes admiratifs.

CHAPITRE XVIII

Une ombre colossale... Le comte. On ne savait plus quoi en faire. Incendie, peu de temps après la tentative de fol amour, le chassa définitivement. Un soir, lorsqu'il vint se coucher comme de coutume, elle se dressa, menaçante, grondante, gueule ouverte, sans équivoque sur ses intentions. Le comte se réfugia précipitamment de l'autre côté des barreaux. Il ne devait plus jamais les franchir. Depuis il errait sans prononcer un mot. A l'ouverture des portes, il fallait le cacher. Il se laissait conduire par la main sans protester. Un des anciens lieutenants noirs avait été chargé par Léa de veiller sur lui, de ne jamais le quitter des yeux. Les deux hommes partaient ensemble dans les collines. Tripier retrouvait alors les mécanismes de la marche en forêt, écartant les branches, évitant les ravines. Un sens de l'orientation intact lui permettait d'accomplir des trajets énormes en un seul après-midi sans s'égarer. Le garde du corps n'avait qu'à le suivre sans se préoccuper de rien d'autre. Tripier marchait, marchait, sans jamais jeter un regard sur son compagnon ni lui faire un geste. Lorsqu'il changeait de direction brusquement, l'autre devait courir derrière lui pour le rattraper. Le comte ne cherchait pas à fuir, il agissait simplement à sa guise. Exactement comme si le garde n'existait pas. Ils parcouraient ainsi, l'un derrière l'autre, des dizaines de kilomètres, évitant les habitations et les cultures. Les chênes-lièges, les eucalyptus, les acacias, les pins parasols se succédaient, la terre se faisant de plus en plus dure à mesure qu'ils avançaient dans la montagne. Les ronces, les épines se plantaient dans leur peau, Tripier ne les sentait pas, le garde ne voulait pas être en reste. Tous deux étaient nu-pieds. La pluie et le soleil les trempaient et les desséchaient dans la plus complète indifférence. Durant l'averse, Tripier ouvrait la bouche pour boire longuement. L'homme d'Afrique aurait bien aimé chanter mais il n'osait, le silence du comte était trop opaque, trop intense pour être troublé même par une psalmodie légère. Ni contrefort trop escarpé ni pente inaccessible pour eux. Ils allaient droit, voilà tout. Il y avait le bruissement des feuilles qui les accompagnait, quelques serpents invisibles, et des lambeaux du ciel se découpant dans l'enchevêtrement des frondaisons. Au vent qui tournait vers les cinq heures du soir, Tripier retrouvait le chemin du zoo. Ils arrivaient à la nuit alors que les gardes parcouraient les allées munis de grandes torches qui se tordaient et crépitaient follement. De très loin, les deux hommes pouvaient suivre les points lumineux, c'étaient les seules lueurs à percer la nuit d'hiver épaisse comme un manteau de satin. Aux alentours, il n'y avait que des herbes, des taillis et des grands arbres. Et, plus bas, dans la grande tranchée de la côte, la mer. Invisible. Le comte s'arrêtait, les raclements de sa gorge signalaient sa présence à son compagnon qui, respectueusement, restait à l'arrière. Il s'établissait un espace de silence meublé par deux respirations que la nuit rendait étrangement présentes l'une à l'autre. Un long moment, ils restaient ainsi sensibles à l'existence de l'autre, attentifs à ce courant mystérieux qui les enveloppait, les rapprochait sans les faire se rencontrer cependant. Une toux brusque ramenait l'accélération du temps, le comte reprenait sa marche. L'homme noir lui emboîtait le pas, la poitrine et le cœur tristes. En bas, au zoo, Tripier devait être conduit dans l'ancien bureau de Léa, à l'écart de la bâtisse principale. La pièce lui servait de chambre, de salon, de salle de bains et de bureau, mais Tripier n'avait pas besoin de bureau.

Les lumières brillaient dans la villa. Léa recevait presque chaque soir. Il lui avait suffi de lancer les invitations et le monde, le plus beau, le plus riche, le plus noble était venu sans difficulté. On s'installait, on buvait, on déplaçait les tables pour danser lorsqu'il y avait de la musique. On jouait aux cartes. L'hôtesse souriait à tous, parcourait les groupes, drapée dans une longue robe de taffetas pourpre. On souriait derrière cette apparition flamboyante. Un goût de dompteur décidément. Léa poussait plus loin le raffinement en s'encerclant les hanches de mèches de cravache tressées. Sa grande taille, sa chevelure éblouissante dominaient l'assemblée. On se moquait par contenance, captivé, ébloui, fasciné malgré tout. Si les dames affichaient un dédain préventif, les hommes, eux, rufians, vieux beaux, jeunes arrivistes, fondaient, intimement mêlés par la même aspiration. La belle se laissait difficilement approcher, du badinage, rien que du badinage, et soudain ce regard cruel qui vous faisait ravaler le compliment de trop à la vitesse de l'éclair. Léa ne régnait pas, elle se contentait de rayonner, le visage empreint d'une indifférence insaisissable. Elle ne participait jamais aux conversations, parcourant les salons inlassablement, ne paraissant ni s'amuser ni s'ennuyer, parfaitement immuable d'un soir à l'autre. De temps en temps, elle lançait un mot, la foule se précipitait pour le ramasser, mais déjà Léa se trouvait ailleurs, radieuse, superbe et glacée. Elle finirait bien par craquer. De cela, tout le monde était certain. Les plus intrépides prenaient des paris. Surtout maintenant que son mentor était reparti chez les sauvages quérir quelques bêtes velues.

La première fois que le prince Von Derwies vint, les plus blasés furent d'abord étonnés, le prince se déplaçait rarement, par la suite, ils conclurent que s'il se déplaçait ce n'était pas uniquement pour agrémenter le salon de sa prestigieuse présence. Léa, et personne n'en doutait, avait cédé devant la magnificence, l'insolence, le luxe, l'arrogance de la fortune incommensurable. Von Derwies construisait des trains là-bas dans sa Russie natale, son immense richesse sortait droit des rails jetés entre la mer Caspienne et la Sibérie. Il ne se passait pas une nuit sans que le prince se dise que, pendant qu'il ronflait, ses trains glissaient dans l'immensité déserte, trouant la pénombre de leurs museaux d'acier. Non seulement il fabriquait les trains et les rails qui vont avec mais l'exploitation des lignes lui appartenait, ainsi que les gares, les employés, les paysans qui regardaient les voyageurs monter dans les wagons, le thé chaud qu'on leur servait moyennant un kopeck. Tout ce qui de près ou de loin avait à voir avec les chemins de fer tsaristes dépendait de lui.

Il avait débarqué à Nice au milieu d'une centaine de malles déballées par le double de domestiques de toutes les races et de toutes les couleurs : cuisiniers noirs, serviteurs tartares, maîtres d'hôtel anglais, palefreniers hongrois, masseurs turcs, maîtres nageurs cypriotes, orchestres autrichiens. Un pianiste italien vaguement compositeur et qui, paraît-il, faisait tourner les tables, se trouvait également parmi les bagages.

Sitôt installé dans son château de Valrose, le prince engagea deux cent cinquante jardiniers placés sous les ordres d'un spécialiste chinois qui ne parlait pas un mot de français. L'orchestre autrichien jouait chaque soir pour le prince, qui dînait seul en tenue de soirée, de la musique viennoise, uniquement de la musique viennoise. La princesse Bettina, sa femme, recevait pendant ce temps-là dans une autre aile du château, de style gothique. Le prince donnait audience tous les jours, de quatre à six heures, englouti dans des robes de chambre de brocart de toutes les teintes, brodées de perles et de saphirs pour les plus simples, de rubis et de turquoises pour les plus fastueuses. La bonne société pouffait mais elle courait voir, toucher, approcher l'idole. Von Derwies officiait dans la salle à manger. Dans une pièce à côté, l'orchestre susurrait des valses lentes ou des polkas déchaînées, selon les désirs du cheminot prodigue. A chaque doigt scintillait une collection de bagues surmontées de diamants aussi gros que le bijou lui-même. Que le prince se déplaçât, qu'il vînt chez cette meneuse de lions sidéra l'archipel des comtes, ducs, barons, marquis et autres princes. Le malheur fut qu'il ne se contenta pas d'une visite de curiosité polie mais qu'il revint chaque fois que Léa en manifesta le désir. La dompteuse était passée sous le train. L'avis unanime. Qu'on le vît partir avant la fin de la soirée suivi de son pianiste italien, monter dans son magnifique coupé tiré par quatre chevaux arabes, ne troublait aucunement les certitudes.

Léa était charmante avec le prince, comme avec tout le monde. Parfois, ils échangeaient quelques mots. Ravi, Von Derwies s'inclinait en souriant et allait s'asseoir à l'écart des invités, jambes croisées, buste ramassé, digne comme une pierre sculptée. Après un laps de temps décent, il se redressait, secouait une poussière imaginaire, puis majestueux et taciturne se replaçait dans le sillage de Léa. A quoi ressemblait-il, ce fastueux prince des locomotives? Petit, blondasse, dépourvu de charme, il possédait un ravissant regard bleu délavé. C'était là son unique singularité. A côté de la haute stature de Léa, il faisait rabougri, ça ne l'empêchait pas de trotter à sa suite avec une persévérance imperturbable. Lorsque les déambulations le favorisaient, le prince jetait à l'oreille de la dompteuse :

— Vous vouloir parler aux morts, papa, maman, autre membre de famille ? Pianiste grand médium, avec lui les tombes ont conversation.

Léa riait sans répondre, poursuivant son immuable tour de salon.

— Vous pas croire ? (Il implorait, pressait le pas, se plaçait à la hauteur de la jeune femme.) Gino, extraordinaire, lui incarner fantômes : Napoléon, Chopin, Grande Catherine... Vous les entendre comme si eux vivaient ! Moi organiser séance tout de suite si vous vouloir, table ronde, pieds en bois, vous avoir ?

Il la perdait, la retrouvait, écartait les gêneurs, infatigable, finalement il la coinçait dans une embrasure de fenêtre nappée de doubles rideaux floconneux.

— Pourquoi vous pas m'aimer ?

— Mais je vous aime, répondait Léa avec un mouvement boudeur des lèvres qui rendait fou le prince.

— Vous m'aimez comment ?

— Je vous aime bien.

— C'est pas assez... Pas assez.

— Moi, je trouve.

— Non... Non...

Il tapait du pied, de l'écume au coin de la bouche.

— Vous ambitieuse, vous me faire rager exprès, vous exiger beaucoup, eh bien, moi tout donner...

— Mais je ne veux rien, Excellence !

Le prince prenait sa voix blanche, pincée :

— Une rente de huit cent mille francs pour vos bêtes..., d'accord ? Splendide zoo à Paris, à Moscou, à Londres... Non ? Vous connaître Russie, immense territoire, moi donner à vous terre aussi grande que la France entière y compris la mer avec les gens pour cultiver...

Il était si sérieux, si triste que Léa n'osait éclater de rire. Il continuait, changeait de genre, de continent...

— L'Amérique ! Ils ont besoin de trains là-bas aussi.

Moi y aller, vous m'accompagner, vie d'aventures, dormir en voiture, odeur des chevaux, nous amener le zoo, la ménagerie, beaucoup de succès, là-bas pas de distractions, jamais de rigolade, vous venir avec votre numéro, faire beaucoup d'argent, venir riche en rien de temps...

Ça ne le faisait même pas sourire... Il s'imaginait parfaitement, le cosaque, doubler sa fortune aux U.S.A... Prendre l'argent aux vachers.

— Merci, merci, tout ça est magnifique mais je préfère rester ici, dans mon pays, dans cette maison que j'ai fait construire, avec mon mari bien sûr.

— Alors je reste aussi...

— Faites ce que vous voulez, Excellence.

La politesse froide reprenait le dessus, l'aparté avait assez duré.

— Pardonnez-moi, Léa, moi revenir demain.

— Vous êtes chez vous, prince, vous le savez.

— J'aimerais tant !

Il s'éloignait à regret, front têtu, visage fermé, d'un signe léger de la main, il prévenait son messager avec l'outre-tombe que la fête était finie. Le pianiste qui n'attendait que ça se précipitait, le manteau d'hermine du maître sur les bras. Le prince repoussait la fourrure et sortait précipitamment en répondant à peine aux révérences empressées des invités.

Les serviteurs enlevaient les tables encombrées de verres et de bouteilles, vidaient les cendriers, remettaient les meubles à leur place. La journée, la très longue journée, s'achevait dans un chuintement de balais, de verroterie entrechoquée, de voix étouffées. Assise au centre du salon, Léa écoutait, yeux mi-clos. La représentation était finie, bien finie. Il lui aurait fallu redevenir elle-même, ôter le masque. Mais quel masque ? Elle ne se reconnaissait nulle part. L'apparence ne renvoyait qu'à une autre apparence et ainsi de suite. L'absence d'identité ne la troublait plus, ce flou permanent au contraire lui convenait parfaitement. Elle se sentait délicieusement vacante, présente seulement à l'instant. La fatigue emportait les questions gênantes. Le sommeil succédait à l'agitation. Pas d'errements à craindre. Et puis il y avait toujours la solution d'aller rendre visite aux animaux. Leur simple présence, cette façon qu'ils avaient de vous regarder, comme si vous étiez à la fois plus vieux que le monde et né à la seconde, déliait Léa de l'angoisse. Une communion particulière s'établissait, une chaleur tranquille la pénétrait, onde de calme et de sérénité. L'idée qu'elle avait trouvé là un dérivatif, un refuge facile, une façon aimable de s'accrocher à l'existence, ne l'effleurait pas. Elle aimait et elle était aimée, voilà la vérité. Un fil se dévidait entre elle et les bêtes, un fil d'amour certain. Il ne s'agissait ni de se rassurer ni de combler des vides en faisant semblant.

Avec la ménagerie, Léa ne jouait pas. Elle se livrait. Sans restriction. Était-ce ce don absolu, que des lions aux otaries, toutes les espèces appréhendaient confusément à leur manière faite de reconnaissance, de respect et de vigilance ? Mais elle avait beau en retarder l'éventualité, s'étourdir, s'enivrer de pensées précises ou au contraire diffuses, Tripier-Lagrange se débrouillait toujours pour surgir et exploser dans sa tête pareil à une poire trop mûre. Dieu, qu'il était résistant, l'oubli avait beau le frotter, le recouvrir de mille couvertures, l'homme au ballon se promenait dans sa mémoire, chapeau à la main, sourire comique aux lèvres. Il coulait, s'estompait aux revers des nuages, un dernier mouvement de bras, elle croyait en être débarrassée, mais non, il revenait à quatre pattes, museau baveux, regard atone et cette image-là s'effaçait beaucoup moins vite, s'accrochait, rebondissait, grandissait, débordait, se répandait intarissable, jaillissante. Léa fermait les yeux très fort avec l'espoir insensé que la nuit chasserait les miasmes. Mais le comte se vautrait au-delà de la nuit, yeux ouverts, yeux clos, peu lui importait, son siège se trouvait beaucoup plus profond. Alors, elle cédait, demandant qu'on aille chercher le garde noir, quelle que soit l'heure. Il arrivait, impeccable, pas même froissé comme si en fait il attendait cette convocation. Et il ne s'était encore jamais trompé. Madame l'avait fait appeler chaque soir, chaque soir depuis qu'elle avait placé le comte sous sa responsabilité. Il connaissait la scène par cœur, elle le ferait asseoir, lui demanderait s'il avait soif ; il répondrait non pour aller plus vite, elle croiserait ses jambes, ses bras, puis ses mains et enfin dans un murmure, elle demanderait de ses nouvelles.

— Comment va-t-il, est-ce qu'il mange, qu'avez-vous fait aujourd'hui ?

Il raconterait très précisément, comme pour un rapport de police.

— Monsieur le comte s'est réveillé vers les dix heures ce matin, j'avais préparé son café mais il n'en a pas voulu, après j'ai lavé Monsieur puis j'ai essayé de le coiffer comme Madame m'a recommandé de le faire, mais Monsieur m'a repoussé, alors je lui ai donné les journaux du jour, il ne les a pas ouverts. Après il est resté assis un long moment, à peu près jusqu'à l'heure du déjeuner, j'avais commandé pour Monsieur de la morue à la sauce piquante, je sais qu'il l'aime mais il n'a presque rien pris.

— Qu'est-ce que tu veux dire par presque rien ?

— Quelques bouchées seulement, du pain surtout qu'il a trempé dans la sauce, quelques miettes de poisson et des olives noires.

— Combien ?

— Une dizaine peut-être, pas plus.

— Bon, continue.

— Ensuite, Monsieur s'est levé, j'ai compris qu'il avait l'intention de partir immédiatement, je l'ai devancé et je me suis permis de le guider dans le chemin que vous m'avez indiqué par-derrière la villa, celui qui mène directement à la forêt.

— Il a protesté ?

— Non, madame.

Léa paraît déçue, d'un geste elle invite le garde à poursuivre.

— Après nous avons marché comme d'habitude, le comte a pris la direction de Gairaut puis nous avons bifurqué vers Falicon par la pinède ; il faisait assez chaud mais Monsieur ne montrait aucun signe de fatigue. Nous avons évité le village bien sûr et nous avons pris la direction du mont Chauve. Ça grimpe énormément par là, le comte a poursuivi à la même cadence que si nous étions sur du plat. Arrivés en haut près du fort, nous nous sommes un peu reposés.

— Vous vous êtes assis tous les deux ?

— Oh ! non, madame, nous sommes restés debout, nous reprenions notre souffle, nous admirions le paysage.

— Vous admiriez tous les deux ?

Le garde hésite un instant.

— En fait, je ne sais pas si Monsieur admirait mais il regardait, nous sommes restés comme ça un moment puis nous avons entamé la descente par un chemin différent, beaucoup plus abrupt et nous sommes arrivés au-dessus du zoo à la nuit tombante...

— Tu ne vas pas un peu trop vite ?

L'homme baisse la tête comme pris en faute.

— Monsieur est tombé, son pied a buté contre une écorce mais il ne s'est pas fait mal, pas du tout.

— Il a crié ? demande Léa dans un souffle.

— Juste un peu, vraiment très peu, je me suis précipité ; le temps d'arriver, le comte était déjà debout et reprenait sa marche.

— Il aurait pu se faire mal ?

— Je pense que oui, heureusement...

Léa l'arrête d'un geste.

— D'accord, passons à la soirée.

L'homme toujours figé sur sa chaise acquiesce d'un mouvement de paupières.

— Comme tous les soirs, c'est moi qui ai préparé le dîner de Monsieur, de la soupe légère agrémentée de croûtons à l'ail, Madame sait que Monsieur les adore, une purée d'épinards, un rôti de veau et comme dessert, une charlotte au chocolat.

— Que faisait-il pendant ce temps-là ?

— Rien.

— Rien du tout ? Rappelle-toi bien.

— Non, rien, rien du tout, il s'assoit toujours sur la même chaise, vous savez, celle qui regarde en direction des cages, et il attend, on dirait vraiment qu'il attend quelque chose, il écoute aussi.

— Comment le sais-tu ?

— Oh, c'est pas compliqué, madame, sa tête suit tous les bruits, il sursaute lorsqu'un rugissement retentit, ses oreilles bougent, excusez-moi, madame, mais je vous assure que ses oreilles bougent, on le sent comme à l'affût. J'ai eu du mal à le faire manger, il m'a renversé trois assiettes de soupe avant d'en goûter une cuillerée, j'ai dû insister, couper la viande en petits morceaux, la mélanger avec les épinards, il a fini par en avaler une assiette mais la charlotte il me l'a envoyée à la tête.

— Vraiment ? fait Léa en souriant.

— Oui, madame, répond imperturbable le garde, mais je l'ai évitée, je commence à bien connaître Monsieur !

— La suite...

— Oh, plus grand-chose, le comte était fatigué, il s'est couché sur le matelas, j'ai attendu qu'il dorme pour lui enlever ses chaussures en faisant bien attention à ne pas le réveiller.

— Quelle tête avait-il ?

— Quand cela, madame ?

— En dormant ?

Le garde réfléchit quelques secondes.

— Sa tête normale, madame.

— C'est bien, c'est bien.

Le rapport est terminé mais ni Léa ni l'homme ne bougent de place. Elle a encore une question à poser, toujours la même, dont elle ne connaît que trop la réponse. Elle prend son temps pour faire durer l'incertitude, entretenir le minuscule germe d'espoir.

— A-t-il prononcé un mot, une parole quelconque ? finit-elle par demander d'une voix altérée.

— Non, madame, il n'a rien dit du tout.

CHAPITRE XIX

LA voilà !

Le garçon court comme un fou, messager de l'incroyable. Oui, elle est là... Tout le zoo récuré, nettoyé, lavé, poncé, l'attend depuis l'aube. Les tigres, les ours, les autruches, les singes ont été passés au tuyau d'arrosage, peignés, brossés ; ils ressemblent à ces belles images de livres pour enfants où la jungle s'identifie à un gros jardin plein de surprises merveilleuses. Ce n'est pas tous les jours que la reine Victoria se déplace ! Elle qui règne sur un empire de Blancs, de Noirs, de Jaunes, de métis, perdre quelques instants pour venir visiter des bêtes en cage !

Un chambellan est venu rendre visite à Léa il y a plus de quinze jours en lui précisant la date, le jour et l'heure de l'arrivée de la reine. La date, le jour, l'heure, à la minute près, la reine est exacte à ses rendez-vous. Le chambellan se tient à côté de Léa pour accueillir Sa Majesté. Le personnel est aligné de chaque côté de l'allée centrale. Évidemment le zoo a été interdit au public. Il fait doux et tendre, une poussière de lumière grise filtre les rayons du soleil. On se croirait en avril ou en mai alors que le mois de février est à peine en son milieu.

Devançant la reine, la garde indienne. Une dizaine de prêtres empesés sous leur cachemire mauve, rose, safran... Beaux, immenses, yeux noirs, longs cils, ils posent à peine les pieds sur le sol, regards tournés vers un lointain indéchiffrable. Derrière, les militaires britanniques paraissent extrêmement petits, boursouflés, vieux. Un lieutenant-colonel suivi d'un lieutenant tout court transpirent sous des bonnets à poil, ils ont bien du mal à devancer le landau royal tiré par Jacquot. Un âne gris blanc sauvé d'une volée de coups de bâton qui lui cassaient les reins par la reine elle-même. Jacquot est célèbre. Il faut le voir, sûr de lui, toiser les alezans, les pur-sang, toute la cavalerie, lui, le tireur de charrette. Oui mais, dans la charrette... L'impatience s'empare de la foule, des bêtes, des arbres eux-mêmes... Il est temps qu'elle apparaisse ! Mais avant, place aux dames de compagnie, elles sont quatre à s'extraire d'une voiture un peu plus grande que celle de la reine mais pas suffisamment cependant, à cause des volants, des jupons, des corsages, mais aussi de l'ampleur naturelle. Lady Southampton, lady Churchill, la comtesse Antrin et la comtesse Luytton ont des allures de barrique remplie à ras bord de graisse de pudding. Elles ne marchent pas, elles vacillent. Elles ne se plient pas, elles s'écroulent. Vaille que vaille, elles se propulsent à la hauteur du landau royal, les valets de pied ouvrent les portes, les dames plongent dans l'habitacle, deux de chaque côté, celles de droite poussent, celles de gauche tirent. Après quelques efforts entrecoupés de han retentissants, apparaît miss Harriet qui ne quitte pas une seconde l'impératrice de toutes les Indes. Plus maigre que les autres, miss Harriet est aussi beaucoup plus petite. Debout, elle arrive au niveau de l'estomac de Jacquot. Sa taille de puce constitue la raison première pour laquelle elle a été choisie pour accompagner partout la première dame du royaume. Les chambellans qui ont de l'humour l'appellent la dame de poche. Ils l'imaginent se cachant sans peine dans le labyrinthe des jupons de la reine...

Ce sont eux qu'on voit d'abord, les jupons, puis

noyée en leur milieu, une tête ronde surmontant un buste court. Victoria ne ressemble pas tout à fait à une vieille grenouille mais plutôt à une cerise desséchée, oubliée sur l'arbre. Les rides ! En travers, en long, en rigoles, en arcs, en réseaux complexes, en nœuds multiples, en cascades du menton sur le cou ; seul un col strict et blanc stoppe l'avalanche. Soutenue par les cinq dames, devancée par le lieutenant-colonel et les lieutenants tout court, suivie d'une armada de gardes et de valets, la reine franchit le portail.

Léa s'incline, une révérence courte, celle que lui a apprise le premier chambellan. Victoria lui passe la main dans les cheveux comme on le fait pour une petite fille. De près, on entend le teuf-teuf lancinant qui s'échappe de ses lèvres entrouvertes. Un roulement de cymbales, ponctué de mille gloussements, grondements, vibratos, éternuements, sifflements, déglutitions. De cette purée d'onomatopées en sourdine, les mots ont du mal à poindre, la plupart du temps ils restent prisonniers des gargouillis, concassés, broyés dans la mélasse. Le plus net, le plus clair, ce sont les hum... hum... mêlés à des yeah, yeah spongieux que la bouche de l'impératrice étire à volonté comme de la pâte à tarte. Ces yeah, yeah doivent être la manifestation d'un complet contentement puisque toute la suite approuve de la tête avec la plus fervente des vélocités. Ça l'encourage, Victoria, à s'engager dans la poussière des gravillons, les bottines à lacets plongent dangereusement, les chevilles s'enfoncent, les dames poussent des petits cris, les messieurs tendent charitablement des poignets que les barriques agrippent avec le désespoir des noyés.

Au cœur de la panique, la reine reste sans soutien, chancelante, abandonnée de tous, un sourire inconscient sculpté au travers de ses rides flageolantes. Affolées les dames de compagnie se précipitent, l'entourent, l'enveloppent, la poussent, la tirent, l'agrippent. Léa précède la troupe de quelques pas, devant chaque cage, chaque enclos elle s'arrête, énonçant rapidement la provenance et les particularités des pensionnaires. Le chambellan lui a recommandé d'éviter les spectacles équivoques, l'œil de la reine doit glisser sur un parquet ciré de convenances sans jamais être alerté ou agressé par la moindre vision choquante. Du coup, il avait fallu cacher les singes masturbatoires, l'ours turgescent, la hyène hystérique, les deux phoques aux câlins insidieux, plus quelques tigresses en chaleur dont les feulements auraient pu troubler l'oreille de la première dame du royaume. Victoria regarde peu de toute façon... Trop occupée à maintenir sa dignité sur ses deux jambes. Ses yeux se fixent sur un point, tout là-bas au-delà des épaules et des têtes, un point imaginaire qu'elle contemple avec une application de vache ruminante.

A mi-chemin, le premier chambellan fait asseoir Sa Majesté, aussitôt les barriques s'écroulent, on apporte des chaises, des tabourets, des fauteuils qui disparaissent, complètement engloutis sous les fessiers. Léa a fait préparer des rafraîchissements, champagne, thé, orange, mais la reine fait signe qu'elle n'a pas soif. Un gros parasol aux couleurs britanniques protège la royale tête, les autres se contentent de chapeaux et d'éventails. Personne ne parle. Léa, à l'écart, reste à sa juste place d'humble hôtesse qui attend qu'on s'adresse à elle pour répondre. La suite respire affalée, langue pendante, seuls les gardes indiens conservent une fraîcheur inaltérée. Scarabées somptueux que le soleil lèche et relèche dans un déferlement de lumière colorée. Dames de compagnie à moitié renversées, chambellans cartonnés, lieutenant-colonel gondolé de fatigue, garde indienne chatoyante et rigide, tous, entourant ce pot de confiture enchiffonné de crêpe noir, semblent sortir d'une gravure découverte dans un grenier.

Personne ne pensait à lui, ne l'attendait, certains le croyaient en terre étrangère, d'autres n'avaient aucune idée de son existence. Lorsqu'il apparaît, amaigri, sanglé dans un costume d'alpaga beurre frais, chapeauté d'un léger et souple panama blanc, Victoria sort de sa torpeur. Léa effectue un bond. Pas de doute, le comte est bien là ! Comme avant. Pas tout à fait, les traits ont perdu leur élasticité, les joues sont creuses, les rondeurs enfantines du visage laissent la place à des chairs sillonnées d'amertume, une amertume légère empreinte de regrets, comme s'excusant de sa maturité envahissante. Avant que Léa se précipite, les gardes indiens sont en mouvement, prêts à faire rempart de leur corps. Léa s'empare du bras du premier chambellan.

— Mon mari, dit-elle, le comte de Tripier-Lagrange, créateur du zoo que Sa Majesté nous fait l'honneur de visiter.

Tripier s'incline avec une flexibilité surprenante pour son envergure. Léa n'ose respirer. Va-t-il la lécher, la mordre ou, mieux, lui pisser dessus ? Sortira-t-il de sa poche une charogne quelconque et se mettra-t-il à la dévorer devant elle ? Mais l'être qui s'assied, parfaitement civil, à distance respectueuse de Sa Majesté, n'est en rien comparable à l'amoureux d'Incendie, hirsute, baveux, puant, non, celui-là, c'est le comte du ballon qui enlève son chapeau cérémonieusement en plein soleil, l'homme du monde, l'habitué des salons de Cimiez où l'on vient écouter de la musique française d'avant-garde. Le comte retrouvé et, comme par hasard, le jour de la visite de la reine. Léa ne peut croire ni à la résurrection ni à la coïncidence, quelqu'un se joue d'elle, ce Tripier beurre frais est un faux, une copie ; d'abord il est plus maigre, beaucoup plus maigre ! Le vrai n'a pas perdu autant de poids. Impossible. Tandis qu'elle vivait avec le souvenir affreux d'un Tripier avili, un autre naissait, charmeur, théâtral, beau dans la démesure comme celui d'avant, mais plus tragique, plus marqué, plus humain. Léa ressent un brutal déferlement de désir et de tendresse. Tripier ressuscité, homme parmi les hommes, magnifique, resplendissant, immense ! Elle ne peut s'empêcher de pleurer, tant pis pour les gardes indiens, les chambellans, les colonels, les lieutenants, les dames de compagnie, tant pis pour la reine... Une marée de bulles irisées explose sous ses paupières, lourdes, chaudes, pleines comme les larmes des enfants perdus.

De l'autre côté du groupe, Tripier, immuable, entretient la reine, la charme, la rend à la vie, l'extrait de sa léthargie hiératique. La suite est étonnée, non seulement l'inconnu fait rire Sa Majesté, mais de plus il s'exprime dans un anglais choisi, liquide, tellement il paraît facile. Victoria le veut comme guide désormais, lui et son bras pour la soutenir. Le géant conduit l'impératrice au pas de charge, elle ne paraît pas essoufflée, du rose perle sous son emplâtre grisâtre. Elle ne fait même pas remarquer qu'elle est déjà passée par là, tout à l'heure. Mais peut-être qu'elle ne reconnaît pas les lieux ou qu'elle les découvre seulement. Le comte s'arrête, respire l'odeur sauvage, violente, carnivore qui flotte entre les deux rangées de cages puis se tournant vers la reine s'exclame :

— Majesté, voici le roi de toutes les espèces !

Tripier fait les présentations d'une voix lente, presque tendre, il énumère les origines, les qualités, les spécificités de chacun des fauves. Les lions de l'Atlas, les seigneurs à crinière, les plus grands, les plus beaux, les indomptables, les mangeurs d'hommes. Les lions des monts Aberdarès, sombres au poil ras, à la crinière timide, rapides comme l'éclair, plus panthères que lions. Les lions du désert..., ceux des forêts..., des montagnes..., de la brousse... La reine écoute, hoche la tête, examine les mufles, les houppes de poils noirâtres, l'ondulation lascive des dos, les robes marron, gris pâle, jaune sable, plonge dans le gouffre des bâillements qui dégagent la magnificence des crocs, croise de larges pupilles méprisantes. La suite retient son souffle. Et, ô stupeur, Victoria pose des questions ! Comme si elle voulait en connaître plus... Elle se tourne vers Tripier et son visage rajeunit, et ses yeux brillent, et toute sa personne paraît suspendue aux lèvres de ce magicien sorti de nulle part. Petite fille, Victoria veut tout savoir : comment on les capture ces grosses bêtes, si c'est dangereux, si le comte participe lui-même à la chasse ? Et Tripier de sourire comme si un ange s'était arrêté sur son épaule. Pendant qu'il raconte, raconte, on fait asseoir Sa Majesté, on s'assiérait bien aussi, mais la reine captivée n'en donne pas la permission. Dos aux cages, face à l'assemblée, le comte poursuit son récit. Bien que s'adressant à tous, il ne parle que pour Elle.

— Majesté, pour capturer un tel animal, il faut, non seulement le connaître, mais le deviner, être un peu lui-même. La première fois où je me suis senti lion, j'étais grimpé dans un arbre, cela se passait en Algérie, un indigène m'avait indiqué le bon emplacement pour observer. Nous étions en janvier, l'époque des amours. Il faut vous dire, Majesté, que pour une femelle, trois mâles offrent leurs services. Aussi, très souvent voit-on une lionne entourée de trois ou quatre jeunes prétendants qui se battent entre eux. Mais ce fameux soir, la lionne arriva suivie d'un seul lion. Elle tourna autour de l'arbre où je me trouvais tandis que lui restait sur le chemin. A ce moment, j'entendis un rugissement lointain, un grondement formidable, le sol en tremblait, le jeune lion recula, effrayé, alors de dessous les branchages monta comme une plainte, la lionne répondait au rugissement terrible, elle appelait le monstre. Le jeune lion comprit mais ne bougea pas, il se contenta d'aller du chemin à l'arbre comme pour déterminer son territoire. L'attente dura une heure puis un second rugissement de tonnerre, mais cette fois presque à mes pieds, retentit. Le jeune lion le vit avant moi, son pelage fut parcouru de frissons, sa queue se dressa, l'autre avançait : un vieux mâle, noir comme un sanglier qui faisait près du double en taille et en poids. La lionne quitta les branchages pour aller au-devant du vieux guerrier. La devançant, le jeune lion lui barra le passage. Les deux mâles s'observèrent quelques instants en silence puis dans un grognement qui propulsa son élan, le jeune se précipita. Le vieux bondit immédiatement, les deux bêtes roulèrent dans l'herbe, des rugissements sourds de colère et de douleur perçaient la nuit. J'avais froid et peur. La peur de l'homme des cavernes au spectacle des forces déchaînées. La lutte fut courte, les os du jeune lion craquèrent puis ce fut le tour de ses entrailles, les griffes du vieux mâle les dispersèrent dans la clairière. Couchée sur le ventre, la lionne manifesta jusqu'à la fin du combat son plaisir en faisant onduler comme une liane sa queue. Lorsque tout fut fini, le vieux mâle vint s'allonger à côté d'elle, le sang du vaincu maculait son pelage. Il secouait sa crinière, des poils s'envolaient au vent. La lionne, lentement, s'approcha, se pencha et paisiblement le lécha. Et moi, toujours juché sur les plus hautes branches, je regardais, dégoûté et fasciné. La plus extrême joie se mêlait à un sentiment d'horreur. Dans un partage mal défini, je me sentais tout à la fois le jeune lion terrassé, tripes éparpillées dans les herbes, le vieux mâle vainqueur sûr de lui et elle, roucoulante, offerte, indifférente pour l'adversaire terrassé.

La reine voit l'Afrique, peut-être se voit-elle jeune fille sauvage ? Il y a du rêve dans le son de sa voix lorsqu'elle demande à Tripier de poursuivre.

— Oui, Majesté, fait le comte, comme si, depuis toujours, il passait son existence à raconter aux souverains du monde entier des histoires de fauves. J'en arrive à la capture, les Arabes ont mis au point une méthode abominable et malheureusement efficace, je l'ai moi-même utilisée trop souvent, hélas ! On creuse une fosse de dix mètres de profondeur, large de cinq, en forme de puits, l'enceinte est entourée d'une haie d'arbres coupés, la fosse est invisible. Le lion sort le soir, Majesté ; le jour cet animal, ô combien sensible aux ordres de la nature, se repose et digère. Mais la nuit, le temps de chasser, de dévorer, de courir, revient. De boire aussi. C'est sur le trajet du point d'eau que se situe le piège. Cette haie d'arbres insignifiants, le lion a l'habitude de la franchir chaque soir. Il bondit comme à l'habitude et tombe. Au moment où il franchit la haie, les Arabes poussent des cris de contentement, les femmes, les enfants, les chiens font un vacarme épouvantable. Un délire auquel participent tous les villages voisins, on brûle de la poudre, on tire des coups de fusil. On ne dormira plus. Les hommes égorgent le mouton, les femmes préparent le couscous. Des feux sont allumés. Le lion, lui, bondit, se cogne, se blesse, en vain... Les parois sont trop hautes, infranchissables, même pour cet emblème de la force et du courage. Il entend le bruit, ces appels, il comprend que c'est pour lui, pour sa mort prochaine, une mort honteuse, humiliante. Alors, épuisé, résigné, il observe avec dédain ses assassins. Les hommes lancent des imprécations, les femmes crachent, les enfants jettent des pierres. On l'insulte. L'ennemi est terrassé, impuissant, là, au fond de son trou. Alors des hommes armés de fusils arrivent et tirent... Une dizaine de balles s'enfoncent sans que l'animal émette une plainte. A l'approche ultime, le lion se redresse et fixe une dernière fois ses tueurs. Il ne se recouchera que pour mourir. Longtemps après, lorsqu'on est sûr que le fauve est bien mort, quelques hommes descendent dans la fosse, entourent le cadavre de cordages et le remontent à la surface où l'attendent les couteaux du dépeçage...

Le comte se tait quelques secondes, ses yeux depuis un moment ont quitté le visage de la reine, hantés par des visions atroces.

— En ce qui me concerne, j'interviens avant les balles, pas toujours avant les pierres et les crachats, il faut bien épuiser la bête. J'attends des heures, parfois des jours, quand le lion n'a plus la force de se soulever, à moitié mort de faim et de soif, je descends avec mes hommes, nous l'entourons d'un filet et le hissons jusqu'en haut. Durant toute l'ascension un rictus entrouvre sa gueule, la rage, disent les Arabes, moi je pense plutôt que c'est du dédain. Voilà, Majesté, un des moyens les plus sûrs de capturer un de ces seigneurs vivant. Il y en a d'autres. Ils sont tout aussi affreux. Je les épargnerai à Sa Majesté.

Il n'est que temps, le soleil cavale derrière les nuages chassés par le vent du soir, des pans d'ombre flottent sur le cortège. La visite est terminée. Victoria retrouve son sourire de cire molle, elle a de nouveau besoin de ses soutiens chancelants, de sa garde, de son premier chambellan hochant la tête dans un perpétuel assentiment. On se précipite, le sable des allées voltige sous la ruade générale, Jacquot lui-même, sans doute prévenu par un instinct spécial, cesse de dévorer les feuilles timides d'un jeune laurier. Obligée de remonter toute la débandade, Léa arrive essoufflée au portail en même temps que le chambellan, sourcils froncés, mine tracassée. Léa ose à peine lui demander si, à son avis, la reine est heureuse de sa visite. Le chambellan laisse tomber quelques mots de remerciement rapides et frileux. Mais déjà se profile la souveraine, encastrée dans le carcan de ses dames de compagnie, portée par elles et les portant tout à la fois dans la même gravitation incertaine. Victoria passe devant Léa sans la regarder, attirée par le landau salvateur comme par un aimant. Une révérence en direction de la Majesté évanouie, le pas des chevaux, quelques hennissements, des silhouettes s'enfonçant dans la brume et le zoo retrouve sa rumeur coutumière de glapissements brefs et sonores dans le soir.

CHAPITRE XX

LES larges nappes brodées émergent des armoires, l'argenterie surgit des oubliettes, les lustres étincellent, le feu claque dans la grande cheminée et dominant toute cette frénésie, la voix du comte. Une voix inchangée qui charrie force, vigueur, assurance pleine et légère, revigorante comme une lampée de vent chaud en hiver. Le maître a faim et les cuisines sortent de leur longue torpeur, les fourneaux ronronnent, les couteaux se marient avec la viande, le jus éclabousse les plats, les aromates poudroient, les mains voltigent, la farine, les œufs, l'huile, la crème, le poivre, le sel filent entre les doigts. Et de nouveau l'odeur de la nourriture investit l'espace, oignons et tomates, clapotis des sauces ténébreuses, émoustillement des sucres brunis, caramélisés, caparaçonnés. Des nuages embaumés se disloquent laissant échapper mille fragrances vibrantes en suspens. Tout sera prêt. Ils sont dix, ils sont vingt jongleurs d'assiettes, de fourchettes, de coupes, de verres, de seaux, de serviettes. Le vin débouché, le champagne rafraîchi, la table ornée, décorée, les serveurs astiqués, lustrés, gantés, plus rien ne manque ou presque. Alors arrive un orchestre de violons que des paravents et des tentures dérobent à la vue. On peut servir. La litanie des hors-d'œuvre glisse dans la lumière bleutée du gaz avant de resplendir dans les lueurs plus douces des bougies et des chandelles. L'orchestre attaque avec le saumon luisant comme un quartier de lune orangé. La marche du temps a dû se rompre quelque part, Léa se retrouve avec le comte comme au premier jour, luxe, raffinement, nourriture, musique, symphonie minutieusement réglée. L'oubli efface la faille de ce temps qui semble avoir été tragiquement inventé par une imagination malade. Une bulle ridicule irisée par des souvenirs cauchemardesques, portion d'histoire parallèle que la mémoire repousse déjà. Léa n'est plus sûre de rien, elle a beau plonger dans le passé le plus proche, l'évocation se voile, les êtres se dérobent, les certitudes les plus ancrées se déforment, deviennent fluides, liquides, hier ressemble à un paysage troublé par l'averse et avant-hier s'enfonce dans un brouillard épais et blanc. Normale, la réalité est redevenue normale et le poids de cette normalité oblitère tout ce qui n'est pas issu de sa trame tranquille.

— Je crois qu'il faudra changer l'enclos de l'ours, cette pauvre bête n'a pas un brin d'ombre et de plus l'abreuvoir est mal placé.

Léa chavire sur sa chaise, incapable de répondre, incapable de lui répondre, comme si par miracle une gomme avait tout effacé, anéanti, pulvérisé. Normal, affreusement, atrocement normal. Normal à son image à lui, semblable et si différente, avec son ventre dégonflé, les rides autour de sa bouche, le cerne des yeux, le voûté du dos. Vieilli le comte, et considérablement plus que de quelques mois, pas seulement vieilli mais évidé comme si toute sa carcasse ne servait plus qu'à cacher un immense vide désillusionné. Les joues ont bleui, des masses de chair craquelée recouvrent mollement des cratères fissurés, conservant en leur profondeur les reliefs anciens d'une barbe mal rasée. L'appétit s'essouffle malgré le faste, l'apparat, la qualité des mets, la chaleur des vins. Tout comme avant, dans la plus complète des normalités... Tout sauf les détails. Des détails qui rassurent Léa sur le bon fonctionnement de son cerveau. Tripier a reconstruit le passé, il a voulu que tout soit comme à l'heureuse époque de la faim et du désir, de la beauté et du bonheur. Ce qui a suivi cette époque bénie, il ne se contente pas de l'effacer, il fait comme si ça n'existait pas, n'avait jamais existé. Passé lointain, présent immédiat, entre les deux, rien : un coup de ciseaux et un pont jeté sur un gouffre honteux. Il a presque réussi. Mais les stigmates témoignent contre lui, contre l'orchestre romantique, les serveurs stylés, la finesse des volailles, l'onctueux des pommards, le pétillement des candélabres, le soyeux des lumières. Brusquement le comte laisse tomber sa fourchette, repousse son assiette pleine, se frotte les yeux longtemps, lentement ; la fête illusoire est terminée, le visage abandonne le masque de ravissement, les traits s'effondrent et une lueur de lassitude traverse le regard.

— Voilà...

Un sourire contrit accompagne cette conclusion lancée à haute voix d'un discours intérieur au cheminement mystérieux.

De la tendresse ? Léa croit en deviner dans ce voilà pathétique et familier, dans cette grosse main ôtant avec application des miettes imaginaires d'une nappe rigoureusement impeccable.

— Si vous arrêtiez cet orchestre ? demande Léa d'une voix égale, comme si la conversation avait été interrompue inopportunément quelques instants plus tôt.

Tripier lève le bras, immédiatement les violons s'interrompent, les serveurs disparaissent, les maîtres d'hôtel se retirent, le couple reste seul à la grande table. Malgré les flammes dans la cheminée, Léa sent ses jambes, ses bras, ses reins parcourus de frissons glacés, son front, ses doigts transpirent, seule sa bouche conserve un éclat de sourire rouge.

— Comment trouvez-vous le zoo ? J'espère que vous êtes satisfait de l'organisation que j'ai mise au point durant votre absence...

Tripier allume l'un de ses minces cigares longs resurgis eux aussi du néant. Il avait dû les conserver précieusement. Léa fixe ce témoin chaleureux du passé avec ahurissement. Où avait-il bien pu les cacher ? Les cigares soigneusement rangés, le comte préparait-il son retour depuis le début ? Le retour à l'ordre des choses... Aurait-il joué la comédie ? Non, impossible ! Ses yeux la regardent de nouveau avec cet infini amour, cette générosité fraîche comme l'eau, lumineuse comme la clarté de l'aube.

— Tout est parfait, dit-il avec un geste affectueux de la main en direction du bras de Léa, mais l'élan s'arrête net et le poing se resserre sur du vide. Excellent travail en vérité, je n'aurais pas fait mieux, vous voilà devenue une vraie professionnelle, Léa, si, si, je vous assure.

— Vous manquez cependant.

Tripier relève la pointe de reproche, leurs regards se croisent, aucun des deux n'osant le premier baisser les paupières. Puis dans un soupir, le comte rompt le silence.

— Peut-être, mais je suis certain que désormais vous n'avez plus besoin de personne, de moi moins que de tout autre. Vous êtes ici chez vous, les bêtes sont les vôtres, les hommes vous respectent et vous obéissent, toute la bonne société vous connaît et même vous admire.

— Comment savez-vous tout ça ?

Tripier tire une grosse bouffée de son cigare avant de répondre dans un sourire.

— Oh ! vous savez, je suis parti très loin, c'est exact, mais les nouvelles vont vite de nos jours. C'est ainsi que j'ai appris que vous apprivoisiez des lions et des panthères, que vous leur donniez à manger en liberté devant un parterre de visiteurs sidérés et admiratifs. Je n'aurais jamais cru ça de votre part, cette intimité avec les fauves, bravo !

— Je n'ai fait que suivre votre exemple...

Cette soudaine envie de se jeter dans ses bras, de retrouver sa force, de s'enfouir en lui, de disparaître, de s'anéantir. Le comte émet un petit rire sarcastique.

— Mon exemple, n'en parlons pas, voulez-vous, les bêtes m'ont déçu ces derniers temps, curieusement, celles à qui j'ai consacré ma vie m'apparaissent moins dignes d'intérêt que je ne le pensais...

L'émotion l'empêche de poursuivre, ses mâchoires se crispent, une pâleur malsaine envahit son visage, les lèvres tremblent, les yeux se ternissent, les larmes hésitent, roulent sous les cils avant de se concentrer au coin de l'œil en une petite tache mouvante et scintillante.

— Léa, vous vous êtes si bien occupée de tout ici que je peux partir sans crainte aucune cette fois-ci...

— Comment cela, partir ?

— Rassurez-vous, il nous faut des bêtes nouvelles, vous savez un zoo comme le nôtre ne doit jamais stagner, de plus il nous manque des rhinocéros, quelques buffles, des serpents également. La Ferme doit devenir un vrai jardin d'acclimatation cité dans le monde entier.

— Vous voulez dire que vous allez monter une expédition, c'est cela ?

— C'est exactement cela et rien d'autre, absolument rien d'autre.

— Je croyais que les animaux ne vous passionnaient plus...

— Eux peut-être pas, mais leur capture, oui.

— Vous plaisantez, Gabriel, vous allez finir par croire aux histoires que vous racontez.

Tout étonnée par sa sortie, Léa rougit comme prise au piège.

— Excusez-moi, ce n'est pas ce que je voulais dire, vous le savez bien.

La main du comte cette fois-ci ne s'interrompt pas en cours de route, elle se pose délicatement sur le bras nu. Léa sursaute, elle s'attendait si peu à ce contact. Elle qui voulait se jeter contre lui quelques instants plus tôt ressent sans plaisir aucun cette pression tiède et humide. Sans insister, Tripier replie ses doigts. Et dans un sourire presque timide :

— Si, c'est exactement ce que vous vouliez dire, Léa, et vous avez raison, vous avez toujours eu raison dès mon retour d'Afrique vous aviez deviné la vérité, l'incroyable vérité. J'ai bien été au Sénégal mais je suis resté dans les ports, la brousse, je ne l'ai vue que de loin, comme un rideau infranchissable, comme l'enfer, le pays de la mort, chaque jour je pensais le franchir, ce rideau, et chaque jour je reculais. Jusqu'au moment où il fallut prendre une décision parce qu'ici vous m'attendiez. J'ai tout acheté : les panthères noires de Java, les lions de l'Atlas, l'ours de Sibérie, les tigres royaux des Indes, les phoques, l'éléphant, les tapirs, les autruches, la girafe, tout... On peut tout acheter, vous savez... Les hommes aussi... J'en ai acheté... La forêt vierge, je n'y ai jamais mis les pieds. La seule chasse au lion à laquelle j'ai participé a été la capture de trois bébés lionceaux, la nuit en Algérie pendant que les parents s'étaient éloignés, et encore je n'ai fait que regarder...

— Taisez-vous, interrompt Léa, visage blême, yeux marqués de larges cernes noirs, vous dites n'importe quoi, votre seule présence suffit pour calmer les fauves en colère, vous leur parlez et ils vous comprennent, mieux, ils vous obéissent.

— Et alors, continue le comte toujours en souriant, j'ai joué, tout comme vous quand vous avez décidé de monter votre spectacle. J'ai joué qu'ils allaient m'écouter, que j'avais un réel pouvoir sur eux. J'avais tant lu de littérature là-dessus, des milliers d'expériences, les confidences, les journaux de tous les explorateurs, chasseurs, zoologistes, savants de la terre, j'ai fait semblant de savoir, de pouvoir, vous comprenez ? J'ai commencé à franchir le rideau. Pas de résistance, d'obstacles, alors j'ai continué, toujours plus loin, il fallait que j'aille jusqu'au bout, bien au-delà de la preuve de ma bravoure, bien au-delà de l'exploitation d'un savoir-faire spectaculaire, je voulais découvrir ma vérité, celle qui se cache là-dedans...

A grands coups de poing, Tripier se frappe le ventre comme s'il voulait que sous la douleur la peau se fende et que par la blessure ouverte jaillisse cette partie de lui-même trop longtemps enfouie, ignorée, enfermée.

Léa s'élance, maîtrise ces deux battoirs qui s'enfoncent avec un bruit mou dans la chair, les serre très fort, les presse contre sa poitrine, les enroule autour d'elle, les caresse du bout des ongles.

— Toutes ces bêtes, reprend d'une voix apaisée le comte, je les ai toujours aimées pour elles-mêmes, leur beauté, leur liberté, leur grandeur, si je les ai mises derrière des barreaux, c'est uniquement pour les avoir à côté de moi, les observer nuit et jour, m'en repaître jusqu'à l'identification complète, l'osmose parfaite. Mais je me suis trompé, on ne partage pas l'amour lorsqu'on se trouve devant les grilles et que l'être aimé est derrière. Ces lions, ces tigres ne sont plus de vrais lions, de vrais tigres, ce sont des bêtes malades, annihilées, prisonnières...

Tripier se tait un instant puis plongeant son regard dans celui de Léa :

— Le rideau reste à franchir, quelque part dans la savane, au cœur de leur espace naturel, là où elles sont dans leur plein épanouissement, là où elles peuvent choisir, exercer leur violence, vivre enfin...

— Là où elles peuvent tuer...

— Là où elles ont le droit de se défendre, de tuer, de dévorer.

— Vous allez partir, n'est-ce pas ?

— Il le faut, Léa, je me le dois.

Les bougies meurent, le gaz crépite, les plats couverts d'une pellicule de sauce fripée ressemblent à des vieillards abandonnés.

— J'ai envie de vous embrasser, murmure le comte.

Léa retrouve instantanément les sensations d'autrefois, les lèvres épaisses, la bouche docile, la langue ample, ourlée, la salive à l'étrange saveur salée, cette sensation d'un gouffre tiède s'ouvrant devant elle, la happant irrémédiablement, sables mouvants où elle s'enfonce avec délectation.

La pression de ce corps oublié, les mille gestes, les baisers, les membres liés, mêlés, l'ondulation des muscles, l'électricité de l'épiderme, la mollesse de la chair, la précipitation du souffle, du sang, le gémissement, l'excitation tactile, l'appel des reins, la réponse du ventre, l'ouverture des cuisses, la ventouse de la peau contre la peau. L'amour... Là sur la table, par-dessus les volailles, les pâtés, les saumons, à même la nappe, entre les chandelles qui pleurent leur dernière flamme, ils font l'amour. Comme il y a si longtemps, des siècles, là-bas dans la chambre de l'hôtel Cosmopolitain lorsque, par la fenêtre ouverte, leur arrivait l'odeur balsamique de la mer. Innocents, affamés, heureux des cris que laisse jaillir leur poitrine, avides de sentir leur corps renouer avec le plaisir.

Plus tard, la chambre, l'immense lit où Léa s'est aménagé une niche de plumes et de coussins. L'amour recommencé dans la tendresse, la célébration, la lenteur, la redécouverte de chaque parcelle du territoire sensuel. Puis l'épuisement, en vagues de plus en plus rapprochées. Et c'est le petit jour avec déjà un soleil blanc dans le ciel. Léa ne dort pas. Elle contemple ce corps d'homme allongé à côté du sien, ce corps plongé dans le sommeil, un corps dont elle connaît tous les sillons, chaque renflement, chaque cavité. Mais celui à qui appartient cette masse affalée, étalée, offerte ? Elle ne sait plus. Quelle vérité doit-elle choisir ? Combien existe-t-il de Tripier, de Lagrange, de comte ?... Lequel croire, celui qui brave le destin, fier, conquérant, l'être invincible défiant la mort dans la gueule des lions ou le menteur repenti avouant qu'il n'a jamais mis les pieds dans la forêt vierge, que des fauves il ne connaît que les livres qui leur sont consacrés ? Il serait facile de se laisser prendre à l'image d'un Tripier calfeutré dans une chambre africaine attendant au pied de son lit les trafiquants de chair animale. Un Tripier lâche, peureux, mythomane... Trop facile. N'était-ce pas le plus sûr moyen pour faire admettre son départ et même préparer sa disparition définitive cette fois-ci ?

Un frisson de sueur froide vrille la colonne vertébrale de la jeune femme.

Le comte a menti cette nuit avec les accents convaincants de la sincérité. Une preuve, la fidélité des indigènes ramenés d'Afrique, des esclaves achetés au poids de la viande peuvent-ils ressentir une telle passion, manifester une telle obéissance ? Et ce fluide indéfinissable sur le comportement des animaux, appris dans les livres ? Et ce plongeon dans l'animalité, ce désir impérieux de quitter le statut d'être humain pour se fondre dans le bestial, comment l'expliquer chez un individu incapable d'affronter une chasse, n'ayant que des connaissances théoriques, sèches, cérébrales ? Impensable...

Le ciel est devenu bleu, de ce bleu implacable qui, en hiver, précède le mistral. Léa repousse les volets, écarte les rideaux, ouvre les portes-fenêtres, sort sur le balcon, ses pieds au contact du sol sont saisis d'un étau de glace. Elle n'y fait pas attention, la vérité, l'irréfutable vérité annule les effets du froid, maintenant elle en est sûre, absolument certaine :

Tripier va partir pour ne jamais revenir !

CHAPITRE XXI

PENDANT quelques jours, les heures s'enchaînèrent différemment. Léa et Gabriel vivaient étrangement. Ils partaient à la découverte du pays dans un coupé beige attelé d'un magnifique cheval aux très longues jambes fines et déliées. Monte-Carlo, Menton, la frontière italienne... Ils suivaient les chemins qui longeaient la mer, les corniches arides où il fallait prendre garde aux pierres qui barraient la route. Le soleil les accompagnait fidèlement, mimosas, lauriers, tout un cortège de plantes toujours vertes quelle que soit la saison se déployait en éventail grimpant sur le ventre de la montagne. Le jaune et le bleu déferlaient des sommets jusque dans la mer par des coulées ondoyantes qui ruisselaient à l'horizon. Ils croisaient des femmes vêtues de noir, au chapeau de paille et quelques grosses berlines d'Anglais déplaçant des familles entières de Nice à Monaco. Mais la plupart du temps, c'était le désert, le miroitement qui montait de la mer se transformait en brume effilochée dans les lointains. Léa fermait les yeux, le scintillement pelucheux se perpétuait longtemps derrière ses paupières, son cœur battait plus vite, la peur, une peur mystérieuse s'agrandissait en elle : trop de roches, trop de sauvagerie, trop de parfums vertigineux, trop de solitude. Au crépuscule, le rouge chassait les couleurs plus tendres, ils retournaient à Nice noyés dans l'incendie du ciel, la crinière du cheval s'enflammait, elle devenait rouille, vermillon, groseille, grenat, seuls ses flancs demeuraient sombres et luisants. Dans ces instants, l'air giclait, froid et aigu, comme une pelote d'aiguilles. Léa se sentait étrangement libérée comme si tous les carcans avaient fondu dans l'incendie des nuages. Par moments, des bouffées d'un sentiment inconnu précipitaient son souffle, indéfinissable au début, elle décida par la suite que peut-être le bonheur devait ressembler à cette émotion fulgurante et entière. Un soir, ils ne rentrèrent pas, le comte arrêta le coupé devant une minuscule auberge qui dominait au plus haut de la côte les toits dentelés du casino de Monte-Carlo. L'aubergiste leur donna la plus belle chambre, celle où il y avait des fenêtres ouvrant sur la mer et un grand lit à deux places. Pour le dîner, il leur servit des farcis et une soupe au basilic en s'excusant d'être si pauvre, que s'il avait su... Le comte le rassura en lui expliquant que c'était beaucoup mieux ainsi. Pas d'électricité ni de gaz, uniquement des bougies ordinaires qui jetaient des lueurs flageolantes sur l'armoire de bois sombre de la chambre. Le lit sentait la lavande et la fleur séchée, les draps n'avaient pas été défaits depuis des siècles, le comte en chassa l'humidité avec son corps.

— Pas meilleure bouillotte que le ventre, dit-il.

Léa s'encastra dans cette source de chaleur vivante et s'endormit immédiatement comme un animal, sans rêve ni murmure.

Le lendemain matin, ils déjeunèrent de pain noir et de miel ; en les quittant, l'aubergiste avait les larmes aux yeux. Pour la première fois, il avait abrité des Parisiens... Léa lui fit cadeau, pour son épouse, d'une épingle à cheveux en nacre. Si elle avait osé, elle aurait mêlé ses pleurs à ceux de l'homme.

Durant ces courses sur les corniches, ils parlaient peu, n'échangeant que des propos de la plus banale insignifiance. Une ère de calme, de silence, de paix les enveloppait. Souvent, ils se serraient la main très fort, très très fort, d'autres fois ils se regardaient durant des minutes longues comme des heures. Ils sortaient de ces échanges épuisés et terriblement troublés. Tripier menait le cheval avec une maestria déconcertante. Léa s'amusait à le voir jongler avec les rênes, cocher rusé et sûr de lui, encore un talent caché ou pur produit du hasard ? Mais peut-être jouait-il là aussi, inventant un cheval à sa dimension, lançant dans la montagne des chemins à sa dévotion, peut-être qu'après tout ce voyage d'ivresse et de beauté n'était que le fruit de l'imaginaire. Un imaginaire dont Léa, invitée de la dernière heure, partageait l'espace. Elle ne s'inquiétait plus, ne cherchait plus à démêler l'invraisemblable du crédible, elle se moquait bien de la réalité, habitée par les couleurs d'une vérité éclatante qui la faisaient vibrer, lui donnant pour la première fois l'incroyable, l'inouïe passion de vivre.

Ils s'arrêtèrent en bordure d'une ravine sombre comme la nuit malgré le grand soleil, ils effectuaient souvent de ces pauses improvisées, soit pour manger, soit pour reposer le cheval, et le plus souvent pour rien ou encore secrètement pour le plaisir de s'embrasser.

— Vous me demandez d'où me vient mon amour pour les bêtes ? dit soudain Tripier.

— C'est vrai, aquiesça Léa, qui ne lui avait rien demandé, et vous ne m'avez toujours pas répondu.

Un lézard, trompé sur la saison par la chaleur, bondit sur la grosse pierre plate où ils étaient assis, encore tout endormi, ses gros yeux s'écarquillaient sur un monde dont il n'avait plus le souvenir. C'était un tout petit lézard à la queue courte et effrangée.

— S'il s'attarde, fit le comte en le désignant, il mourra, saisi par le froid.

— C'est impossible, s'écria Léa.

— Et pourquoi donc, croyez-vous que les bêtes,

même les plus scrupuleusement instinctives, ne commettent pas d'erreurs ? A part certains insectes dont l'existence n'a pas de destin individuel, toutes les créatures vivantes dépendent du hasard et de la chance, êtres humains compris.

Toujours le hasard ! Léa préféra revenir sur la question de l'amour animal.

— Alors, comment vous est venue cette passion ? je sens que vous vous défilez...

Tripier sourit.

— Non, cette fois vous me tenez ! Je vous ai dit comment mon père, inventeur de fausses patates, était dans son genre un utopiste généreux, assoiffé de progrès, de justice et comment il fut si déçu qu'il en mourut dégoûté. Eh bien, je crois qu'il comprit que toute sa vie n'avait été qu'une lamentable erreur le jour où un cheval de labour tomba et se cassa la jambe dans un ravin. Ce n'était qu'un cheval de labour, un énorme boulonnais taillé dans la masse, avec des jarrets qui ressemblaient à des potirons et un arrière-train impressionnant fait pour tirer toutes les charrues de la terre, un brave cheval, costaud et un peu niais, mais que voulez-vous, à part un champ de pommes de terre et de betteraves, il n'avait jamais rien vu d'autre. La jambe brisée, il fallut l'abattre évidemment, c'est mon père qui vint l'achever d'un coup de carabine. La bête ne souffrit pas, mon père avait visé en pleine tête, juste entre les deux yeux. C'est alors qu'il eut une étrange idée, il décida qu'il fallait enterrer ce pauvre cheval, qu'après tout, il l'avait bien mérité, une existence de labeur entière à notre service. Imaginez la campagne, Léa, des êtres entièrement voués au travail et au rendement, pour eux un cheval c'est un cheval, et un cheval mort, de la viande pour la boucherie. Non seulement ils furent scandalisés mais de surcroît ils crurent mon père définitivement fou..., déjà qu'ils penchaient dans ce sens. Mais là, vraiment, il dépassait les limites, toutes les limites, celles de la tradition, celles du bon sens, celles, surtout, du manque à gagner. L'argent ne serait pas rentré dans leurs poches mais ça n'avait pas d'importance, question de principe. Mon père n'avait pas le droit de perdre cet argent ; s'il se le permettait, il violait quelque chose de terrible, de sacré, une loi divine. Mais mon père ne voulut rien entendre. Pas de boucher pour ce cheval mort au travail. Les paysans refusèrent de creuser le trou. Mon père insista, les autres se bloquèrent, tout le village ne parlait plus que de ça, le curé lui-même vint expliquer à mon père que seuls les êtres humains ont droit à une sépulture. C'était l'erreur à ne pas commettre, mon père détestait les curés et tout ce qui s'en approche. Il chassa le curé et fit appel à des hommes de main d'un village voisin. Ils refusèrent par convenance, dirent-ils... Pendant ce temps, le cheval pourrissait sous la pluie, sa jambe cassée à moitié arrachée de ses attaches. C'était horrible à voir et à sentir. Alors, un soir, mon père me dit de le suivre, à l'époque j'avais une quinzaine d'années, en partant nous passâmes à l'atelier, il me montra une pelle et une pioche. J'avais compris. Nous creusâmes à côté du cadavre un trou en longueur, la terre était trempée, chaque pelletée pesait des tonnes. Le plus souvent mon père piochait et j'enlevais la terre grasse et noire. A l'aube, nous n'avions pas fini, à un moment j'ai observé mon père, il avait les yeux hagards, les mains en sang. Une fois la tombe creusée, il fallut tirer la bête, la faire tomber dedans. Dieu ! qu'il était lourd ce bidet, gonflé par l'eau, on ne savait par quel bout le saisir ! On s'est mis à pousser comme des fous, maintenant qu'on lui avait fait son trou fallait qu'il y entre coûte que coûte. On s'arc-boutait, on gueulait, on injuriait la charogne, on criait comme des démons. Et il pleuvait toujours. Mais c'était pas tout, il fallait qu'on se dépêche, bientôt les paysans allaient se lever. S'ils nous voyaient dans cet état, sûr qu'ils nous feraient un mauvais coup, ne serait-ce que pour conjurer le sort. La trouille a décuplé nos forces. Le cheval a finalement chaviré. Il dressait ses fers au ciel, on a pu voir comme ça, à la corne usée, que ça devait pas le réjouir tous les jours de traîner sa charrue. Après, nous l'avons enseveli, le plus dur ce fut de recouvrir les sabots, il y en avait toujours un qui repiquait en l'air.

Le lézard n'avait pas bougé de place. Léa embrassa la main du comte.

— Et après ? demanda-t-elle.

— Après, fit Tripier, mon père cessa de croire en l'homme et il mourut. Quant à moi, mon choix était fait, à aucun prix je ne voulais ressembler à ceux pour qui un cheval mort devient de la viande mercantile.

Un après-midi de clarté blanche, ils s'approchèrent de la mer, des pêcheurs faisaient sécher leurs filets, étonnés par ce couple d'estivants qui marchait main dans la main, indifférents aux galets. Ils s'allongèrent, l'eau venait leur lécher les bottines, derrière eux le clocher du Cros-de-Cagnes égrenait un temps assoupi. Léa craignait ces instants de pure perfection, elle perçait à travers leur fragile innocence, au-delà du miraculeux présent, une faille de lourd malheur. Alors, le soleil lui sembla glacé, la mer menaçante et les caresses de Tripier n'arrivèrent pas à la rassurer. Le comte s'ingéniait toujours à trouver quelque chose pour distraire son attention. Ce jour-là, ce fut l'un de ces chiens sans race ni maître, qui courent les routes, langue pendante, ventre vide, l'œil aux aguets. Un bâtard que l'on chasse à coups de bâton, un peu voleur, beaucoup mendiant. Il traversa la plage à toute allure sur ses longues pattes. A la vue du couple, il s'approcha, remuant la queue, gueule grande ouverte sur un sourire de crocs jaunâtres.

— Nous lui plaisons, fit remarquer Léa.

Le chien s'installa à leurs pieds, en bavant, l'air de rien, comme s'il retrouvait des maîtres un peu négligents mais que l'on aime bien.

— Je crois qu'il nous a adoptés, dit Tripier en caressant le museau du chien qui se laissait faire avec ravissement.

— Je me demande bien pourquoi, fit Léa, en promenant elle aussi sa main dans le poil usé de la bête qui n'en demandait pas tant.

— Les chiens vagabonds sont souvent comme ça, expliqua le comte, ils vivent libres, fuient la compagnie de ceux qui veulent se les attacher, jusqu'au jour où ils décident eux-mêmes qui aura l'honneur d'être leur maître pour le restant de leur vie. Étrange, n'est-ce pas, cet attachement coup de foudre irréfléchi, brutal, que se passe-t-il à ce moment-là dans leur tête et se passe-t-il quelque chose, ou obéissent-ils à un instinct plus fort qu'eux qui les oblige en quelque sorte à choisir celui-là plutôt qu'un autre ?

— Et si le maître désigné, demanda Léa, refuse cet amour total, possessif ? Ça peut arriver que l'on n'ait pas envie de chaînes, même celles de l'amour aveugle.

— Ça arrive, bien sûr, répondit Tripier, alors il se passe ce qui se passe dans ces cas-là chez les hommes, ils meurent.

— Pas toujours !

— Si, mais quelquefois l'agonie dure longtemps.

Léa n'avait plus envie de flatter l'animal qui, de contentement, s'était endormi comme un jeune chiot repu. Elle aurait tant voulu poser la question, la seule qui importait : lorsque c'est la bête qui rejette la passion de l'homme, l'échéance est-elle pareillement inéluctable ?

Elle n'osa pas par peur de la réponse.

— Vous et moi, poursuivit Tripier, sommes comme

ce brave chien, des vagabonds, des êtres de nulle part, nous avons brisé nos liens de naissance, nous avons grandi solitaires, nous nous sommes inventé notre vie. Savez-vous que cela est extrêmement rare ? Les chiens et les hommes suivent le plus souvent les traces de la meute. C'est tellement plus facile d'être seulement ce que les autres ont décidé pour vous. Votre famille, votre milieu, la société entière ont des vues bien précises à ce sujet. Dépasser les conditions qui nous sont réservées, les violer parfois sont des attributs qu'il faut conquérir, arracher. Nous avons franchi la frontière tous les deux, quitté le pays de nos ancêtres, de nos proches, de notre jeunesse, quelque part nous avons tordu le cou à l'enracinement, nous sommes des meurtriers.

— Je ne vous comprends pas, Gabriel.

— Ne vous inquiétez pas, nous ne sommes que les assassins de nous-mêmes, de ce zombie que charriaient nos veines, inoculé avec le sperme géniteur.

— Croyez-vous vraiment que l'on puisse défaire ce qui a été pareillement mis au point avant même le début de notre existence ?

— La vie ne devrait servir qu'à cela, Léa : devenir soi-même. Un individu débarrassé des prisons de l'atavisme, auteur complet de ses pensées, de ses jugements, de ses réflexions. Un être autonome.

— Vous oubliez les autres, tous les autres, s'écria la jeune femme, les influences que nous subissons sans même nous en apercevoir, les nécessités biologiques, ne serait-ce que celle de manger qui nous oblige à nous soumettre à des lois qui ne sont pas les nôtres. Pensez-vous que ce chien a choisi de faire les poubelles pour se nourrir, qu'il ne préférerait pas une bonne pâtée même au prix de la perte de sa liberté ?

— Qui vous parle de liberté, fit le comte en réveillant le chien d'une tape amicale sur le ventre, vous, Léa, vous considérez-vous comme un être libre ?

— Non.

— Vous avez raison, moi non plus et pourtant nous avons créé chaque instant de notre vie, non pas à partir de la pâte à modeler que nous avions dans nos poches mais à partir d'une matière différente dont personne d'autre ne connaissait la recette.

— Vous comptez les échecs, les impossibilités, les erreurs dans votre mixture ?

— Évidemment, sinon je n'aurais aucun droit pour tenir de tels propos. Devenir autre, devenir soi-même ne signifie pas devenir meilleur. Je ne crois pas aux héros, tenez, ce chien, qu'a-t-il fait de positif jusqu'à aujourd'hui, absolument rien, il a fui, volé, craint pour sa misérable, minuscule existence, pourtant je trouve qu'il nous ressemble.

Ils se levèrent, le chien les regarda, ses yeux humides languissaient d'espoir, il tourna la tête à gauche et à droite, éperdu, frissonnant à l'idée du vide qui serait le sien sitôt l'homme et la femme partis. Dépossédée de la lumière du soleil, la plage s'étendait, lame d'acier mat, le long de la mer palpitante comme l'œil d'un serpent.

Le chien devint inséparable du comte, le suivant partout, dormant au pied du lit, contemplant son maître avec un émerveillement inépuisable. Tripier refusa de lui donner un nom. Il l'appela le Chien et l'animal comprit qu'il s'agissait de lui mais qu'en revanche tous les autres chiens n'étaient pas le Chien. Il veillait jalousement à sa spécificité. Inquiète au début, Léa se rassura vite, le sentiment de Tripier envers le Chien ne franchirait jamais les limites de l'affection.

Le comte préparait son grand voyage. Les promenades dans l'arrière-pays, les déjeuners impromptus, les auberges aux draps embaumés cessèrent avec l'apparition des cartes de géographie, des atlas aux couleurs criardes et des grosses encyclopédies. Le comte redevint taciturne et préoccupé. Léa reprit ses démonstrations devant un public toujours plus grand. Les soirées commençaient à devenir plus douces, les fenêtres entrouvertes laissaient filtrer des saveurs de thym et de lilas en fleur. Les collines préparaient l'explosion printanière. La nuit on entendait les premiers crapauds et montant des profondeurs l'appel grondant des sources et de la sève.

CHAPITRE XXII

— C'EST la saison.

— La saison pour quoi faire ?

— Pour embarquer et traverser les mers.

Léa ne répondit rien, elle s'approcha de la fenêtre, respira plusieurs fois puis se retourna pour faire face à Tripier.

— Vous allez où, cette fois-ci ?

Le comte hésita.

— Les îles de la Sonde, Java, Sumatra, Bornéo, mais avant je ferai escale à Singapour le temps de trouver des hommes et du matériel.

L'émotion et la colère tenaillaient Léa mais elle s'efforça de conserver le ton de la conversation.

— Et qu'ont-elles ces fameuses îles de la Sonde de plus que l'Afrique ?

— Incomparable, s'exclama Tripier, une nature du commencement des temps, des serpents gigantesques, des lézards cracheurs de feu, des panthères que l'on ne trouve nulle part ailleurs.

— Ces îles vous seront plus favorables que le Sénégal ?

La voix rêche de Léa alerta le comte. Il regarda longuement sa coupe de champagne avant de répondre.

— Je suis obligé de réussir désormais.

— Vous ne reviendrez pas, vous ne reviendrez jamais !

Léa avait crié.

— Vous dites des bêtises et je le supporte mal, rugit le comte.

A son tour, il se dirigea vers la fenêtre, contempla la nuit étoilée, le croissant parfait de lune et comme s'il concluait une discussion avec lui-même, il ajouta :

— Tout ça m'appelle, Léa, la nuit, le mystère des ténèbres, ce fourmillement sous chaque écorce. Il faut que je morde là-dedans, que j'aille voir, voir de près, de si près que je me sente enveloppé, enseveli, ancré à l'humus, à la glaise, à ce magma d'où transpirent vie et mort indifféremment.

— Mais tout cela existe aussi ici, Gabriel, regardez, regardez là en face de vous, dans les collines, partout sur des dizaines de kilomètres, des milliers, des millions d'existences secrètes, des tonnes et des tonnes de roche, d'argile, d'humus, d'herbe sauvage. Vous savez, pour se perdre, il ne suffit pas d'aller très loin. Vous pouvez tout aussi bien vous fondre, vous confondre avec les serpents, les fourmis, les racines, les nids, les terriers, juste derrière la maison.

Léa se tut essoufflée.

— Vous avez raison mais il me manquerait une chose essentielle.

— Laquelle ?

— Le danger et sa réponse, la peur.

— Vous aurez toujours peur, Gabriel...

— Et qu'est-ce qui vous fait croire que je n'ai pas envie d'avoir peur ? La peur, je veux l'affronter, la connaître, totalement, intimement, de l'intérieur comme une femme que l'on possède. Pas la vaincre.

Léa n'écoutait plus, elle pensait îles de la Sonde..., Singapour... Elle reposa le verre qu'elle triturait entre ses mains avant de demander :

— Vous partirez quand ?

— Après-demain, répondit Tripier sans se détourner de la fenêtre.

La porte claqua derrière Léa. Plus tard, le comte entendit comme une sorte de sanglot étranglé.

La veille de son départ, Tripier-Lagrange serra toutes les mains, celles des gardiens, celles des paysans, des connus, des inconnus, il serra avec majesté, les gens s'inclinaient avant d'oser toucher cette grande main tendue avec un naturel si beau. A quelques-uns, il dit qu'il reviendrait bientôt avec des spécimens superbes, à d'autres il se contenta d'une pression amicale ou d'une tape sur l'épaule. Puis il réunit tout le monde pour un apéritif d'adieu, on leva son verre plusieurs fois à sa gloire, à sa chance et à son retour prochain. La dernière goutte de rosé bue, Tripier s'éloigna, il parcourut les allées soigneusement en les prenant dès leur début et en s'arrêtant devant chaque cage, chaque enclos, chaque volière. Il ne s'attardait pas, se contentant d'une pause de quelques secondes comme pour une ultime reconnaissance. Une seule fois, il fit un détour. Pour éviter l'allée des lions. Il hésita, recula, avant de se décider à la parcourir finalement à grandes enjambées, le regard fixé droit devant lui. Il termina trempé de sueur, le visage plus défait que s'il venait de croiser son ombre en enfer.

La dernière nuit... Ils ne prononcèrent pas dix mots, serrés peau à peau, souffle contre souffle, sans dormir, sans faire l'amour. Ils s'embrassaient, lèvres closes, promenant leur bouche sur le corps de l'autre, des baisers légers, doux, fragiles. Ils semblaient se découvrir, s'inventer comme de nouveaux amants timides. Les doigts couraient, se liaient, se détachaient puis se renouaient aussitôt, ils en avaient cent, mille, d'innombrables qui serraient fort, si fort qu'il était inutile de parler après leur contact violent et tendre. Les doigts blancs trouaient la pénombre, dessinant des formes curieuses, des nœuds, des entrelacs, des buissons frémissants. La fatigue au milieu de la nuit ralentit les caresses, chaque mouvement prenait son temps, s'immobilisait avant son achèvement dans une attente sans fièvre. Vers le petit matin, il n'y eut plus que deux mains nouées et deux corps allongés à plat, yeux tournés en direction de la fenêtre par où apparaîtrait la pâleur du jour naissant. Ils ne se regardaient pas, ne se touchaient presque plus. Le ciel se teinta de violet, les arbres devinrent bleu pâle puis ce fut le gris perle de l'aube et les oiseaux se mirent à s'appeler avec délire. Léa regarda dans la glace, elle se trouvait cireuse. Vieille. Tripier faisait semblant de dormir, elle s'approcha de la bosse de son ventre, de ses cuisses largement étalées, de sa poitrine imberbe et avec un seul doigt, du bout de l'ongle elle suivit les détours, les protubérances, les creux, les cratères, les pentes, les détours de cette chair tiède comme une prairie, vibrante et généreuse jusque dans son abandon, jusque dans sa flétrissure. Elle posa sa tête au plus mou, au plus douillet, ses cheveux défaits s'éparpillèrent en fin feuillage sur le nombril, au-dessus du sexe, ruisselant en cascade dans l'entrecuisse, portant une ombre de forêt moelleuse sur tout le bas du corps. Elle dormit quelques secondes, mais peut-être ferma-t-elle les yeux avec tellement de conviction qu'elle rêva qu'elle dormait. Lorsqu'elle les rouvrit, Tripier la regardait avec un sourire si bon, si reconnaissant, si attendrissant qu'elle dut bien vite les refermer pour cacher ses larmes. Elles perlèrent malgré tout à travers les cils. Une à une Gabriel les recueillait avec son pouce qu'il portait ensuite à ses lèvres.

Peu de bagages, un costume de toile extrêmement léger, un chapeau aux larges bords de fine paille tressée, Tripier, dos tourné à la Ferme bretonne, attendait. L'ancien garde du corps, l'homme qui pendant des semaines ne l'avait pas quitté une seconde, n'allait pas tarder à sortir de l'écurie avec le coupé harnaché pour ce dernier et rapide voyage du comte jusqu'à la gare. Depuis l'aube, Léa se mouvait dans un écran de coton ; les impressions, les mots lui arrivaient atténués, irréels, dépourvus de poids, pareils à des bribes de rêve incohérent. Plus l'heure du départ approchait, plus elle se sentait étrangère, l'esprit infiniment vide, ses yeux s'accrochaient à n'importe quel objet sans importance et le fixaient longuement sans pour autant le voir et encore moins le rattacher aux autres objets qui l'environnaient.

Tripier avait mis en ordre ses papiers, ses affaires, quelques lettres qu'il avait placées dans un coffre dont Léa possédait le double de la clé. Non, il n'avait rien oublié. Maintenant il était prêt. Il n'avait plus rien à recommander, plus aucun détail à fournir. Plus rien à dire. Il attendait, Léa à ses côtés, de temps à autre à la dérobée, il jetait un regard sur ce visage terriblement pâle, lisse comme le masque d'une morte.

Enfin un tourbillon de poussière sèche, le coupé se profila. Il ne restait plus qu'à hisser une petite valise et le nécessaire de voyage. Avec infiniment de précaution, Tripier attira contre lui la jeune femme, replia sur elle ses bras immenses et la tint enfermée quelques instants. Ce ne fut qu'à ce moment-là que Léa céda, étouffant les sanglots qui lui envahissaient la gorge, le nez, les yeux. Le comte voulut chuchoter des encouragements, n'importe lesquels, mais il n'en trouva aucun, plus un son n'arrivait à percer le seuil de ses lèvres. Ils restèrent ancrés l'un à l'autre une minute, peut-être plus. Ça n'avait pas d'importance, un brouillard les recouvrait, leur ôtait la sensation du temps, des lieux, de leur propre existence. Le cheval s'impatientait, l'ancien garde du corps regardait ailleurs avec obstination. Le premier, Tripier rompit la brume d'oubli, souleva un bras, puis l'autre, ne laissant plus pour seul appui à Léa que sa poitrine. Elle se détacha d'un coup.

Il faillit crier de peur et de douleur devant ses traits ravagés par les larmes, ses lèvres rongées, ses yeux givrés et rougis. Il ne la reconnaissait plus ! La reprendre, la cacher, l'incorporer à sa propre chair... Il perdit, quelques secondes, la volonté de partir, de la laisser. Elle lui aurait demandé de rester, il aurait hésité, peut-être accepté, mais elle ne dit rien. Elle avalait de la salive mêlée aux pleurs. Il grimpa à côté du garde, il n'avait plus de jambes, la tête lui tournait. Ils se regardèrent... Léa se précipita, saisit la main pendante de Tripier, l'embrassa ainsi que chacun des doigts, les enfonçant dans sa bouche, les mâchant, les suçant, les mordant, puis elle promena la main entière sur ses joues, sur son front, son cou, sa nuque. Elle gardait les yeux fermés, une vague de chagrin, d'extase et de désespoir tourbillonnait sur sa bouche entrouverte.

— Léa, Léa, il faut que je parte maintenant, lança dans un souffle le comte.

Léa ouvrit les yeux, elle eut la force d'esquisser un sourire.

— Bien sûr, Gabriel, partez, partez sans crainte pour moi, je saurai être forte, peut-être pas aujourd'hui, mais demain sûrement...

— Je le sais, Léa, je le sais. Une dernière chose, peut-être la trouverez-vous indécente mais il faut que je vous la dise, c'est au sujet d'Incendie, j'aimerais qu'elle soit toujours bien soignée et que, si par hasard je ne revenais pas, je dis bien par hasard, on lui rende sa liberté, qu'elle puisse mourir là où elle est née, dans l'Atlas... ça occasionnera des frais, peut-être...

Léa l'interrompit en lui pressant les poignets :

— Taisez-vous et partez maintenant...

Le fouet claqua, le coupé bondit, dévalant l'allée centrale. Avant qu'il eût disparu de l'autre côté du portail, Léa eut le temps de voir un homme debout, bringuebalé par la course qui soulevait son chapeau cérémonieusement pour la saluer de loin, de plus en plus loin... Lorsque l'homme ne fut plus visible, elle écouta longtemps le fracas des roues, le martèlement des sabots contre la pierraille jusqu'à ce que le tintamarre devînt rumeur, éboulis, simple écho.

Puis ce fut la fin du monde.

CHAPITRE XXIII

LÉA abandonnée, seule, perdue sur cette colline bleue et verte avec les bêtes qui lui sifflent, rugissent, geignent dans les oreilles, toute cette ménagerie beuglante, hurleuse au vent, aboyant aux nuages, rêvant de liberté, accrochant aux barreaux, aux grilles un peu de poil et d'espoir mêlés. Elle n'a pas grand-chose pour se retenir à la vie, dans ce silence qui suit le départ, pas même la ferveur. Ni horizon à atteindre ni présent à préserver. Rien d'autre qu'une spirale de vide aux parois invisibles, elle est une toupie qui ne sait plus pourquoi elle tourne et encore moins comment elle va bien pouvoir s'arrêter de le faire. Sur ce perron trop blanc, trop minutieusement dessiné, Léa se sent veuve et inutile. Bêtement veuve. Dépossédée d'un être immense et grotesque qu'elle aime sans être capable de définir les liens qui l'unissent à lui. Un être qui la tue et la fait vivre, l'anéantit et la ressuscite, un pic contre lequel cognent les images de soi-même, toutes les images, les plus belles, les moins avouables, l'arbre où s'enroulent les secrets de l'âme qui vous poussent en avant, toujours en avant... Les raisons d'une existence. Tout simplement. Et il peut bien paraître ridicule que les raisons d'une existence s'appellent Tripier-Lagrange, on a beau vouloir en sourire, la vérité de la certitude efface l'ironie.

Alors, les saisons passent au-dessus de celle qui se palpe, se tâte et ne rencontre que peau froide. La pluie, le soleil, le vent la traversent, des rides se creusent, des crevasses peu profondes au début et puis de plus en plus marquées, le perron ne bouge pas de place et elle non plus. Le temps s'est résorbé, chaque minute ressemble à celle qui l'a précédée et à celle qui la suivra, plus de fil conducteur mais une série d'instantanés cristallisés que la poussière recouvre aussitôt. L'histoire n'avance plus, la vie non plus, Victoria est partie et on ne la reverra plus, le sommeil a tout recouvert, un sommeil de vieux costume élimé puant la sueur des splendeurs passées. Les fauves viennent festoyer chaque jour, au premier coup de fouet ils arrivent en s'étirant, gueule menaçante par habitude, ventre lourd avant même de le remplir, indifférents au cérémonial, maniaques, désabusés, grognons. La viande pend à la pointe des crochets ébréchés que les sacrificateurs ne prennent plus la peine d'élever face à la foule. Les fauves mâchouillent, Léa clapote de la cravache, les sacrificateurs rient entre eux, l'assistance applaudit mollement. Les enfants bâillent, l'orchestre meurt doucement. Plus personne n'écoute. Chaque soir les bals s'éternisent, la cadence des valses tourne au ralenti. Les bouches s'agitent désespérément à la recherche d'un peu d'air imprévu. Mais aucun nuage, même léger, ne vient troubler la vitre de l'aquarium. Les nuits n'en finissent plus, même l'été. Pourquoi, se demande Léa, pourquoi continuer ? L'absence de réponse la terrorise tellement qu'elle préfère replonger dans cette léthargie glauque qui l'aide à survivre depuis le départ du comte.

Ce teuf-teuf ahanant au plus fort de la pente du boulevard tout neuf, c'est l'engin électrique, la machine miracle d'Albert Sénéchal. Les chevaux le dépassent, les piétons aussi, mais ça marche, ça grimpe, ça se hisse à force de bringuebaler, d'expirations au bord de l'asphyxie, de ruades intempestives. Il faut voir les pistons par-dessous, un spectacle inoubliable, des monstres forcenés crachant boulons et huile bouillante par grosses saccades juteuses et pétaradantes. Un enfer noir, sulfureux, aux rouages de cathédrale moderne. Albert mène l'assaut, fier et transpirant sous sa casquette de gentleman-paysan, il tient à conduire lui-même sa belle invention. N'a-t-on pas percé le boulevard exprès pour qu'il puisse, lui, par la magie de la fée électrique, transporter sans heurt ni effort les populations méritantes jusqu'à cette Ferme bretonne, tout là-haut, si resplendissante, si rare, si attirante ! Parfois il l'aperçoit lorsqu'il se rend aux écuries pour ôter de son visage les scories charbonneuses du voyage. Il sait que le comte est parti, il le sait et il espère à nouveau. Elle a beau le saluer à peine, ou plutôt lui sourire gentiment, si gentiment que ça lui donne envie de pleurer de rage, Albert veut y croire. Ce qu'il désire, il l'obtient. Ainsi le boulevard et la subvention pour sa voiture sans chevaux. Les meilleurs ont reconnu ses mérites, l'ingéniosité de ses talents, sauf elle. Il y arrivera. Un jour elle le verra et alors elle le reconnaîtra pour ce qu'il est vraiment : un garçon digne d'intérêt, apprécié, aimé. C'est certain.

Au pied de la colline, dans son château de Valrose, les mains couvertes d'émeraudes et de saphirs, la figure déconfite, Von Derwies se dit que Singapour c'est loin, les îles de la Sonde encore plus, la preuve, il n'a aucune idée d'où elles peuvent se trouver ces sacrées îles. Mais son souci demeure Léa. Léa l'inaccessible, l'indifférente, l'inachetable, repoussant pierres et diamants. Léa qui lui sourit. Comme elle sourit à ses autruches, son zèbre, ses nègres porteurs de viande. Il se sent désarmé, Von Derwies, tout bête dans ses étoffes luxueuses. Il a perdu toute fierté peu à peu. Certains soirs, il va jusqu'à oublier de donner l'ordre de jouer à son orchestre viennois qui reste, violons aux pieds, derrière les tentures de soie brodée d'or. Bref, il est malheureux, un sentiment curieux qu'il découvre avec le plus grand ahurissement.

La ville attend. Elle dort et elle attend. Le comte de Lagrange a peu de chances de revenir. Une prémonition qui se promène de Cimiez à la Promenade. Et peut-être qu'elle aussi elle attend. Aucune nouvelle. Mais ce n'est pas son genre au comte d'écrire. Pas d'alarme pour si peu. Ce serait plutôt le contraire. Léa craint les lettres, les télégrammes, la vue d'un facteur lui donne des picotements sous la peau. Non, ce n'est pas encore pour cette fois-ci. Pas encore.

L'été, l'écrasante chaleur, l'odeur fade de la viande, les lions dorment tout le jour, l'ours tourne en rond avec d'immenses yeux où se lit l'incompréhension devant une telle torture. Léa rafraîchit sa poitrine avec des serviettes mouillées. Depuis un mois elle a supprimé la cérémonie du repas. Trop chaud pour les bêtes et les spectateurs. La Ferme bretonne somnole, les rares visiteurs préfèrent la glace pilée avec de la grenadine aux langues pendantes des bêtes. La baraque du restaurant déserté transpire lamentablement. Une désolation sournoise rôde autour des cages. Dans la pénombre de la grande maison, les horloges se répondent avec une ponctualité infaillible, les photos de théâtre, les affiches anciennes dont Léa a tapissé les murs du salon jaunissent lentement. Les persiennes closes laissent échapper bien peu de soleil pourtant. Seules quelques éclaboussures dorent les murs et les grands meubles de bois sombre. Avec l'été, la gentry a disparu, la noblesse a rejoint ses quartiers depuis longtemps, les hôtels ont bâillonné leurs portes, dans les casinos le ressac des vagues remplace le clapotis des jetons. Plus personne.

Les jardins de Cimiez ont bien du mal à respecter la civilisation, la jungle guette, ses longues pattes herbues s'étendent, s'incrustent, s'insinuent. Des saveurs inconnues se promènent le soir, parfum violent, sensuel, rauque, rumeur étrange, poignante, roulant dans les escarpements de la nuit.

Suant sur un vélo trop grand pour lui, le garçon donne les derniers coups de pédale de son cauchemar. La Ferme enfin ! Les crampes dans ses mollets vont cesser, ses avant-bras vont pouvoir se détendre, ses doigts lâcher le guidon de feu. Peut-être lui servira-t-on un peu d'eau pas trop glacée mais bien fraîche. Déjà ses lèvres s'en régalent, sa langue se décolle du palais où la soif la tient toute racornie. Le télégraphiste donnerait bien quelques années de sa vie pour que la nouvelle qu'il porte dans son sac soit bonne. Les gens malheureux ne pensent jamais à lui donner à boire. Le chagrin est égoïste.

— De l'orgeat, de la limonade, de l'eau pure ?

Léa s'inquiète, encore quelques secondes de répit, ses yeux refusent de regarder le pli cacheté posé sur la table près du compotier.

— De l'eau pure, madame, merci.

Le garçon boit debout, à moitié dépoitraillé, les traits soudainement relâchés, un peu de salive mousseuse au coin des lèvres.

Les termes sont là, très simples : « Le comte Gabriel Tripier-Lagrange est décédé à Singapour, le 21 juillet. Ses obsèques ont eu lieu le 23 du même mois. Regrets. » Un officier d'état civil anglais a signé. Le télégramme a mis près de quinze jours, quinze jours pour que ces pauvres mots, ces mots dénudés parviennent à Cimiez. La première image est celle de ce corps immense, si grand, si large, recroquevillé, coincé entre quatre planches déglinguées. Ils n'ont pas dû trouver un cercueil assez grand. Ils l'ont fourré n'importe où, dans n'importe quoi. Léa ne peut pas penser à autre chose en tournant et retournant le bout de papier bleu. Ils l'auront peut-être jeté à même la terre, un trou quelque part dans un cimetière pour sauvages.

— Merci madame, je m'en vais, ça ira mieux dans la descente, plus besoin de pédaler...

— Oui, vous avez raison, plus besoin de pédaler.

Le jeune garçon se dit que la nouvelle ne devait pas être bien mauvaise. Il remonte sur sa bicyclette d'un cœur plus léger.

Elle tente de l'imaginer à plat, yeux clos, bras croisés... Dans la position des cadavres, de tous les cadavres. Mais elle n'y arrive pas, Tripier se dérobe, il rejaillit debout, bien campé sur ses jambes, souriant, légèrement moqueur. Qu'est-ce qu'ils ont fait de son chapeau, ils ne l'auront pas enseveli avec son chapeau ? Mort..., mort..., mort..., couché, bouche fermée dans la nuit avec du bois dessus et de la terre, beaucoup de terre ! Mort, silencieux, muet à jamais. Jamais. Tout cela n'a pas de sens. Léa tourne en rond dans la touffeur de l'après-midi finissant. Des morts, elle en a vu, des charrettes entières, les morts carbonisés de l'Opéra ! La mort, elle connaît, Tripier aussi elle connaît, mais les deux ensemble, non ! L'une courant vers l'autre, l'une dans l'autre, l'une à la place de l'autre, l'une pour l'autre, pour toujours. Impossible. Qu'auront-ils fait de ses affaires, avec quel costume l'auront-ils habillé ? Dieu, ce qu'il doit être serré, pressé, lui qui déteste tant les attaches, les ceintures, les bretelles, les boutons... Un trou noir et tout au fond son regard électrique, sa voix de fin d'orage, tendre comme le velours, douce comme le satin, intarissable comme le flot d'un torrent, sa voix de gros papa soleil, là en bas, encore plus bas, dans les méandres de la glaise et de la boue. Sa voix de gâteau, bourrée de salpêtre et de sable. Inconcevable...

Léa décroche les persiennes, le jour, le grand jour jaune s'engouffre dans le salon... Cette voix, elle l'entend, à cet instant même, aussi distincte que si Tripier lui donnait la main. Vivant, extrêmement vivant. Plus vivant peut-être que lorsqu'il était vivant. Et d'abord, comment serait-il mort, lui, sa carcasse, sa robustesse, par où elle se serait glissée, la mort, par quelle faille, par quel interstice ? Il veillait à la vie, Gabriel, il la choyait, l'aimait, la caressait, l'entretenait avec passion, il ne la laissait jamais se reposer, se distraire, s'abandonner, pas une minute, une seconde, même quand il faisait le lion, il faisait le lion vivant, même replié et solitaire, récif à la dérive, c'était la vie qui le menait, la vague, le ressac de la vie. Une vie d'urgence et d'éclairs, une vie de foudre vibrante. Jamais, il ne se sera livré comme ça, bienvenue la Mort. Pas question. Il aura lutté et c'est pas sûr du tout que ce soit la garce qui ait gagné... Capable de lui mener la vie dure à la mort, de disputer chaque pouce de terrain, peau à peau, cellule par cellule, il a l'envergure pour lui, la solidité, la circonférence. Un éléphant, Tripier, l'obstacle il l'écrase, jamais il ne se détourne, pas de temps à perdre. Mais l'éléphant quitte le troupeau pour mourir dans un coin de brousse à l'abri du regard des autres, de tous les autres. N'était-ce pas exactement ce qu'il avait fait ? Il était parti pour se cacher, crever anonyme parmi les inconnus, seul sur le grabat sordide d'une paillote miteuse. Éléphant malade et qui le savait depuis longtemps. Quelle maladie pouvait avoir prise sur ce géant, quel microbe aurait eu la patience d'abattre une telle montagne, comment aurait-il résisté à l'élan, à la vitalité de celui qui le portait enfermé dans son corps ? Quels miasmes se seraient mis dans la tête de ronger un tel arbre de vie ?

Léa relit le télégramme, une fois, deux fois, les mots existent, anodins dans leur agencement, absolus dans leur signification. Des mots venus depuis l'autre côté des mers, l'autre côté du globe, spécialement pour lui annoncer la terrible, l'incroyable nouvelle : Tripier est mort. A Singapour. Singapour ! Autrement dit, nulle part, n'importe où, un endroit parfaitement ridicule, sans réalité, sans histoire, sans rapport avec ce monde-ci, l'unique, le vrai, le monde de tout le monde, même dans le gros atlas, elle a du mal à dénicher ce coin de terre noyé dans la mer d'Asie. Une île sans forme, trônant comme un crachat au milieu de ses sœurs. Une myriade de cailloux humides émergeant de l'eau. L'eau ! L'eau partout, en dessous, au-dessus. Un pays de pluies bouillantes et de vase tiède. Jamais il n'aurait autorisé la mort à le rattraper dans ce cloaque. Tripier n'était pas parti pour mourir à Singapour. Impossible. Mourir, peut-être, mais en seigneur, dans les boyaux de la jungle, face aux bêtes, les affrontant, les appelant, leur livrant son être dans une ultime offrande. Tentant jusqu'au bout l'osmose rêvée, tant désirée, qui avait dévoré à tel point sa vie qu'il préférait la lui sacrifier. Mais pas dans ce bras de boue rampant dans une eau glauque couverte de jonques. Elle l'aura donc surpris ! Las, il a dû s'endormir, ballotté par les clapotis du port, et l'autre, la garce, en a profité pour lui étouffer le cœur, le serrer jusqu'à ce qu'il éclate comme une pastèque trop mûre. Ou alors... Ils l'auront attaché, ligoté sur son lit, des petits hommes affreux et grouillants, puis ils lui auront tranché la gorge avec un rasoir ou un de ces sabres aiguisés dont ils se servent pour fendre les bambous. Ils devaient être au moins cent, lui grimpant dessus comme un troupeau de fourmis, s'accrochant à ses pieds, à ses jambes, se suspendant en grappes à ses bras, lui enfonçant leurs cuisses dans la bouche pour l'empêcher de les disperser d'un souffle. Sans doute l'avaient-ils endormi auparavant à l'aide d'une drogue glissée dans sa nourriture. Comment expliquer autrement Tripier paralysé, livré aux pirates, dépouillé, égorgé, gisant langue décousue au milieu de son sang ? Un homme comme Tripier ne meurt pas à Singapour. A Singapour on passe. La mort on va la traquer ailleurs, là où elle flamboie, là où elle règne souveraine. Pour accepter la mort, Tripier se devait de jouer sa vie. Un combat. Un grand combat de jungle à l'ombre des arbres immenses, tête dans les lianes. La mort s'est faite panthère, sa proie s'est faite chasseur. Le ballet peut commencer. D'abord le déploiement du silence s'étendant sur les hautes herbes. Puis l'attente, chacun tapi dans son territoire, cherchant à dépister la présence de l'autre, son odeur, ses déplacements à peine perceptibles dans les feuillages. Ni jour ni nuit, toujours la pénombre verte. La préparation du bond, deux échines courbées, l'une dans l'élan, l'autre dans le repli. Et des millions de spectateurs avides, muets, pétrifiés de peur. Les pattes de devant se plient, celles de derrière effectuent la stupéfiante poussée, la bête s'envole mais avant de retomber comme une pierre, elle pousse un cri, un seul. L'homme, le chasseur, en l'entendant, sait que tout est dit. Tripier était-il armé d'un fusil, d'un couteau, de ses mains nues ? Corps à corps, la ruse violente contre la force impassible. Il s'est bien défendu, ses mains agrippées au cou de l'animal, tentant de perforer le pelage, d'atteindre la chair et d'y planter ses doigts définitivement. La bête se débat, ses muscles sont puissants, agiles, sa rapidité fulgurante. D'une griffe, elle aveugle l'homme tandis que ses crocs cherchent une artère saillante, là où coule la sève. Tripier a combattu jusqu'à la limite extrême, disputant au fauve la gloire de la victoire facile. C'est couvert de sang, la peau en lambeaux que la mort s'en est emparée. Une entrée triomphale. Le comte est mort debout et depuis il n'est ni couché, ni vautré, ni assis. Bien au contraire, il plane, Léa pourrait presque le toucher tant il lui semble proche comme la première fois qu'ils se sont rencontrés, nacelle contre nacelle, là-haut dans l'espace.

CHAPITRE XXIV

La lumière crue se voile légèrement, à l'est une boule de feu frôle les montagnes, les bêtes sortent de leur torpeur, le zoo s'anime. Le télégramme ment, quelques misérables mots écrits par un fonctionnaire anglais. L'abruti se sera trompé de nom, de lieu, il aura mélangé des fiches. Léa s'habille pour sa tournée, comme chaque soir. Elle a envie de rire, Tripier mort, enterré, alors qu'elle ne l'a jamais senti aussi présent ! Mort, elle aurait été la première à le savoir, pas besoin de télégramme. Aucune alarme, aucune douleur, pas même un pressentiment... Elle dévale les allées, vivace, allègre. Bien sûr, elle se doutait qu'il ne reviendrait pas. Tripier était parti pour toujours. Il était parti pour mourir. Qu'importe, elle n'y croyait pas. Un petit mot anodin, mesquin, médiocre... Vous voyez le comte s'éteindre comme ça, pffut, bougie soufflée par un courant d'air ? Un feu d'artifice, la disparition de Tripier, quelque chose qui s'imprègne dans le ciel, la collision de deux comètes, une éclipse solaire totale... Un accident... Voilà ! Un meurtre... Tué par des sbires engagés par lui pour s'enfoncer dans le marais de Malaisie.

La Malaisie et ses espaces inconnus, ses terres inexplorées. Les hommes auront eu peur. A mi-parcours, une nuit, près du feu allumé pour éloigner les serpents et les tigres, l'un d'entre eux décide de rebrousser chemin. Oui, mais comment se sauver sans perdre l'argent que doit leur distribuer ce gros homme impressionnant ? Simple, cet argent il suffit de s'en emparer, celui qui leur revient et le reste. Où se trouve-t-il ? Dans la serviette qui sert d'oreiller au comte. Pas question de la lui substituer, en douce... Non, pas question. La solution s'impose à tous. Ils tremblent un peu malgré leur nombre en s'approchant de la masse étendue à l'écart. Ils ont à peine le temps de sortir les couteaux que Tripier se redresse, face à la meute. Immense. Les hommes reculent, terrorisés. Il s'avance toujours. Les autres s'enfuient en poussant des hurlements. Soudain la terre s'enfonce, Tripier veut soulever un pied puis l'autre, impossible, le marécage l'enrobe de plus belle, le moindre effort précipite la montée sournoise de la vase puante. Tripier s'enlise, déjà ses cuisses, son ventre disparaissent sous la boue. Aucune branche, aucun arbre à proximité. Le poids du comte accentue la succion, sa poitrine est bientôt prise, inexorable la boue grimpe, grimpe, la bouche va être atteinte. Il pourrait encore crier, demander de l'aide, promettre des fortunes aux hommes. Il se tait. Alors les autres réapparaissent, ils s'installent autour du gargouillis maudit. Ils regardent la mort étouffer le géant. Et l'argent ! Ils y pensent brusquement à l'argent qui est en train de foutre le camp avec le colosse enlisé. Vite, on se précipite. A l'aide de perches, on ramène le corps évanoui en direction de la rive. Une fois Tripier assez près, une partie des hommes achèvent de lui plonger le visage dans la vase. Les autres s'occupent du bras tenant la serviette. Ils ont du mal à le trancher à cause de l'eau bourbeuse qui fait glisser la lame des coupe-coupe. Ce n'est qu'après l'avoir essuyé soigneusement que l'acier se décide à s'enfoncer dans la chair.

Mais dans ce cas, personne n'aurait retrouvé le cadavre, l'autre abruti de fonctionnaire n'aurait pas pu aligner ses pattes de mouche. Et puis Tripier se serait mieux entouré, il connaissait assez les hommes pour ne pas s'engager dans la forêt vierge avec une bande d'assassins. Léa referme le grillage des oies d'Égypte. Elles aiment bien que ce soit la jeune femme elle-même qui leur lance les graines et les vermisseaux. Ce soir, elle a été trop rapide dans sa distribution, les bestioles se précipitent, mécontentes, criardes, hargneuses. Léa est déjà loin qu'elles continuent de mordre la trace de son ombre avec méchanceté.

Avec le crépuscule, une légère brise se lève, le ciel devient blanc, la boule de feu a complètement disparu ne laissant sur la ligne de crête des montagnes qu'une brillance douce et crémeuse. Le repas est servi dans un coin de la chambre comme on le fait depuis le départ du comte. Léa s'assoit, déplie sa serviette et s'aperçoit qu'elle est incapable d'avaler une bouchée. Il sera mort dans une chambre d'hôtel coloniale et, pour la première fois depuis l'arrivée du télégramme, Léa l'imagine couché dans un lit ordinaire, se tordant de douleur, trempé de sueur au milieu de draps souillés. La charpente a cédé, l'édifice s'est écroulé. Le comte n'a plus été capable de se soulever. Il agonise entre deux serviteurs chinois. Incapable de se faire comprendre, dévoré, rongé par l'effritement de sa colonne vertébrale, chaque jour un peu plus tordu, ramassé sur lui-même, jappant comme un chien malade. L'hôtelier, un indigène baragouinant l'anglais, aura peut-être appelé un médecin européen. Un sinistre Anglais à gilet et col blanc, bourré d'opium, l'aura ausculté avec des pincettes, complètement perdu face à ce corps immense en proie à la souffrance, ce géant prostré, accroché à sa jaquette... Morphine, une piqûre deux fois par jour. Et c'est tout. L'abandon. Les visions terrifiantes de la fièvre, les bruits incessants de la ville décuplés par la maladie et la drogue. Et la nuit, tous ces pas sur les balcons longeant la cour intérieure, ces cris de plaisir, de torture. Tripier y aura mêlé sa voix, il l'aura appelée :

Léa, Léa!... Elle en a l'absolue certitude. Appelée jusqu'à l'ivresse, le délire, la folie. Il aura tenté d'atteindre la fenêtre pour grappiller un peu de l'air humide et sale de la nuit tropicale. Il est debout maintenant, éructant, soufflant, gueulant: « Je veux pas crever ici, je veux pas crever dans ce tas de merde..., de merde... » Il se traîne grelottant jusque sur le balcon, là d'où viennent tous les bruits, toutes les rumeurs, tous les cris. Il est pieds nus sur les lames disjointes, le bois a emmagasiné de la chaleur pour des siècles. Il avance, à la recherche d'une présence, n'importe laquelle, un rat, un chat, quelque chose de vivant pour vomir son enfer sous un regard, même indifférent. Il descend les escaliers, franchit des vestibules projetant ses membres comme les tentacules d'une pieuvre. Une étrange musique retentit, une musique de souris. Il la suit, et finit par faire irruption dans une pièce où une dizaine de lueurs tremblotantes grignotent la pénombre. Des hommes, des hommes en quantité, allongés sur des matelas, fument de longues pipes qui grésillent à chaque aspiration. Au fond de la pièce, une main souffle dans un tuyau par où s'échappe le chant nasillard. De tout son long, le géant s'écroule au milieu des réchauds à la minuscule flamme bleuâtre. Sans se départir de leur impassibilité, les fumeurs le traînent dans la cour et referment la porte derrière eux. Sur le pavé gras, Tripier achève de mourir, flairé par quelques chiens affamés. Le lendemain, le docteur anglais signe un papier crotté: l'acte de décès. Plus tard, un autre Anglais, en gilet et col douteux, rédige le télégramme, destination Nice, France.

Ce soir, le ciel n'a pas d'étoiles, ni de lune ; il ressemble à un linceul, un linceul vaste comme l'univers. Allongé nu sur le lit, le corps de Léa laqué de sueur miroite dans la nuit. Ses cuisses légèrement relevées ressemblent à deux collines blanches, ouatées de brume. Dans cette touffeur de four, le papier bleu retrouve tout son poids de malheur, d'arrachement. La mort de Tripier c'est aussi l'absence de Tripier, une absence définitive, totale, absolue. Les mots heurtent les tempes de Léa, toujours les mêmes, les mêmes : « Je ne le verrai plus, je ne le verrai plus jamais, plus jamais son sourire, plus jamais sa voix, plus jamais ses mains sur mes épaules, mon cou, mes seins, plus jamais... » Elle se redresse, bondit sur le carrelage tiède, traverse la chambre comme si la marche allait anéantir le mauvais rêve, l'ignoble tracé des signes sur cet infect papier bureaucratique, comme si son énergie à elle devait vaincre sa mort à lui. Mais la mort c'est aussi ne plus le toucher, l'embrasser, le caresser, lui essuyer le front, lui baiser les paupières ; c'est son cadavre à des milliers de kilomètres ; c'est sa présence, sa silhouette, sa chair, ses membres qui lui sont ôtés pour toujours. Éternellement. Elle a envie de rire en pensant éternité. Éternité, éternellement. La mort ce n'est pas l'éternité, c'est le néant, le vide, un trou avec rien dedans. Elle ouvre les portes, parcourt les pièces, elle voudrait hurler, réveiller la ménagerie, que tout se mette à bouger, à protester contre la mort, la mort à Singapour. Elle ne le verra plus. Même pas livide et glacé... Même pas rongé par la putréfaction. Elle n'aura que le souvenir, l'illusion. Bientôt il n'existera nulle part, même plus dans sa tête à elle. Il sera effacé, gommé, liquidé de la mémoire des êtres. Sur le perron, elle s'arrête, c'est ici qu'ils se sont quittés, dit adieu, embrassés pour la dernière fois. Comme tout cela paraît absurde, incroyable, une légende à l'envers.

Non, Tripier n'est pas mort égorgé par une meute de petits hommes armés de poignards. Toujours nue, la jeune femme s'engage dans l'allée des lions avec, au milieu, la cage solitaire d'Incendie. La bête tourne le dos, ramassée sur elle-même. La présence immobile de

Léa devant le grillage ne la trouble pas, seule la pointe extrême de sa queue par un léger balayage donne l'alerte.

Enlisé par les sables mouvants, englouti ? Léa n'y a jamais cru, pas plus qu'à la fin lamentable dans une fumerie d'opium. Pas d'affrontement glorieux non plus avec la mort déguisée en panthère au fin fond de la jungle. Léa ramasse une poignée de gravillons et la lance en direction du fauve. Tripier est mort en essayant de franchir le rideau, comme il l'avait prévu, ce rideau qui le séparait de la vérité animale, de sa propre vérité. Incendie se retourne en bâillant...

— C'est pour toi qu'il est mort, murmure Léa.

La bête fait quelques pas, indécise, puis ses grands yeux jaunes se posent avec un profond ennui sur cette présence de l'autre côté des barreaux. Il est mort en allant au-devant de l'impossible, de l'inimaginable osmose. Il est mort d'amour. D'amour non reconnu, non partagé. Il s'est avancé, mains nues, offert, généreux, innocent ; oui, innocent. Il croyait pouvoir regrimper l'arbre de vie jusqu'au paradis perdu. Un rêve d'amour universel. Une transgression des espèces, des frontières physiologiques par le don d'amour. C'est de tristesse, de peine, d'illusions massacrées que Tripier est mort à Singapour. A Singapour ou ailleurs. N'importe où ailleurs.

— C'est pour toi qu'il est mort, tu ne le sens donc pas qu'il est mort, mort ? se met à hurler Léa agrippée au grillage. Tu ne dis rien, tu n'ouvres pas ta gueule pour prévenir tes frères, leur annoncer la grande nouvelle : celui qui vous a capturés ou achetés, cela n'a plus d'importance, est mort ! Vous devriez fêter ça, rugir un bon coup, ameuter la ménagerie entière.

La lionne se gratte sous l'oreille avec violence, puis fatiguée se laisse tomber pattes en avant, ses yeux se ferment cloués par le sommeil. Plus rien à dire, pense

Léa, le zoo dort. Il les aura vues se détourner, indifférentes, cruelles, toutes ses bêtes fabuleuses. Le mirage écroulé, la carcasse en miettes, bras ballants, sans espoir, sans rêve, le colosse ne savait plus quoi faire de son immensité. Alors il est allé la porter de l'autre côté de la terre pour qu'elle disparaisse sans laisser de traces, loin de tout, loin de Léa, loin du zoo. La maladie de l'éléphant n'avait pas de nom précis, sinon peut-être celui du désespoir. Voilà de quoi était décédé le comte Tripier-Lagrange. A Singapour.

CHAPITRE XXV

Ce fut un été qui n'en finissait plus de finir, avec des ciels épais comme du carton. Il faisait tout blanc et suintant. Calcinées, les feuilles tombaient en poussière, l'herbe ressemblait à la terre et la terre à un morceau de lune égaré. Même les lions étaient fatigués de dormir. Les sources de la colline s'asséchaient. Les rares filets d'eau suffisaient à peine à la soif des bêtes. Il fallut rationner. De drôles d'insectes surgissaient des crevasses du sol, ils avaient des carapaces et des dizaines de pattes velues. Dans les chapelles de Gairaut, Saint-Pancrace, Saint-Roman-de-Bellet, on pria beaucoup mais en vain.

Le premier orage fut terrifiant, il s'annonça dès le matin par des grondements qui se succédèrent jusqu'au soir, le ciel devint brusquement très lumineux avec d'épaisses franges mauves. Puis il y eut l'attente, une attente de supplice, l'air se cristallisa entre les branches des arbres. Le premier éclair libéra la pluie et un vent chaud qui tourbillonna avec une ivresse folle. Et la nuit se précipita, portée par des nuages gonflés jusqu'au cou d'eau et de grêle. Les bêtes se réfugièrent dans les encoignures, s'abritèrent l'une contre l'autre pour celles qui le pouvaient, les autres creusèrent le sol avec la rage de la peur. Les plus solides, les moins peureuses tournaient en rond, le poil hérissé, les oreilles couchées. Il plut toute la nuit et toute la journée et encore la nuit suivante. Une pluie de moisson, drue, cinglante, râpeuse. Quand la tourmente s'adoucit, le zoo dévasté macérait sous une nappe d'eau. Un petit zèbre, peut-être foudroyé, gisait dans son enclos. Des oiseaux, plumes arrachées, s'étaient fracassé le crâne contre les barreaux des volières. Les perroquets des Iles tremblaient lamentablement, carcasses dégarnies semblables à celles de poulets souffreteux. Le plus grave, les gardes le découvrirent dans la fosse de l'ours sibérien. Déjà la chaleur l'avait rendu anxieux, l'orage tropical l'avait achevé. On le retrouva ventre ouvert. Il s'était suicidé avec ses propres griffes. Léa n'en fut pas étonnée. Elle assista à l'enterrement de l'ours sur une petite butte protégée de l'eau et de la boue. Les hommes eurent bien du mal à creuser un trou suffisamment grand. Ils transpiraient et pestaient.

Durant tout novembre, le zoo ferma ses portes, les orages s'emmêlaient les uns dans les autres, plus personne n'avait le temps de sécher. Le Paillon débordait, la vieille ville fondait, des grappes entières de collines s'effondraient, pendant plusieurs jours la Ferme bretonne fut coupée de tout. On fut obligé d'aller chercher la nourriture à dos d'homme, avec des sacs pour protéger les quartiers de viande de la pluie. Les livreurs avançaient, courbés sous de la toile grise, la viande calée sur leurs épaules. Ils mirent une journée entière pour faire le voyage de Saint-Roch tout en bas jusqu'à la Ferme au sommet de Cimiez. Une rude journée, l'eau aux chevilles, avec la bidoche qui, le soir venu, avait doublé de poids. Il y eut des murmures et de la révolte.

L'argent n'entrait plus. Léa dut faire appel aux banques. On lui fit les avances nécessaires sans discuter. La Ferme bretonne était célèbre, une bonne affaire. La pluie cesserait bien un jour. La saison allait recommencer. Tout s'arrangerait. Léa reprit les comptes, chose qu'elle n'avait plus faite depuis des mois. Le comptable engagé par Tripier se fit une joie de préciser que, hormis l'investissement, la valeur des bêtes, si toutefois elles en avaient, et le prix du terrain qui vu sa situation ne valait rien, l'avoir du zoo se situait autour de zéro. L'entretien des bêtes mangeait une partie du bénéfice, l'important personnel se chargeait de l'autre. De plus, le comte et la comtesse avaient vécu sur un grand pied. Bref, si la pluie ne s'arrêtait pas bientôt et si par malchance la saison était mauvaise, on courait à la catastrophe. Une femme seule à la tête d'une pareille affaire. Comment allait-elle s'en dépêtrer ? Pour le comptable, les comptes étaient faits : elle ne s'en sortirait pas. D'ailleurs, il l'avait prévu, depuis le premier jour, ces gens-là n'avaient pas assez de sérieux. Un homme qui couche dans une cage pendant des mois ne peut pas comprendre le sens de l'argent et encore moins une femme qui se donne en spectacle, cravache à la main, poitrine généreusement exhibée.

Maintenant que le comte était mort et bien mort, au bout du monde, les langues se déliaient, les rumeurs dévalaient la colline, s'amplifiaient dans la vieille ville, de mille riens inventés sur le moment avant de s'implanter dans la ville nouvelle, celle des estivants et des commerçants. On racontait comment le comte partageait la pâtée des lions, même qu'un Noir immense le gardait jour et nuit pour éviter qu'il se jette sur les gens et les dévore carrément. Entre intimes on ajoutait que les turpitudes ne s'arrêtaient pas en si bon chemin et que ce monstre toujours vêtu en femme se jetait sur les animaux pour les obliger à des actes immondes ! Très rapidement, les gens comme il faut furent au courant des mœurs dégradées qui régnaient là-haut... On disait là-haut plus volontiers que la Ferme ou le zoo, de crainte en précisant de participer d'une manière ou d'une autre à la débauche des lieux. Léa écouta la prophétie du comptable distraitement, le bonhomme faisait son métier de rat, voilà tout, l'argent reviendrait avec le soleil. Elle n'en doutait pas une seule minute.

Effectivement le soleil revint. Pâle, brumeux, mais chaud à l'heure du déjeuner. Et peu après lui, ils arrivèrent encore tout glacés par les frimas de l'Europe profonde, les hivernants de l'Est, du Nord, de l'Ouest, avides de chaleur moelleuse. Ils descendaient des attelages, des wagons de chemin de fer, avec un sourire émerveillé, le cœur en miel, avant même d'avoir défait les bagages. Et tout recommença, la musique dans les jardins d'hiver, la promenade apéritive le long du bord de mer, le thé dans les salons des palaces, le va-et-vient des calèches, les villas éclairées fort tard, le crissement des bottines dans les bals privés, le carillon des jetons à travers les fenêtres des casinos. La ville fourbissait la nourriture des hivernants, le linge des hivernants, la parure des hivernants, les fleurs des hivernants, les désirs et les volontés des hivernants. On revit les magnifiques princes russes montés sur de superbes chevaux aussi orgueilleux que leurs maîtres. Tous les Russes étaient princes, tous les Anglais étaient lords, le moindre Allemand s'appelait von quelque chose, les Espagnols nageaient dans le don. Les beaux quartiers sentaient le cigare et la poudre de riz. On grignotait des pâtes de fruit de chez Auer. Partout, il y avait autant de domestiques que de maîtres. Des dames de compagnie, des nurses, des valets de pied, des cuisinières, des lingères, des femmes de chambre, des chambellans, des maîtres d'hôtel, des secrétaires, des infirmières, des majordomes... Toute une population arrogante et vaniteuse. Tant et si bien que les indigènes les confondaient parfois avec leurs maîtres. Tout recommença... Sauf à la Ferme bretonne. Les premières semaines on pensa qu'il fallait laisser le temps aux hivernants de prendre leurs aises, de s'installer avant d'effectuer les premières promenades. Par la suite, on compara avec l'année précédente... Où étaient-ils, les calèches se pressant au portail, les mail-coaches libérant des familles immenses depuis le grand-père jusqu'à la bonne d'enfants ? Finies les ruades au guichet, la queue devant les cages pour apercevoir un bout de crinière, les tables prises d'assaut à la guinguette, les glaces et les sucreries dévalisées. L'engouement était tombé. Mais personne ne doutait encore qu'il ne revienne. Puisque rien n'avait changé. Les mêmes animaux, les mêmes enclos, les mêmes décors, les mêmes arbres, les mêmes massifs de roses. Le comte n'était plus là. Mais pour les visiteurs, quelle importance ils ne l'avaient jamais vu ! Et puis la nouvelle de sa mort n'avait tout de même pas parcouru l'Europe... Pourtant, même la cérémonie du repas des fauves qui avait fait courir tout Nice attirait moins de monde. Cette désaffection ne pouvait être que passagère ! Ils avaient oublié la Ferme mais à force de s'ennuyer, les après-midi étaient si longs, ils retrouveraient la route du zoo. Plus étrange, le silence des participants aux fastueuses soirées de la saison précédente, ceux qui se seraient fait tuer plutôt que d'en manquer une seule. Rien, pas le moindre petit billet pour s'inquiéter des raisons de cette austérité. Parmi les visiteurs, Léa ne reconnut aucune des têtes qui la saluaient avec tant d'empressement par le passé. Par moments, on aurait pu croire que la Ferme n'avait jamais existé, qu'elle n'avait jamais été le point de mire de toute une colonie ravie et conquise par son originalité. Un ordre mystérieux porté par des ombres inconnues avait effacé le jardin d'acclimatation du parcours obligatoire de la gentry.

Seule nouvelle du monde ancien, Léa reçut un mot de Von Derwies l'invitant pour un grand dîner offert à l'occasion de l'ouverture de la saison. Le prince avait écrit à la plume en bas du bristol qu'il tenait particulièrement à sa présence. Ce fut tout. Le zoo se traîna tout l'hiver, parcouru le jeudi par des enfants et le reste du temps par quelques familles de bourgeois soucieuses de renseignements éducatifs concernant la faune. Les domestiques, eux, avaient retrouvé le chemin de la Ferme mais c'était surtout pour y couler tranquilles des amours cachées. Parfois, devant les allées désertées, on se serait cru au plus creux de l'été. Léa supprima le repas des fauves, autant laisser se nourrir en paix lions et tigres. Elle ne se rendit pas à l'invite du roi des trains russes. Elle n'aimait qu'être seule, passait des heures assise dans une sorte de prostration, regardant droit devant elle, la tête entièrement vide, les yeux brûlants de fatigue. Fatiguée, voilà, elle était fatiguée. Fatiguée de commander, d'agir, de prendre des décisions. Fatiguée d'accomplir des gestes, toujours les mêmes, de devoir se lever, marcher, se laver, s'habiller. Donner des ordres lui devenait insupportable, pas tant à cause des ordres que du fait qu'il fallait s'adresser à quelqu'un en particulier, formuler sa pensée à l'aide de phrases et de mots. Ouvrir la bouche, en sortir des sons intelligibles lui devenait pénible. Parler représentait le suprême effort, quasiment un viol de tout son être. Dans le mutisme, elle trouvait le répit qui lui permettait de supporter les autres et elle-même. Le soir elle se demandait avec inquiétude de quoi la journée avait été faite et elle n'arrivait à se souvenir que d'une série d'allées et venues sans aucun rapport entre elles. Les actes les plus ordinaires du quotidien ne s'inscrivaient plus dans la réalité mais flottaient dans une coulée confuse d'événements indifférenciés.

CHAPITRE XXVI

RIDEAUX tirés, volets fermés, une petite lampe à huile à la flamme peureuse constitue l'unique éclairage du salon. Dans la grande pièce, il fait presque froid. Le guéridon bien sage semble dormir d'un vrai sommeil de bois. Léa décroise les doigts et les tend bien raides au-dessus du guéridon, yeux fermés elle attend le premier frisson de la matière, le premier signe prophétique d'une visite en provenance de l'au-delà. Rien ne bouge, pas le moindre craquement, la plus imperceptible plainte. Les doigts s'ankylosent sans qu'aucune décharge électrique ne vienne les agiter d'un tremblement annonciateur. Sans doute ne se concentre-t-elle pas suffisamment. Le fluide est là, elle n'en doute pas. Faut-il encore le réveiller, susciter son intérêt ? Des fourmis lui mangent le bras, des épaules aux poignets, son dos devient odieusement présent, lourd et douloureux. Mais un parfait médium doit faire abstraction de son corps. Elle repousse le guéridon du genou et se laisse tomber dans un fauteuil, quelques minutes de repos avant de reprendre la position. Et si elle n'arrive pas à entrer en communication avec l'esprit ? Y a-t-il seulement esprit ? Il doit bien y avoir un moyen de savoir ! Elle ne sait pas s'y prendre, voilà la vérité. Inutile de continuer de cette façon. Il existe des livres, des méthodes, la nuit ne suffira pas pour tout apprendre. La bibliothèque est pauvre en littérature ésotérique. Tout de même, quelques mémoires d'initiés évoquent, entre autres péripéties surnaturelles, la magie des tables tournantes. Des anecdotes mais pas de technique précise. Découragée, Léa s'endort sur les exploits d'un moine tibétain capable de matérialiser son âme à volonté.

Les jours suivants furent occupés par une véritable chasse aux livres rares, magie noire, magie blanche, traités de médiumnité, Léa envoya des messagers jusqu'à Marseille à la recherche de documents précieux. Une véritable fièvre l'habitait. Parfois elle s'arrêtait à côté du guéridon et le caressait des yeux pendant de longues minutes. De ce meuble inerte allait surgir Tripier. Il lui parlerait. L'impatience la mordait alors avec cruauté, l'obligeant à fuir la pièce et à se réfugier dans sa chambre auprès de l'amoncellement d'imprimés. Les clefs se dévoileraient à travers la forêt des symboles et des paraboles. Chaque soir elle s'installait avec une humilité toute nouvelle à distance convenable du guéridon. Et commençait alors la litanie des gestes propitiatoires, l'un après l'autre, soigneusement étudiés. Tout se jouait dans la position exemplaire du corps et des mains, une mauvaise posture de la colonne vertébrale, un écartement trop grand ou trop restreint entre deux doigts suffisaient pour que le fluide n'opère pas. Cette panoplie de signes, les écrits le précisaient, ne pouvait revêtir une quelconque valeur que si la personne qui les effectuait possédait le don. Sans don, les signes redevenaient de la simple gesticulation sans signification. Était-elle médium ? Terrassée par l'effort de concentration et de fatigue, Léa s'endormait en se posant la question.

Une nuit le guéridon bougea, si peu, un frémissement... Léa à cet instant perçut une force au bout de ses doigts, une sorte de vibration complètement indépendante de sa personne, exactement comme si un contrat s'établissait entre le meuble et ses doigts alors que ceux-ci demeuraient suspendus au-dessus de la surface ronde sans la toucher. Les esprits captaient le fluide ! Ils avaient frôlé le guéridon, ils l'avaient frôlée elle ! Ils reviendraient, curieux de cette nouvelle porte entrouverte sur le monde des vivants. Bientôt ils frapperaient, un coup, deux coups, une avalanche. Léa se releva ruisselante de sueur. Demain, après-demain, elle y arriverait. Elle dormit sereine, apaisée, pour la première fois depuis des mois.

Le guéridon trembla, gigota, frissonna. Ils approchaient, cherchaient l'ouverture, la plupart filaient immédiatement, d'autres stationnaient quelques secondes. Timides, incertains, peureux, ils prenaient connaissance des lieux, piquaient droit sur le but et repartaient aussitôt. Il fallait qu'ils s'acclimatent, prennent confiance, balisent le trajet. Léa les appelait aussi de la voix, toujours la même tonalité : qu'ils la reconnaissent, se confondent en elle. « Esprit, es-tu là ? » Le guéridon sautillait, oui ils étaient là ! « Esprit, es-tu là ? Réponds-moi un coup pour oui, deux coups pour non... » Une tornade, un déluge, le pied du guéridon n'arrivait plus à se poser sur le sol. Les coups explosaient avec une sonorité d'orchestre imitant la tempête, des vagues houleuses vrombissaient comme des violoncelles en folie. L'anarchie totale parmi les esprits, tous se croyaient élus. Et au cœur du cyclone la voix vibrante de Léa. Le vacarme mit plusieurs minutes avant de se calmer. Qui demandait-elle ? « Gabriel, êtes-vous là ? Gabriel, êtes-vous là ? répondez-moi un coup pour oui, deux coups pour non. » Léa renouvela sa question encore et encore pour déblayer le terrain des importuns prêts à répondre à n'importe quelle invite. Trempée de sueur, elle désespérait. Peut-être refusait-il de répondre ? Peut-être était-il occupé ailleurs ? Soudain, parmi le magma, un coup rapide, un seul qui se répéta plusieurs fois. « Gabriel, êtes-vous là ? » demanda une fois de plus Léa angoissée. Un esprit se détacha pour répondre sûr de lui : « Oui... Oui... »

Il y eut comme une respiration le long de la colonne vertébrale du guéridon. Émue, Léa prononça doucement la formule consacrée, inquiète de ce calme soudain. Mais à peine avait-elle terminé sa phrase que le guéridon se souleva et commença à flotter au-dessus du sol. Il se balançait nerveusement, secoué de soubresauts. Brusquement, il vint se coller contre la poitrine de Léa. Il poussait de toutes ses forces. Affolée, la jeune femme recula. Le guéridon, furieux, partit à sa recherche. Sitôt aperçue, il bondit sur elle, la coinçant contre le mur, la frappant avec une énergie de bête blessée. Léa se rappela ses lectures : il n'était pas rare qu'un esprit prenne la mouche. A ce moment-là, l'esprit pouvait devenir méchant et se manifester avec une certaine brutalité. Elle recevait de violents coups, sur les bras, le torse, les jambes. La brute cognait, n'hésitant pas à lui grimper jusqu'à la gorge. La chose allait l'étrangler, lui briser la carotide. Dans un ultime sursaut, elle plaça ses mains en éventail, aussitôt le guéridon se calma. Elle n'eut pas le temps de réfléchir, l'esprit réclamait la parole. Les coups partaient en rafales, dégringolaient, valsaient, chacun comptant pour une lettre. Un travail énorme. D'autres esprits s'interposaient à l'alphabet incompréhensible. Léa réalisa qu'il valait mieux se contenter des oui et des non, plutôt que de se lancer dans la jungle du vocabulaire. Mais l'esprit se laissait difficilement cerner. A bout de forces, Léa n'essayait plus de suivre. Ses yeux piquaient, sa nuque se durcissait, son dos vibrait sous les assauts d'un réseau de crampes. Elle avait envie d'abandonner, de se jeter à plat ventre.

— Gabriel, je reviendrai demain. Je suis trop fatiguée.

Elle bondit de l'autre côté de la pièce, persuadée d'avoir à ses trousses le guéridon. Mais le meuble demeura imperturbable, rendu à son état d'objet inerte.

Peu à peu le problème de la communication fut résolu. Léa se mit à jongler avec les coups. Elle les comptait avec vélocité. Ces conversations de la nuit devenaient l'essentiel de sa vie, la journée s'étirait dans l'ennui et la contrainte mais dès que le soleil virait du rose au mauve, elle jubilait, une fièvre s'emparait d'elle, le sang courait plus librement dans ses veines, des frissons d'excitation la traversaient à un rythme de plus en plus intense au fur et à mesure que l'heure approchait. Elle bouclait toutes les ouvertures, renvoyait les domestiques, allumait la lampe à huile, se concentrait quelques minutes. La cérémonie pouvait commencer. Les esprits se précipitaient, cognaient... Ancêtres, inconnus... Léa les dédaignait. Elle avait un but. Dans cet océan d'âmes à la dérive, retrouver celle de Tripier... Mais depuis le fameux soir où le guéridon avait failli la tuer, plus rien... Elle avait beau appeler, supplier le comte, seuls des usurpateurs avaient frappé le coup fatidique.

Une nuit elle engage la conversation avec un esprit qui veut absolument devenir son ami... Elle ose ce qu'elle n'a jamais encore osé demander, si Tripier se trouve de l'autre côté...

— Connaissez-vous le comte Tripier-Lagrange, mon compagnon ?

— Non.

— Vous ne le connaissez pas, mais savez-vous qui il est ?

— Oui.

— Cet homme est-il parmi vous ?

La sueur tombe dans les yeux de Léa. Impossible de s'essuyer, de rompre le charme des mains tendues, fragiles témoins entre deux univers. Elle répète sa question.

— Est-il parmi vous ?

L'esprit semble réfléchir. Léa le sent qui s'agite.

— Esprit, êtes-vous là ?

— Oui.

— Avez-vous compris ma question ?

— Oui.

— Tripier, mon ami, est-il de l'autre côté ?

— Oui.

— Vous êtes sûr ?

— Oui.

Léa ferme ses mains, les porte à son visage. Le guéridon proteste, frappe le plancher. Instinctivement, la jeune femme retend les doigts au-dessus de la surface mouvante. Une série de coups dans le désordre saluent la reprise du contact.

— Je suis fatiguée maintenant.

L'esprit proteste.

— Que voulez-vous me dire ?

L'esprit demande qu'elle lui pose d'autres questions.

— Au sujet de mon ami ?

— Oui, oui.

— A-t-il trouvé la mort dans une ville qui s'appelle Singapour ?

— Oui.

— Comment ?

Le guéridon se déchaîne, Léa a du mal à comprendre, les lettres de l'alphabet virevoltent, un mélange incompréhensible.

— Je vous en prie, supplie-t-elle, je n'arrive plus à vous suivre.

Aussitôt, l'esprit se calme, recommence au début ; très vite un mot se détache, un mot qui fait frissonner Léa. Un mot dont elle n'arrive pas à croire que l'esprit puisse l'associer avec le comte : lion. Oui, c'est bien le mot. Lion. Peu à peu la phrase entière se dessine. Léa la laisse prendre possession de tout son être, avant de la prononcer à haute voix. Enfin, comme dans un rêve, le front à même le guéridon, elle balbutie la phrase de l'esprit.

— Tripier passé chez nous dans la ville du lion. Singapour.

Elle a envie de pleurer, de rire, de crier... Singapour, la ville du lion ! Elle avait tout imaginé, pensé mille et mille fois. Tout sauf le plus évident. Comment Tripier aurait-il pu agir au hasard, se laisser surprendre ? Il avait choisi... Il était parti à l'autre bout du monde chercher l'unique endroit digne de son anéantissement. Singapour, ville du lion... Le comte avait opté pour une mort-célébration, une mort-offrande. Maintenant tout est limpide. Boucle bouclée. Léa grimpe quatre à quatre les escaliers du grenier, éparpille les atlas de Tripier, ses encyclopédies, ses livres de géographie, plonge dans les hémisphères, se débat avec les océans, enjambe les mers, égrène les îles.

Singapour... Singapour. La voilà, étalée sur du bleu, perle de terre dorée, empennée par les eaux, la voilà, pointe extrême de la Malaisie, dévalant de la Chine par la jungle birmane, la voilà embaumée par les brouillards du royaume de Siam, la voilà effervescente de tous les mythes d'Indonésie et Bornéo, se projetant dans l'écume des mers chaudes. Royale. Léonine. Singapour. Ville du lion ! Les lettres dansent devant les yeux de Léa... Singapour signifie ville du lion, en sanscrit. Elle tourne et retourne le mot étrange, barbare, magique : sanscrit. L'explication est là... Sanscrit. Un grand calme grimpe de son ventre, s'étale dans sa poitrine. Pour la première fois depuis des jours, depuis des mois, depuis mille ans, elle est sans question. Plus de torture. Le bonheur. Une certaine forme de bonheur par la dilution des tensions, un bonheur léthargique, tendre, tout rond qui l'enveloppe, la caresse, passe et repasse sur sa peau comme une main aimée. Une main qui n'en finit pas de répéter le même geste, fort et bon. Léa voudrait s'endormir longtemps, longtemps. Se confondre avec quelque chose d'irrépressible, quelque chose qui décide, emporte, soulève, quelque chose qui la laisse bouche close, lèvres scellées sans interrogation, confiante. Peut-être est-ce cela mourir ? Alors, oui, mourir là, immédiatement, sans plus attendre, sans plus réfléchir, au cœur du vaste monde, la tête aux Indes, les reins au travers du Pacifique. Rejoindre les esprits, le rejoindre lui ! Là-bas du côté de Singapour, voguer avec lui, retrouver ses bras, sa poitrine, son ventre, s'accrocher à ses épaules, ses épaules qu'elle aimait tant, s'y enfoncer, s'y abîmer, s'y enliser, disparaître en elles, absorbée par ce fleuve de chair au parfum de fleurs nocturnes. Mordre, avaler, ingurgiter pour l'éternité cette montagne auréolée de soleil rouge, ce monstre au pelage de lave clamant encore depuis le pays de la mort son essentielle différence.

Léa se couche sur les mers et les terres, les univers et les galaxies. Elle dort en rond, bras repliés, cheveux répandus. Et du plus profond de son sommeil, sourit. Infiniment.

CHAPITRE XXVII

La saison se termina par la fermeture de la ligne du tramway électrique. La limace d'Albert Sénéchal coûtait trop, n'allait pas assez vite, et surtout ne servait plus à rien. Personne ou presque ne se rendait à la Ferme bretonne. Sénéchal voulut voir Léa immédiatement. Qu'elle ne l'apprenne par nul autre. Il courut là-haut. Il aurait pu courir vers la mairie, la préfecture, là où son sort se décidait. Mais non, l'important, la justification, c'était Léa. Pas les édiles. Une fois elle prévenue, il réfléchirait. La première consolation devait venir d'elle, la première parole, le premier regard... Il bouscula les gardes qui balayaient les allées, pénétra en trombe dans le bureau. Elle était là !

— On me supprime, Léa, plus d'argent, plus de subvention.

Il se tut dans l'attente affolée d'une réponse.

Léa ne dit rien. Elle continua de couper des fleurs, marguerites sauvages et tournesols. Albert toussa et plus doucement répéta :

— Léa, on me supprime les vivres, c'est fini, plus de tram, plus de ligne directe avec la Ferme...

Elle leva les yeux vers lui mais ne sembla pas le voir.

Albert explosa.

— Léa, je vous parle, je suis venu ici sitôt la nouvelle connue. Elle vous concerne aussi. Vous n'avez pas l'air de me comprendre. C'est fini, je vous dis. Répondez-moi !

Elle plaça les fleurs dans plusieurs vases, des pansus, des effilés, des qui ne supportaient qu'une seule tige. Elle agissait avec méticulosité, ses longues mains se posaient avec une légèreté de papillon. Albert remarqua leur blancheur, il fut ému. Comme il aurait aimé se précipiter sur elles, les engloutir, les sucer, les lécher, les mâcher, les dévorer. Il oublia les raisons de sa présence dans cette pièce pleine de fleurs et de soleil. Il oublia le silence de Léa. Il oublia la non-existence qui était la sienne. Tout ridicule et essoufflé, campé sur ses grosses jambes de paysan, ses yeux brillaient comme deux tessons de bouteille abandonnés dans un champ. Léa tournait autour de lui sans l'effleurer. Il ne la gênait pas. Il n'existait pas. Un meuble. Sénéchal s'éloigna sur la pointe des pieds, comme s'il quittait le chevet d'un malade.

Les jours et les heures des jours n'avaient plus beaucoup d'importance pour Léa, elle les traversait habitée par une sorte d'absence souriante. Ah, si les nuits avaient pu succéder aux nuits, sans le moindre éclat de clarté entre elles ! La nuit venue, la vie retrouvait un sens, l'énergie affluait, le monde reprenait ses dimensions réelles. La porte étroite sur ce monde immense libéré des contraintes, débarrassé des lois physiques, s'ouvrait quelque part dans le cœur miracle du guéridon. Léa en franchissait le seuil avec éblouissement ; chaque soir elle renaissait, s'extrayant avec ravissement de sa gangue de femme ordinaire. Là, de l'autre côté, se rassemblaient des amis de toutes les époques, de tous les pays... Pourtant, parmi cette foule fidèle, bruyante, une voix manquait. Une seule. Et le grondement de toutes les autres n'arrivait pas à supplanter l'absente. Pourquoi Tripier ne répondait-il pas à ses appels ? Elle demandait de ses nouvelles. L'avait-on vu, avait-il parlé ? Bêtement, elle allait jusqu'à s'inquiéter de sa santé. On lui racontait qu'on venait de le croiser, qu'il viendrait si elle le voulait. L'espoir s'engouffrait à nouveau. Jusqu'au moment où elle s'aperçut que la plupart de ses visiteurs lui racontaient n'importe quoi. Tous semblaient si solitaires, tellement avides de s'exprimer qu'ils étaient prêts à mentir pour quelques secondes de conversation. On ne pouvait pas plus faire confiance aux morts qu'aux vivants. Léa en fut déconcertée et attristée mais cela ne l'empêcha pas de poursuivre sa quête. S'il refusait de se signaler, il devait y avoir une raison. Mais laquelle ? Qu'avait-elle fait pour le mécontenter ou le vexer ? Serait-il contre son intrusion dans l'univers de l'au-delà ? Était-ce sa faute si elle possédait des talents de médium ? Tripier vivant aurait été émerveillé de l'éveil tardif de ce don prodigieux. Mais, peut-être s'agissait-il d'autre chose, une chose qu'elle n'avait pas faite... Dieu, qu'elle était négligente ! Il avait bien raison de lui en vouloir... De la punir.

Elle fit preuve de vitalité malgré le grand jour. Plusieurs compagnies de transport furent contactées. Les agents écoutaient la jeune femme en secouant la tête pour s'assurer qu'ils ne rêvaient pas. Transporter un lion adulte jusqu'en Algérie et le rendre au désert ! Ils regardaient Léa d'une drôle de façon. On les prenait pour qui ?

— Impossible.

— Et pourquoi, s'il vous plaît ?

— Mais enfin, parce qu'un lion en captivité, eh bien, on ne le remet jamais en liberté.

— Moi, oui.

— Vous n'avez pas le droit.

— Le lion est à moi, je fais ce que je veux.

— Demandez cela à des spécialistes, nous on transporte des objets normaux, pas des fauves !

— Je paierai double.

— C'est pas assez.

— Triple.

— Il faudra que j'en parle à mon patron...

Aucun jamais ne redonna de ses nouvelles.

La rumeur se répandit de Nice à Marseille qu'une folle voulait faire traverser la mer à une lionne pour lui rendre la liberté. Ça faisait un moment que les ragots s'enflaient autour de la Ferme bretonne. Depuis la mort du comte, la pauvre perdait la raison. Tout le monde était au courant de sa marotte pour les tables tournantes. Il s'en passait de drôles là-haut dès le soir venu. Un ramdam incroyable, des coups et des coups comme une armée de marteaux déchaînés. Un boucan infernal ! Ils devaient être plusieurs à frapper et pas de mainmorte. Les gardes eux-mêmes avaient peur, certains refusaient de coucher au zoo, ils redescendaient en ville sitôt le soleil couché. Les tables qui tournent et maintenant les lions en balade, ça devenait dangereux...

Les lettres arrivèrent sur le bureau du maire. On réclamait son intervention. La santé physique et morale des voisins de la Ferme était en danger sans parler des enfants, ces innocents qui arpentaient le zoo sans se douter de l'effroyable menace qui planait sur leur tête... Une mesure d'internement n'était-elle pas concevable ?

Un pâle inspecteur en redingote se présenta. Léa le reçut dans le jardin d'hiver au milieu d'une profusion de dahlias, de roses du Bengale et de glycines. La violence des parfums gênait la respiration de l'inspecteur. Il cherchait un peu d'air au fond de ses poumons habitués au remugle administratif. Mais ses provisions étaient faibles. Rapidement, il devint encore plus pâle qu'à l'ordinaire.

— Madame, lança-t-il avec le courage d'un naufragé, nous avons eu des échos de votre idée de remettre en liberté un de vos lions.

— C'est parfaitement exact, l'interrompit Léa avec un sourire d'ange.

Déconcerté, le pâle inspecteur reprit son souffle.

— Eh bien, je suis obligé de vous informer qu'il est formellement interdit de libérer un lion en captivité.

— Et pourquoi ?

— Pourquoi ? (L'inspecteur hésita, se gratta la gorge...) Mais tout simplement parce que c'est formellement interdit !

Léa se campa à quelques centimètres de l'inspecteur.

— Ne soyez pas stupide, voulez-vous, il s'agit d'une promesse que j'ai faite au comte Gabriel Tripier-Lagrange, fondateur de ce zoo, avant qu'il parte en mission pour des terres lointaines. Il s'agit de rapatrier là où on l'a prise une lionne à qui le comte était profondément attaché.

— La rapatrier, comme vous y allez !

— Enfin, je veux dire, la laisser en liberté sur la terre où elle a vu le jour...

— Et où est-elle née, cette bête ?

L'inspecteur n'avait plus d'air, plus de salive, les narines lui piquaient, des mouches dansaient devant ses yeux.

— Dans les Aurès, Algérie, France, il n'y a vraiment rien d'extraordinaire là-dedans.

L'inspecteur rassembla ses ultimes forces.

— Mais enfin, savez-vous, madame, que bientôt il n'y aura plus de lions sur tout le territoire de l'Algérie ? Dieu merci ! Là-bas, madame, nous ne relâchons pas les lions, nous les capturons ou nous les tuons. Des chasseurs prestigieux ont assaini le territoire en traquant partout où il trouvait refuge ce fauve dangereux pour les populations indigènes. Les lions de ces contrées sont des mangeurs d'hommes, madame, pensez-y !

Léa éclata d'un rire furieux.

— Dites-moi un peu le nombre d'hommes, de femmes ou d'enfants dévorés par un lion depuis que cette contrée est française, donnez-moi un chiffre ! Vous en seriez bien incapable. Tandis que les lions assassinés doivent se compter par milliers, n'est-ce pas ? Toute une race détruite, rayée de l'espèce animale et vous osez me présenter cette tuerie comme une action civilisatrice, vous ne manquez pas de culot.

Au bord de l'évanouissement, l'inspecteur dut s'asseoir sur une table en osier qui servait d'établi au jardinier.

— Madame, bafouilla-t-il, ce n'est pas moi qui fais les lois. Je vous préviens simplement. Non seulement votre lion n'a aucune chance de survie, si toutefois vous arrivez à le faire parvenir en Algérie, mais de surcroît vous serez poursuivie pour infraction à la loi. Qui sait si une mesure administrative ne vous condamnera pas à fermer votre zoo !

— Levez-vous ! ordonna Léa glaciale.

— Mais...

— Taisez-vous ou je vous lâche aux basques l'une de mes bêtes...

— Vous êtes folle ! C'est vrai qu'elle est complètement folle.

L'inspecteur avait brusquement retrouvé sa voix. Sa voix, ses jambes, son souffle... Il décampa comme une flèche, galopa à travers les allées, ne s'arrêtant qu'une fois le portail franchi, au bord de l'évanouissement.

Retourné en ville, le fonctionnaire retrouva tous ses moyens, il parla. Et tous se mirent à parler : les fournisseurs, les banques, les commerçants, les gens comme il faut et même les autres. Désormais, la Ferme bretonne faisait partie de ces lieux de mauvaise réputation qu'on évoque avec une moue de mépris et un œil inquiétant quant à l'avenir. Bien sûr il aurait fallu intervenir. Mais le maire pensait le contraire : « Elle se cassera bien la gueule toute seule cette dame. » L'été n'allait pas tarder, l'été et son désert, l'été et sa chaleur insupportable, de longs mois sans rentrée d'argent, de longs, longs mois où il faudrait néanmoins continuer de nourrir les fauves voraces. L'été serait le moment propice pour la curée. L'autorité se préparait, sans impatience.

Là-haut, Léa questionnait en vain le guéridon. Tripier gardait son mutisme. Elle lui expliqua pour Incendie les difficultés qu'on lui faisait mais qu'il se rassure, elle trouverait une solution. Elle le lui jurait. Mais rien n'y fit, le comte n'était pas là. Le comte ne répondait pas. Le comte ne l'aimait plus ou alors une force terrible le retenait. Une force ennemie. Léa en arrivait parfois à se demander si elle ne rêvait pas. Si elle n'avait pas tout rêvé depuis le début, inventé les coups, les sauts du guéridon, ses courses, ses impatiences. Peut-être était-elle folle ? Elle n'était pas loin de le croire. Dans sa solitude, l'idée de la folie l'obnubilait.

Seule. Seule tout le temps avec ces questions qui la hantaient. Une fois, elle se surprit à y répondre à haute voix. Elle marchait et faisait de grands gestes, en conversation acharnée avec elle-même. Elle en eut peur. Elle se réfugia dans le jardin d'hiver, bientôt elle y passa ses journées, accroupie, cachée sous un amas de plantes pourrissantes. Les jardiniers ne franchissaient plus la porte de crainte de la déranger. Le zoo entier vivait dans une inquiétude mêlée de terreur. Gardiens, jardiniers, laveurs de cages accomplissaient les tâches quotidiennes avec l'impression de participer à une pièce de théâtre absurde dont ils dressaient les décors inutiles. Des conciliabules avaient lieu. On décidait d'aller voir Léa, d'exiger d'elle des explications, des ordres, enfin des décisions. Et puis, rien ne se passait. On n'osait pas. Était-elle folle, oui ou non ? Eux n'avaient pas la compétence pour juger. La folie, ça les impressionnait. Ils préféraient passer au large du jardin d'hiver. Le soir, ceux qui restaient sur place fermaient soigneusement portes et fenêtres. Les coups les réveillaient en pleine nuit. Toutes les nuits que le bon Dieu faisait, ces sacrés coups les replongeaient tremblants sous les couvertures.

Léa ne quittait le jardin d'hiver qu'une fois l'obscurité installée ; elle rejoignait le salon sur la pointe des pieds, se confondant aux ombres. Ne pas être vue. Ne pas déranger. Ne pas être dérangée. Passer inaperçue. Elle lançait ses mains à l'aveuglette au-dessus du guéridon. Les esprits ne la consolaient plus. La plupart du temps, elle ne les comprenait pas. Ils tenaient des discours dans des langues insensées : serbe, bulgare, croate... Ils s'énervaient de son incompréhension, devenaient insolents, méchants, la menaçant de représailles, de torture, de mort atroce. Découragée, elle les injuriait, des larmes entrecoupaient ses cris, elle pleurait et hurlait à la fois. Elle leur disait de foutre le camp, de laisser le champ libre à celui qu'elle attendait et que leur présence empêchait de venir. Puis elle les suppliait d'être gentils avec elle, qu'ils lui faisaient mal, que sa tête était prête à éclater. Têtus, ils ricanaient, secouant le guéridon, l'obligeant à se mettre à genoux. Sa poitrine était couverte de bleus, ainsi que ses cuisses, ses chevilles, ses jambes. Elle demandait pitié, leur promettant qu'elle ne recommencerait plus, qu'elle les écouterait, leur répondrait tant qu'ils le désireraient. Elle était sincère, elle aurait tant voulu être aimée par eux. Comme au début. Vaillamment, elle se replaçait en condition. « Je suis un bon médium, moi, leur disait-elle. Je vous aime, vous savez, je vous aime... Mais je n'ai pas toujours la force, vous comprenez ? » Elle préférait être battue qu'abandonnée. Elle leur demandait conseil à propos du zoo. Que devait-elle faire ? Chacun lui ordonnait une chose différente en jurant détenir la vérité. « Vends ! » « Tue les animaux... » « Lâche les lions... » « Viens avec nous... » « Passe par ici. » Ils insistaient pour qu'elle les rejoigne. Ça les ennuyait de la savoir de l'autre côté. Avec eux, finis les embêtements, les soucis. La belle vie en somme. Pour la tenter, ils évoquaient Tripier. Il l'attendait. Il s'ennuyait. Il était triste. C'est pour cela qu'il refusait de répondre à ses appels. Mais qu'elle vienne et ce serait le bonheur du paradis, l'incroyable bonheur de l'éternité. Elle y croyait un instant puis elle se révoltait. « Vous mentez, vous mentez, s'il me veut il n'a qu'à me le dire... Vous êtes de sales menteurs. Gabriel, répondez-moi, répondez-moi, je vous en supplie... Si c'est votre volonté, je vous rejoindrai sans hésiter. Ici, la vie ne signifie plus rien depuis votre départ, elle me dégoûte mais je veux être sûre... sûre... » Le guéridon sombrait sous la mitraille. Une cacophonie cruelle et dérisoire.

CHAPITRE XXVIII

Et l'été vint. Torride. Tellement que l'ombre disparut, la réverbération du soleil dévorait le dessous des arbres, la lumière rendait flous les formes et les gens, les objets vacillaient dans la poussière blanche qui montait du sol, épaisse comme du plâtre. L'air que l'on respirait avait le goût du phosphore. Un ciel blanc écrasait les maisons, dans la vieille ville les tomates et les écorces de pastèque pourrissaient avant midi. Des odeurs infernales cognaient aux carreaux des fenêtres. Les volets ne protégeaient plus de la chaleur mais au contraire rendaient encore plus visqueuse l'atmosphère renfermée des pièces closes. Les gorges se tendaient, les poumons s'écartelaient en vain. La nuit pesait plus lourd que le jour. La mer ressemblait à une plaque de mica fondu. Les rats s'alignaient aux devantures des alimentations, attendant leur tour pour participer au festin de pâtes fraîches, de riz et de farine de pois chiches. Plus personne ne dormait, plus personne ne mangeait. Les palmiers eux-mêmes paraissaient manquer de fraîcheur. L'Afrique, c'était l'Afrique mais à la Ferme bretonne, nul ne s'en réjouissait, ni les humains ni les animaux. Il fallut déplacer les cages à la recherche d'hypothétiques abris ombragés. Les bêtes tournaient et retournaient, se cognant aux barreaux, grattant la terre granuleuse qui s'effritait au moindre contact. Les ténèbres faisaient peur, un concert de hurlements dévastateurs s'élevait en longues vagues modulées qui heurtaient les collines, grimpaient sur les crêtes, s'enfonçaient dans les failles, répandant terreur et angoisse. La mort rôdait. La mort alliée à la chaleur assassine.

Ce fut la désertion. Gardes et jardiniers disparaissaient du jour au lendemain sans même réclamer leur dû. Certains brusquement posaient un râteau ou un seau rempli d'eau tiède et se sauvaient, la figure déformée par la crainte. Le jour, le zoo exhalait une puanteur insoutenable, mélange de nourriture décomposée et d'excréments en putréfaction. Les fauves pataugeaient dans l'urine. Il n'y avait plus assez d'eau pour laver correctement les cages, plus assez d'hommes non plus pour le faire régulièrement. La viande bleuissait avant même d'être sortie des chambres froides, la glace n'agissait plus, elle fondait. Au malaise de la chaleur s'ajouta le grondement de la faim. Une cage fut renversée sous la pression d'une panthère devenue folle de rage. L'ancien garde du corps de Tripier dut l'abattre à coups de carabine. Ce premier sang versé déchaîna la tempête, les rugissements de colère s'amplifièrent avec tant de force que les derniers gardes fidèles n'osaient plus s'approcher, ils contournaient les allées maudites par où soufflait la houle rauque des gosiers affamés. Par la fenêtre grande ouverte de la villa, la rumeur démentielle assourdissait Léa. Nuit et jour, jour et nuit, ce glapissement que rien ne venait calmer. Les fauves s'interpellaient, s'excitaient, les tigres répondaient aux lions par un miaulement strident, perçant comme une flèche. Les panthères ricanaient, les lions reprenaient par un rugissement énorme qui grossissait, se gonflait, pulvérisant, engloutissant toutes les autres clameurs. A cette vague déferlante, succédait le pleur hystérique de la hyène. Léa avait la sensation que des crocs s'enfonçaient dans son ventre, y arrachant des lambeaux entiers d'entrailles. Qu'elle se taise ! Qu'elle se taise !

Elle finissait toujours par se taire mais pour recommencer quelques instants plus tard. « Je vais la tuer, l'étrangler, l'empoisonner... » Léa soufflait, la poitrine libérée par la perspective du meurtre.

La mort, l'idée la hantait, la mort des bêtes. Comment allaient-ils finir, tous ces rois de la jungle, ces seigneurs somptueux, ces assassins à la démarche de velours ? La fin approchait. Elle serait définitivement là, une fois les réserves épuisées, les caisses vidées. Ils avaient calculé juste, Léa ne passerait pas l'été. Pas un seul jour sans viande. Et des semaines sans rentrée d'argent. Le jeu était joué d'avance. Simple. Bouchers, banquiers réunis par la même implacabilité coupaient crédits et avances. Léa avait abandonné l'appel aux esprits, elle avait même fait déménager le guéridon dans la réserve. Tripier ne lui parlerait jamais par ce procédé. Il ne se confondait pas avec le commun, fût-il celui de l'au-delà. Pour lui rester fidèle, elle se devait aux bêtes. Éviter qu'elles souffrent de la faim, de la saleté, d'une trop grande solitude. Le comptable avait jeté le dernier bilan sur la grande table du salon. Sans prononcer un mot. Déficitaire sur toute la ligne et aucun espoir d'argent frais avant la fin du mois d'octobre. On était début août. Tout bien compté, il restait de quoi acheter la nourriture pour une semaine à condition d'oublier de payer le personnel. Le personnel ! On ne le voyait plus, le personnel, il se vautrait à l'ombre dans l'attente de la catastrophe. Les plus sages étaient partis. Restaient ceux qui n'avaient nulle part où aller, ceux qui s'en moquaient, ceux qui tiendraient tant qu'on leur servirait une assiette de soupe. Et après... Une fois la semaine écoulée...

— Eh bien, c'est simple, soit les banques consentent un prêt, soit elles ne le font pas, dans ce cas, il faudra fermer et faire une déclaration de faillite.

Sur ce, le comptable ajusta son canotier et se dirigea

vers la porte. Avant de sortir, il se tourna une dernière fois vers Léa.

— Je vous signale que j'ai prélevé mes émoluments sur la somme restante. Au revoir, madame, j'espère que les banques ne se montreront pas trop intraitables.

— Suis-je encore belle, suis-je encore désirable ?

Le soleil inonde la chambre. Sous le maquillage savamment dosé, Léa a déjà chaud. Malgré la canicule, de longs gants de peau couvrent ses bras. Avant de rabattre la voilette, un dernier coup d'œil. Le visage est pâle, presque blanc, pâleur qu'accentue l'immensité des yeux sombres. Les cheveux ont perdu de leur roux adouci par des reflets châtains mais le foisonnement reste le même. Toutes les mèches sont rassemblées en un chignon volumineux. Léa a choisi un ensemble gris perle qui met en évidence sa taille et sa poitrine. Trop épais pour la saison, mais la tenue est impeccable, chaque mouvement parfaitement souligné se découpe, éblouissant de netteté et d'arrondi. Le rendez-vous est prévu pour cinq heures. Le plein de l'après-midi, l'instant où la lumière se dévore elle-même par lassitude. Seul un Von Derwies pouvait être assez fou pour se trouver à Nice à un moment pareil. Il avait répondu immédiatement au billet. Il l'attendait pour le lendemain.

Un fiacre de location dévale la colline qui, sous l'effet de la chaleur, semble recouverte d'une pellicule d'eau en évaporation. L'horizon coule doucement dans un mouvement sans commencement ni fin. Il n'y a plus de formes ni de lignes mais un gigantesque poudroiement dans lequel se déploient, méconnaissables, la terre et le ciel. Le château de Von Derwies bascule dans ses parterres de fleurs, les arbres élastiques se renversent dans des poses alanguies. Le cheval s'arrête écumant, le poitrail haletant, le poil dégoulinant. Une nuée de valets en tenue précède Léa dans l'alignement des pièces jusqu'à l'antichambre où un valet en chef fait asseoir la visiteuse avant d'ouvrir à deux battants une porte tapissée d'or et d'annoncer cérémonieusement : « Mme la Comtesse de Tripier-Lagrange. »

Elle pénètre dans une sorte de gouffre noir, une immense grotte entièrement coupée du soleil par des tentures barrant le chemin au jour. Une vingtaine de chandeliers projettent une lueur douce et dorée comme une enluminure de Noël. Le tsar des trains est là... Drapé dans une toge immaculée. Il s'approche bras ouverts, courant presque sur ses courtes jambes. Toute sa personne dégage une atmosphère de fraîcheur, d'herbe matinale. Il embaume, véritable lutin s'extrayant d'un bain d'écorces rares. Comment imaginer, dans ce délice de caverne soyeuse, la sueur du dehors, l'insoutenable touffeur ? « Venez, chère, venez... » Il la conduit parmi un dédale de divans bas, si bas qu'ils rasent le sol. Il la tient par la main. Aveuglée, Léa se laisse mener. Il l'installe, la cale en travers d'une pile de coussins, s'inquiète de son confort, de la position de sa tête, de l'alignement des jambes, de la cambrure des épaules. Elle le rassure, le remercie, sourit bêtement comme il se doit en de telles circonstances.

— Vous serez bien ici, ma tendre, ici tout est fraîcheur, fraîcheur et encore fraîcheur.

Il se renverse, secoué de rires par sa sortie, puis il frappe dans ses mains ; aussitôt une procession de serviteurs apparaît portant des plateaux couverts de boissons glacées.

— Léa, vous boire champagne, orangeade, citronnade, thé froid, limonade, menthe, tisane, vin de noix, muscat, jus de raisin...

Il s'allonge aux pieds de la jeune femme. Emmêlé dans les plis de sa toge, il roule un peu, se retenant de justesse à un pouf de satin. Il ressemble à un vieux bébé avec ses yeux bleus sans expression, se dit Léa en écartant légèrement ses genoux pour éviter que la tête du prince s'y installe.

— Un peu de champagne, n'est-ce pas ? Par cette chaleur, champagne faire du bien à vous. A moi aussi...

Et de rire à nouveau comme un fou. Cette fois c'est le champagne qui manque de se renverser. Une goutte pour Léa, une pleine coupe pour lui. Ah, il est tellement content de la voir, qu'elle soit enfin chez lui dans sa modeste demeure. Il n'en a pas dormi de la nuit.

— Mon cœur battre si fort depuis l'annonce de votre visite... Moi plus espérer... Moi mourir lentement, oui, moi mourir...

Léa juge bon d'endiguer les démonstrations.

— N'exagérons rien, Excellence, n'exagérons rien, vous me semblez dans une forme ébouissante.

Le regard délavé du prince s'assombrit, les paupières tombent mais l'exubérance reprend vite le dessus.

— Non, non, non, moi mourir hier encore, revivre seulement depuis votre petit mot, ah le joli, le merveilleux, le fabuleux petit mot.

Il sort d'une poche secrète le billet de Léa, le brandit, l'embrasse, le caresse, le serre sur son cœur, son front.

Le courage, l'entêtement s'effritent. Léa sent que l'édifice de bonne volonté qu'elle a mis au point avec tant d'obstination va s'écrouler. Envie de fuir... Répulsion pour ce pitre léchant un morceau de papier chiffonné sur lequel elle reconnaît, stigmates de malheur, sa propre écriture. Maintenant il faut parler, le billet n'intéresse plus le prince, il préfère se rapprocher, allonger des doigts discrets en direction de ses pieds. Il époussette les fins escarpins, tâte la finesse du cuir, frôle la cheville. Vite, parler...

— Excellence, si je suis venue chez vous hors saison, me permettant...

— Léa, il n'y a pas de saison pour vous et moi, élevons-nous au-dessus des contingences météorologiques, voulez-vous, comme nous disons en Russie : l'été n'adresse pas parole à l'hiver qui lui tourne le dos.

— Ah, on dit cela ?

— Parfaitement, bonheur de mes jours...

La main princière en profite pour plonger directement sur la cheville très légèrement découverte. Les doigts effleurent la minuscule étendue de peau nue. Léa ferme les yeux, les ongles du prince s'attardent, soulèvent imperceptiblement millimètre par millimètre la dentelle.

— Prince, excusez-moi, mais c'est d'affaires que je suis venue vous entretenir, enfin plutôt de mes affaires, qui traversent très provisoirement, inutile de vous le préciser, une crise de croissance.

— Croissance ? interroge Von Derwies.

Léa hésite, toujours ce gratouillis sur sa jambe.

— Oui, croissance, disons plus simplement qu'en attendant l'hiver où les choses reprendront leur cours normal, j'ai des ennuis.

— Ennuis vous... Petite fleur... Quels ennuis ? Qui faire ennuis ? Vous dire à moi.

La main du tsar des locomotives en profite pour accomplir un bond prodigieux qui l'amène aux environs du genou. Tout en parlant, Léa dégage sa jambe prisonnière et la croise sur celle restée libre.

— Personne ne me fait des ennuis, Excellence, personne en particulier, mes ennuis sont d'ordre financier. Il me manque une certaine somme d'argent, comprenez-vous. Je pourrais entamer mon capital mais vous êtes mieux placé que moi pour savoir qu'il vaut mieux éviter ce genre de mesure tant qu'on le peut, aussi...

Le prince l'interrompt d'un grand geste, se redresse presque furieux.

— Jamais toucher capital, ça jamais... Argent partout. Argent, billets sans importance. Argent papier.

Argent pas exister. Capital oui. Capital à vous. Jamais vendre pour argent.

— Bien d'accord avec vous, Excellence, mais cet argent auquel je n'attache aucune bienveillance me fait actuellement défaut.

Le prince fixe ses yeux sans expression sur la jeune femme.

— Mais il y a banques. Métier, à elles de faire travailler papier inutile.

— Oh, les banques !...

Von Derwies balaie l'objection d'un haussement d'épaules.

— Bien sûr, pour femme comme vous, démarches affreuses, moi demander à ma banque de s'en occuper. N'y pensons plus... Voulez-vous un peu de champagne ?

Léa refuse d'un signe de tête. Ne s'imagine-t-il pas qu'elle puisse avoir vraiment besoin d'argent ?

— Prince, vous vous méprenez, articule péniblement Léa, les banques ne veulent pas m'accorder de crédit.

— Ah bon, pourquoi ?

Léa comprend. Arrivée au plus bas, comment pourra-t-elle lui refuser quelque chose ? Il se trémousse, vautré sur ses coussinets rembourrés. Dieu qu'il est laid ! Laid de partout. Monstrueux de fatuité.

— Voulez-vous m'avancer quelques sous, prince, oui ou non, je vous les rendrai avec intérêts dès la fin de la saison. Je peux vous signer une reconnaissance de dette si vous le désirez.

— Désir, éclate le prince, mais c'est vous que je désire ! Je n'avance rien, je donne tout. Prenez, prenez, tout est à vous. Ma femme partie en Russie, je ne sais trop où, allez-y, servez-vous, argent, or, diamants, châteaux. Je vous désire tant, Léa... Je vous aime tant... tant. Oui, vous serez riche, ma fleur, plus riche que les plus riches...

Léa est debout, Von Derwies aussi. Il tourne autour d'elle, ses cheveux filasse en désordre, l'écume à la bouche, ses yeux si bleus habituellement entièrement blancs. Blancs comme des crachats.

— Prince, je ne veux rien, juste un prêt. Je suis venue pour affaires, pas pour coucher avec vous...

Le prince s'immobilise. Surpris.

— Moi, pas discuter affaires avec vous, moi amoureux, vouloir vous. Moi tout offrir à vous. Appartenir à vous. Tout à vous !

— J'ai besoin de cet argent, entendez-vous, j'en ai besoin..., lance Léa avec l'énergie du désespoir.

— Quel argent, mais vous êtes riche, Léa, immensément riche, votre vie ne suffira pas pour compter roubles, dollars, florins, francs.

S'évader de ce tombeau le plus vite possible, fuir l'humiliation.

— On ne m'achète pas, prince.

— On dit ça...

Léa tourne le dos, abaisse sa voilette, enfile ses gants et se dirige vers une zone d'ombre qu'elle espère être la sortie. Le tsar se précipite, bras tendus...

— Vous pas savoir ce que vous faites !

— Pourquoi ? demanda Léa en tentant de forcer le passage.

— Vous ne pas avoir un sou, moi renseigné, vous obligée de trouver grosse somme..., grosse somme Von Derwies avoir pour vous.

— A quelles conditions ?

— Pas de conditions, toute ma fortune à vous.

— Écoutez-moi bien, prince, jamais je ne vivrai avec vous, jamais je ne coucherai avec vous pour de l'argent ou quoi que ce soit d'autre. Vous comprendre. Maintenant si vous voulez m'accorder un prêt, je l'accepte.

— Un prêt, ricane le prince, pourquoi ? Zoo ne vaut pas clou, vous incapable de rembourser !

— Je jure que je vous rembourserai !

— Von Derwies ne prête pas, il donne.

— Alors, gardez votre fortune et grand bien vous fasse. Faites-moi raccompagner, Excellence, s'il vous plaît.

De grosses larmes jaillissent des yeux du prince, ses yeux fades et incolores, des larmes qu'il laisse tomber sans retenue.

— Léa, je vous aime.

— Pas moi, pardon, Excellence.

— Vous, pas vous en sortir.

— Je sais, prince.

Von Derwies sèche ses paupières d'un revers de toge, donne un coup de pied dans une table, pousse un cri strident de chien qui a envie de mordre et se contente de grogner, tête baissée, nez projeté en avant.

— Vous attendre ici, dit-il sans regarder la jeune femme.

Léa le voit s'engouffrer dans un flot de tentures. La pièce silencieuse paraît totalement irréelle avec ses candélabres, ses sculptures, sa collection de divans recouverts de coussins étincelants. Le monde extérieur est rejeté si loin qu'on se demande s'il a jamais existé. Un univers conçu pour l'abandon, la volupté, la mort. Du théâtre, rien d'autre que du trompe-l'œil. Un décor réalisé pour durer. Mais un décor tout de même. A tel point que le luxe en paraît faux. Le théâtre, ce théâtre qui hante Léa depuis ce soir d'hiver flamboyant il y a longtemps à Paris. Comment déterminer la vérité, la retenir, s'y enfoncer, elle fuit, se transforme, devient multiple, incohérente, magique.

— Une nuit, ma fleur... Il vaut des millions, je ne sais pas exactement combien.

Von Derwies est revenu. Au creux de sa main tendue, un diamant jaune et rose au ventre de jeune poussah.

— Il vient de Sibérie, une splendeur, susurre le prince. Il est à vous pour une nuit, une seule petite nuit...

La main reste tendue, suspendue dans le vide.

Comme au théâtre toujours ! Dans une pièce, l'héroïne refuse et s'en va digne et pauvre. Accepte, se dit Léa.

— Regardez. Rarement vu plus beau...

Le prince en salive. Ses doigts palpent, tâtent, enveloppent, effleurent. Il n'en revient pas lui-même d'une telle perfection.

— Donnez voir...

Ravi, le prince pose délicatement le diamant dans la main de la jeune femme.

— Je le savais bien !

Léa caresse un moment le poussah fabuleux, puis d'un geste fulgurant le jette à travers la pièce.

— Salope, hurle Von Derwies, salope.

Il pleurait à nouveau.

Le lendemain, Léa vendit tous ses bijoux. Avec l'argent, elle acheta de la viande pour deux semaines.

CHAPITRE XXIX

DEMAIN les réserves de viande seront terminées. J'ai bradé les derniers meubles. Personne n'a voulu me les prendre. J'ai dû aller à l'hôtel des ventes. Quelques francs, trois fois rien... Cette fois-ci plus de recours. Il faudrait vendre. Et vendre quoi, tout est hypothéqué ! Les bêtes me regardent d'une drôle de façon, je suis certaine qu'elles en savent plus que moi. Je n'ose plus descendre dans les allées. Je me réfugie dans le jardin d'hiver des heures entières, là, tout au fond, je me sens à l'abri, protégée par le fouillis. Le soleil ruisselle à travers les verrières en grosses gouttes d'or, je les observe, insectes de poussière au ventre transparent. La chaleur m'alourdit, m'enveloppe mais je ne dors jamais. Je ne me rappelle pas avoir dormi depuis des semaines. Je m'assoupis quelques instants, yeux grands ouverts. Des éclats d'absence traversés de bribes de rêves, toujours les mêmes, peuplées d'animaux en liberté. Ils semblent tous attendre quelque chose. Je voudrais savoir quoi. Je suis persuadée que c'est moi qu'ils guettent. Je n'ai pas peur, oh non, j'ai envie d'aller vers eux, de les rejoindre, qu'ils m'emmènent, m'enlèvent. Je m'avance, presque heureuse mais dès le premier pas je me réveille, un pas de plus et je suis certaine que je m'endormirais pour un long moment, un très long moment. Ce serait doux et calme. Ici aussi, c'est calme, un calme terrifiant, peuplé de gravillons froissés par le vent, d'étranges sifflements dans les arbres, de volets claqués, de bruissements ténus comme ces rumeurs que perçoivent du plus profond de leur silence les sourds. Comment font les gardes, ceux qui restent, pour faire si peu de bruit ? Ils glissent ou ils se cachent ? Les bêtes se sont tues brusquement. Il y a tout juste deux jours. Elles ont poussé jusqu'au soir des appels et des cris, puis plus rien. On dirait qu'elles respectent quelque chose, un événement important à venir. Ont-elles peur ou espèrent-elles ? N'ont-elles plus la force ? Elles mangent encore à leur faim. Le dernier repas leur sera servi ce soir, les ultimes quartiers de viande. Après... Mon Dieu ! après...

Je dois me lever, m'habiller, me faire belle. Est-ce encore possible ? Je suis si décharnée, couverte de crasse, une odeur surie m'imprègne, seconde peau invisible. Mes yeux semblent éteints, inhabités, deux chambres vides et creuses. Avachi, racorni, mon buste a du mal à maintenir mes seins amaigris. La faim a ravagé les espaces épargnés par l'angoisse. Je ressemble à mon squelette. Les miroirs eux-mêmes ne font plus la différence. Les cheveux se sont enfuis par milliers ne laissant qu'une courte tignasse cassante. Morte, je n'aurais pas moins bonne mine.

Sénéchal va venir me chercher pour le rendez-vous de la dernière chance. Il a insisté pour que j'accepte, je n'y croyais pas, je n'y crois pas plus aujourd'hui. Il parle de moi, de la situation lamentable du zoo dans tous les couloirs de la mairie. Il se démène, il court partout, force les portes, crie au scandale, supplie... Une subvention, une aide, n'importe quoi ! Sénéchal est naïf. Il n'a pas encore compris qu'ils veulent ma perte totale, définitive. Ils ne lèveront pas le petit doigt. Je les gêne. Les bêtes les gênent, toute l'histoire les gêne. Une sale affaire. Le mieux, que je disparaisse sans trop de tapage, naturellement, en douceur, les événements doivent suivre leur cours. Ils ne s'en mêleront pas. Laisser faire, laisser mourir. Arrive un moment où la dégradation lente ouvre les portes au désastre. Toute intervention devient alors inutile, ridicule.

Sénéchal m'a trouvée prostrée, recroquevillée, affalée, il a relevé les mèches sur mon visage, je n'ai pas eu la force de le chasser, il a pris un mouchoir pour essuyer mes lèvres recouvertes de terre séchée. Il était tendre et stupéfait. Il me parlait comme à une enfant. Et il avait raison. J'ai senti de la chaleur sur moi, en moi, je lui ai serré la main, je ne voulais plus la lâcher, c'est ce que font les mourants paraît-il, ils s'agrippent. Moi, j'enfonçais mes ongles dans sa peau bien blanche, bien propre, bien lisse. Il avait entendu dire que l'on ne savait plus si j'étais vivante ou morte. Les gens du zoo haussaient les épaules. Pourquoi, je me demande pourquoi ils faisaient ça. Sénéchal me l'a répété plusieurs fois. J'ai pleuré un peu plus tard mais c'était de fatigue. Il m'a donné à boire quelques gouttes d'eau fraîche. J'ai grignoté une poire, Sénéchal en avait enlevé la peau avec un petit couteau de poche. Soigneusement, avec attention, précision, à sa manière raisonnable et têtue. Il allait s'occuper de tout, prendre les choses en main. J'ai aimé l'expression, prendre les choses en main. Je n'ai pas cru indispensable de lui dire qu'il n'y avait plus rien à prendre. Sa bonne volonté pataude m'embaumait. La preuve, je me suis endormie la tête entre ses bras. Plus tard, il m'a affirmé que mon sommeil avait duré des heures mais je sais bien qu'il a menti pour me rassurer.

Il est parti et revenu, m'a fait signer des lettres qu'il avait écrites lui-même, de jolies lettres pleines de promesses sur mon comportement et la bonne marche de la Ferme dans l'avenir. Il y avait aussi des papiers administratifs, j'ai signé sans lire. Toute cette agitation me paraît si vaine, si dérisoire. Maintenant il faut être fidèle aux promesses, exacte au rendez-vous. J'ai retrouvé une vieille robe suffisamment effacée et austère pour n'effaroucher personne à la municipalité, une robe de nonne. J'ai enfilé des gants mauves, dans un vieux rideau ajouré j'ai taillé une voilette fort présentable. Je suis grande, maigre, sérieuse, digne comme une veuve le jour de l'ouverture du testament. J'ai mon dossier scrupuleusement classé par Sénéchal, rangé dans mon sac à main. Je me suis maquillée juste ce qu'il faut pour gommer les ravines du malheur, effacer les poches sous les yeux, redonner de la couleur à mes joues grises et ternes. Sénéchal conduit le coupé, il m'a jugée belle, moi je me trouve un peu pâle, lèvres et bouche crispées.

Nous plongeons dans la ville, sous un ciel rouge superbe. Les crépuscules d'automne sont violents et rutilants. Les pêcheurs rentrent au port. Vus des collines, ils paraissent avancer dans un océan de boucherie. Les pas du cheval soulèvent des senteurs dans l'air du soir comme s'il délivrait à chaque enjambée des bouquets de feuilles mortes. Je n'ai pas revu la ville depuis si longtemps ! Les voitures publiques bourrées jusqu'à la gueule d'employés rentrant chez eux s'ébranlent lentement, les han répétés des cochers claquent dans la nuit, les reins des chevaux se tendent, s'arc-boutent. Dans les rues étroites, déjà gorgées d'obscurité, les magasins creusent des grottes bleuâtres. A l'intérieur, les figures vacillent, étrangement livides sous l'éclairage au gaz. Je regarde tout, je ne reconnais rien. Les avenues et les rues défilent dans un halo méconnaissable. A l'approche de la mairie, les réverbères se font plus rares, les boutiques trempent dans une demi-pénombre de suif ondoyant. L'hôtel de ville est désert, au fond d'une pièce rance, un huissier nous accueille une bougie à la main. Des escaliers sonores aux marches usées ; la flamme portée par l'homme déplace les portraits des anciens magistrats bizarrement luisants comme si on les avait badigeonnés de vernis. Et là, tout au bout, l'antichambre du maire.

Nous nous asseyons dans la nuit noire. L'huissier est reparti avec sa bougie. Sous une porte, un filet poudroyant la lumière. Sénéchal me saisit la main. J'ai si froid que je la lui laisse sèche et noueuse, branche de bois mort. Il doit être derrière cette grande porte... Avec ses plumes, ses buvards, ses papiers à en-tête, sa signature. Le pouvoir. Brusquement je reprends goût à espérer, une langue chaude d'émotion prenant racine dans mon ventre, onde douce, terriblement lente. Je suis folle... Folle de croire, de revivre, de me réchauffer, folle d'oser avoir confiance !

Un coup de sonnette giflant le silence suivi du pas traînant d'un huissier né des ténèbres. Nous ne l'avions ni vu ni entendu, minuscule bonhomme au sourire immobile de poisson gelé. Sénéchal presse ma main, mes doigts, je lui réponds faiblement, mon cœur bat trop vite. Le bureau est immense mais seule la grande table est éclairée par une lampe verte. Derrière la flaque lumineuse, une silhouette blanche et noire, et la fumée d'une cigarette oubliée dans un cendrier. On nous dit de nous asseoir. Une fois enfoncés dans les fauteuils, nous sommes le nez au niveau de l'encrier. La forme se penche légèrement quelques secondes, le temps d'entr'apercevoir un vieux monsieur à la chevelure imposante, toute frisottée et argentée. Il parle maintenant, si rapidement que je cours pour tenter de recoller le sens de la phrase entière. Mais il a pris de l'avance, je ne le rattraperai jamais. A la fin, lorsqu'il se tait, un brouillard m'inonde, je n'ai plus d'avis, plus de question, plus de défense. Je suis abasourdie. Il a tout démonté, analysé, nos répliques, nos formules, notre plan, il nous les a volés, il les a étalés à plat pour bien nous prouver que tout cela ne valait pas le coup. Certes, nous étions courageux, voire obstinés, mais enfin la bonne volonté ne suffit pas. Il existe des raisons impérieuses s'élevant au-dessus de la bonne volonté.

Ainsi lui, il agissait pour le bien de ces données absolues, supérieures aux intérêts privés. Le premier magistrat d'une cité ne pouvait tenir compte des contingences. Il fallait qu'on le comprenne. Sénéchal ouvre la bouche mais le temps qu'il cherche ses mots, je suis debout et me dirige vers la cérémonieuse et imposante grande porte qui avait éveillé tantôt un si ridicule espoir. Sénéchal écroulé me suit respectueusement, il semble que je distingue sa langue pendante de chien battu.

Au zoo, les bêtes se taisent toujours, la bâtisse dans la nuit ressemble à un poing fermé, un gros poing de paysan. Sénéchal ne veut pas me lâcher, il s'accroche, il menace, je le rassure, l'embrasse pour le calmer... Non... Il veut dormir sur la terrasse, n'importe où, mais il ne peut pas me quitter.

— Je n'en ai pas le droit !

— Ne soyez pas ridicule et revenez demain, maintenant j'ai besoin d'être seule, il faut que je réfléchisse.

— Je me ferai tout petit.

— Ce sera encore trop gros, mon bon Sénéchal. Allez, au revoir...

Je m'éloigne le plus rapidement possible, j'entends ses larmes, elles me poursuivent, je les imagine cognant sur sa large figure comme une pluie s'acharnant contre un mur. A quoi bon allumer, je sais où se trouvent les affaires. Tripier, avant de partir, les a réunies dans un petit coffre. Pas grand-chose, un portefeuille avec les titres de propriété et un fatras de papiers officiels, tout au fond sous la paperasse, une lettre, celle qu'il a écrite pour moi, celle que je devais lire s'il lui arrivait quelque chose. D'autres objets en vrac dans le coffre, une paire de gants, une boîte de longs cigares blonds tout secs maintenant, fragiles et friables, deux ou trois livres de zoologie, un traité concernant ce qu'il faut savoir pour maintenir en bon état une ménagerie de fauves d'Afrique. Dans l'armoire, les djellabas sentent la naphtaline, la lavande a cédé le pas. Elles sont agréables au toucher, presque voluptueuses ; drôle comme dans le noir complet, elles existent, prennent forme, couleur, ampleur, on dirait qu'elles se dressent, qu'elles vont marcher, courir, prendre l'air. Je les trouve bien plus belles qu'avant. Sur une étagère, des chapeaux, des plats aux larges bords, des canotiers, des ronds comme des melons. Il y a aussi des chemises, des caleçons, des ceintures, un gilet de flanelle usé.

Finalement la lune s'est levée, une large lune étincelante. J'emporte le coffre, une djellaba, la plus ordinaire, et un grand chapeau noir lustré. La lune m'accompagne, partout où je tourne les yeux elle est là. Et ça me fait rire. Puis je pense que quelque part elle doit éclairer la tombe de Tripier, si toutefois cette tombe existe. Alors je la fixe très fort dans l'attente d'un secret, d'une révélation, d'un battement de paupières. Mon regard se fatigue avant qu'elle ne se décide. Je baisse la tête, vaincue. Je la hais elle aussi, elle ressemble aux autres, à tous les autres. Muette et peureuse. Dans le jardin d'hiver elle me précède de son larmoiement livide. Pour la chasser, j'allume un minuscule bout de chandelle puis dispose soigneusement les souvenirs de Tripier autour de moi, les caresse, les étale, enlève la poussière. Pourquoi retarder plus longtemps ? J'ouvre le vieux portefeuille, je n'ai pas besoin de chercher, je connais par cœur l'emplacement, l'enveloppe est usée à force d'avoir été ouverte et fermée. Mes doigts y ont laissé tellement de traces qu'on dirait un vieux chiffon effiloché. A l'intérieur, la lettre conserve son plié d'origine, celui qu'a tracé la main de Gabriel. Lue et relue des centaines de fois, je la traite avec les ménagements d'une relique. Mince message d'un vivant s'adressant par-delà la mort à une vivante. Dans un vertige, je devine les mots avant de les voir, avant de les lire.

Pas trop de pleurs ni de chagrin, dites-vous que vous m'avez connu par accident et que, de même, j'ai quitté votre vie. Pensez à moi avec bonheur, tendresse et si possible amour. Soyez persuadée que ma dernière pensée, mon dernier souffle auront été sous votre charme et votre douce mémoire, que ma main se sera dressée pour saisir l'ombre de votre corps, que mes yeux se seront fermés sur votre image. Sans tristesse. Je l'espère. Avec résignation et mélancolie. C'est bien le moins avant de disparaître. Pour vous consoler, je n'ai pas de mots et encore moins de recette, dites-vous cependant que j'aurai tiré le meilleur de la vie, du moins j'aurai essayé de toutes mes forces sans jamais faillir. Ainsi, j'aurai accompli mon devoir sur cette terre, devoir de curiosité, d'émerveillement, de joies, de plaisirs et de générosité envers les bêtes, les êtres et encore plus envers moi-même. Alors, pas de regret. Un dernier conseil, soyez bonne avec vous-même, Léa, sachez vous aimer et vous conserver si belle, si rare, si... Mais à quoi bon ! N'oubliez jamais que je vous surveille, Dieu ou diable, j'ai un œil sur vous. Faites de ne jamais l'attrister. Votre dévoué et reconnaissant Tripier-Lagrange, pour toujours et encore plus.

La lune est plantée au beau milieu de la verrière, juste au-dessus de ma tête, œil immense, palpitant, constellé de cratères vibrants. Je ne peux plus me tromper, c'est à moi qu'elle en a. Elle me parle ! Toutes ces perles de pluie jaune qu'elle m'envoie sont des messages, une pluie de mots, de signes... Une averse miraculeuse, lente et lourde comme un fleuve descendu du ciel. Je me lève d'un bond, me projette dans le flot scintillant. Nimbée d'or, je ruisselle comme au sortir de la mer. Mes bras, mon cou, mes lèvres luisent, mes yeux flambent, mes cheveux ressemblent à un incendie. Je bois des pépites liquides, j'en suis submergée, roulée, noyée. Quelle saveur étrange ! On dirait les larmes d'un vin rare au goût de paille, un parfum léger et prenant, à l'ivresse pétillante, remugle de noisette et de foin séché. Une bouffée de soir d'été après la pluie. Suave langueur, déploiement de caresses insistantes, troubles, fiévreuses. Nue, malgré les vêtements, entièrement nue, sous la pression intime de doigts familiers. Des doigts baisés, embrassés, effleurés, serrés tant de fois. Les doigts de Tripier... Oh, je ne peux pas me tromper. Je reconnaîtrais leur contact entre mille. Je ferme les yeux, les rouvre, je les sens le long de mes cuisses, sur mon ventre, véloces, prodigues, insaisissables et terriblement présents. Maintenant je sais. La lune n'est pas la lune mais l'œil de Tripier. L'œil qu'il a promis de poser sur moi, à jamais, pour toujours et encore plus... La révélation que j'attendais m'arrive du ciel, des airs, comme Tripier lui-même à notre première rencontre, suspendu dans sa nacelle au-dessus du gouffre avec son chapeau à la main. La lune emplit l'espace, pas le moindre nuage. Il fait plus jour qu'un après-midi d'été, une clarté de citron doré. Gabriel, vous n'avez jamais été aussi fastueux. Vous brillez avec la tendresse d'un cierge solitaire au fond d'une église. Je n'ai pas douté de vous, Gabriel. Comme vous avez tardé cependant ! Vous arrivez au dernier moment. Pour l'illuminer sans doute. Je n'ai plus peur. Une simple formalité. Si vous n'étiez pas venu je partais en pleines ténèbres. Merci d'être là, Gabriel, avec toute cette lumière brûlante. J'ai craint que vous n'ayez du ressentiment contre moi, que vous ne soyez en colère, j'ai échoué ici, lamentablement. Mais ce zoo était votre rêve, Gabriel, vous disparu, il n'avait plus de raison d'être, bien au contraire, sa survie aurait été sacrilège. Les rêves doivent mourir avec ceux qui les ont portés, nourris, matérialisés, sinon ils deviennent indécents comme ces monuments sans âme que l'on visite le cœur sec et l'esprit ailleurs. Mais il faut que je me dépêche, bientôt vous allez faiblir, vous estomper et je me retrouverai sous un ciel plat et sinistre. Et peut-être alors n'aurai-je plus de courage, plus de force, plus d'élan. Attendez-moi, Gabriel, maintenant les choses vont aller vite, très vite. J'ai tout préparé. J'y pense depuis tellement de temps ! Ne m'abandonnez pas surtout, j'ai un peu froid tout à coup... Voilà, restez droit au-dessus de moi. Ne bougez pas. Une dernière caresse, voulez-vous ? Prenez-moi partout que je mange votre chaleur, votre odeur, votre poids... Vous m'attendrez, n'est-ce pas, de l'autre côté ? Je vous en prie, ne me laissez pas seule trop longtemps. Vous voyez, j'accroche la corde à l'anneau, il doit être solide, le jardinier y suspendait des énormes sacs de fumier. Ne faites pas attention à mes mains, elles tremblent un peu, j'espère que je ne vais pas rater le nœud, je n'ai jamais été douée pour toutes ces sortes de choses. Le plus difficile sera certainement de pousser l'escabeau... Il paraît que l'on est affreux après... Rougeâtre, violacé avec la langue pendante et de la bave au coin des lèvres. Vous ne regarderez pas, promettez-le-moi ! De toute façon, je vous rejoindrai intacte, inchangée, embellie qui sait ? par le voyage. Mais si c'était le contraire, si je vous parvenais affreusement grimaçante, avec des couleurs horribles, des membres crispés, le ventre et les cuisses souillés ? Peut-on se laver là-haut ? J'oubliais que seule mon âme accomplira le trajet, la carcasse restera ici. C'est bien sûr ? Que feront-ils d'elle ? Ça n'a pas d'importance, vous avez raison comme d'habitude. Je n'ai pas changé de vêtements, ce sont les seuls présentables, ils sont austères et sans chichi. Dans les grandes circonstances, on doit toujours être sobre. Tripier... Tripier... Que faites-vous, la lumière a baissé il me semble ! Non je vous en prie, pas maintenant, pas tout de suite. J'ai de nouveau un petit peu peur, quelques frissons, rien de grave. Je dois vous dire, Gabriel, si par hasard on ne devait plus jamais se revoir, c'est idiot, je sais, mais tout de même, vous vous êtes souvent demandé si je vous aimais et moi-même je me posais la question parfois. Vous n'étiez guère aimable, vous étiez quelqu'un qu'il fallait adorer ou repousser, une créature hors des normes. Je n'ai pas toujours su m'élever à votre dimension. Mais vous étiez si lucide, si intelligent, si bon que vous me pardonniez avant même que je m'aperçoive de ma trahison. Mieux, vous l'aviez admise avant que je la commette. Maintenant même si vous en êtes convaincu, j'ai besoin de le crier, Gabriel, de le hurler tant qu'il me reste un peu de voix : Je vous aime..., je vous aime... Je vous aime..., je vous aime... Ne prenez pas garde aux larmes ce sont les dernières. Gabriel, je vous en supplie, donnez-moi encore un peu de votre lumière, encore un peu... La corde est rêche... Je veux partir avec votre clarté dans les yeux. Je suis prête... N'éteignez pas, Gabriel. N'éteignez pas...

CHAPITRE XXX

LÉA D'ASCOT se balançait à vingt centimètres du sol. A ses pieds, les lions dormaient tranquillement. Un soleil sucré d'automne baignait la scène. Personne n'avait ouvert les cages des fauves. Pourtant, ils étaient là en totale liberté. Les serrures et les portes n'avaient été ni fracturées ni forcées. L'ancien garde noir du comte décrocha le corps avec d'infinies précautions, comme s'il craignait de lui faire mal. Il l'enveloppa d'un drap et l'allongea sur l'établi au milieu des outils. La vision du visage tuméfié aux yeux exorbités lui donnait la nausée. Plus tard, des femmes de la campagne lavèrent à grande eau la poitrine, les jambes de Léa. Le commissaire Galibert regretta qu'on n'ait pas laissé les choses en l'état.

— Elle s'est suicidée, ça ne fait aucun doute, mais tout de même.

Au milieu de l'après-midi, on transporta Léa dans sa chambre. Comme il n'y avait personne pour la veiller, les gardes décidèrent de se relayer au pied du lit jusqu'au matin.

Les serviteurs et un représentant des pompes funèbres assistèrent à la mise en bière. On murmura des prières malgré l'absence de curé. Le cortège suivit la grande allée. Sur le cercueil, deux couronnes de fleurs offertes, l'une par Sénéchal, l'autre par le personnel. Derrière le corbillard, il n'y avait pas grand monde hormis les policiers et quelques lointains voisins venus en curieux. Juste avant de franchir le portail, une série de rugissements fracassèrent le silence. L'adieu des lions... Ils le répétèrent plusieurs fois jusqu'à ce que le convoi quitte le zoo et même longtemps après. D'autres animaux se manifestèrent mais ce furent les lions qui dominèrent.

Une semaine plus tard, la ménagerie fut vendue aux enchères : une gazelle fit trente-cinq francs, une otarie quarante, les autruches vingt francs l'une. Les tigres et les panthères allèrent dans un cirque.

Les lions, eux, furent abattus. Ils n'avaient pas trouvé acquéreur.

Du même auteur
aux Éditions Albin Michel

LES CHIENS IVRES
roman

LA BALLADE DU DINOSAURE
roman

L'AMOUR LUMIÈRE
roman

OVERLOVE
roman

La composition
et l'impression de ce livre ont été effectuées
par l'imprimerie Aubin à Ligugé
pour les Éditions Albin Michel

AM

Achevé d'imprimer le 10 juillet 1984
N° d'édition 8454. N° d'impression L 16825
Dépôt légal, août 1984

Imprimé en France